0 fr. 95 Net l'ouvrage complet.

ÉDITION ILLUSTRÉE

PAUL HERVIEU

DE L'ACADÉMIE FRANÇAISE

FLIRT

PARIS

MODERN-BIBLIOTHÈQUE
ARTHÈME FAYARD, ÉDITEUR
78, BOULEVARD SAINT-MICHEL, 78

FLIRT

A madame Madeleine Lemaire, en hommage de respect et de gratitude pour la grande artiste dont la collaboration illustra la première publication de ce livre.

P. H.

PAUL HERVIEU

DE L'ACADÉMIE FRANÇAISE

FLIRT

Illustrations d'après les aquarelles

DE

F. BELLANGER

PARIS

MODERN-BIBLIOTHÈQUE

ARTHÈME FAYARD, ÉDITEUR

78, BOULEVARD SAINT-MICHEL, 78

Clotilde avait pris l'ordonnance au sérieux, c'est-à-dire qu'elle en observait juste la moitié.

I

Chaque matin, Mme Mésigny parcourait deux fois, à pied, dans toute sa longueur, la longue avenue du Bois, depuis un mois, depuis les premiers jours de mai ; exactement, depuis que ce docteur, qui avait déjà fait maigrir Mme de Prébois, Mme Nully-Lévrier et Mlles Balbenthal, l'avait prévenue que, si elle n'y faisait pas très, très attention, elle serait *énorme* à trente ans.

Clotilde avait pris l'ordonnance au sérieux, c'est-à-dire qu'elle en observait juste la moitié. Capable de s'imposer de pénibles épreuves et non de s'interdire la futile satisfaction de certains goûts, elle n'avait pu renoncer, pendant plus d'une semaine, aux pâtisseries, aux bons petits potages, à la crème dans son thé ; mais, en revanche, avant chaque repas, elle ne manquait point de s'ingurgiter des poudres blanches, devenues noires au délayage, dont elle doublait par compensation la dose fixée, et qui lui mettaient au creux de l'estomac tous les tortillements du Purgatoire, tandis que ses narines nacrées palpitaient comme les ailes d'un papillon agonisant.

Cette jolie paresseuse qui, naguère, pour l'heure de midi, n'avait pas toujours fini d'enfiler la seconde manche d'un des peignoirs jonquille ou roses, à travers quoi rayonnaient, çà et là, des clartés de marbre vivantes ; ayant passé son temps à se lever à demi, à se recoucher de moitié, à lire sur une chaise longue, à se suggérer une obligation de comptes domestiques ou quelque devoir d'écrire pour retarder le moment où sa femme de chambre voudrait la coiffer ou lui lacer le corset ; maintenant, tous les jours, à dix heures trois quarts, elle était habillée, prête (ce qui, de la part d'une femme, est un résultat de longtemps postérieur à celui d'être habillée ; sans que les plus fins aient jamais su découvrir pourquoi). Enfin, un peu avant onze heures, Clotilde était archi-prête, sortie, en route, à l'œuvre.

Dans une toilette matinale, qui était une sorte de costume de chasse, tant la marche lui apparaissait telle qu'un sport et non comme un des actes les plus naturels de la créature, Mme Mésigny avait descendu, toute seule, à un coin de la rue de Presbourg, l'escalier monumental de l'entresol assez exigu où son mari n'était pas encore tout à fait éveillé, et où, quatre ans auparavant, avait commencé une lune de miel un peu pâle, dont le dernier quartier, à présent, ne jetait plus sur le ménage que des lueurs rares, fugitives et froides.

Sous un chapeau de paille marron, de forme presque masculine et presque tyrolienne, à plume marron, à voile marron, dans une robe et une veste de léger drap marron qu'éclairait seulement un gilet de coutil, les chevilles serrées par un cuir fauve, les pieds pointus et moulés par le vernis, Clotilde traversait lestement l'avenue Kléber, l'avenue d'Eylau ; et, avec sa vivacité grasse de femme trop énergique de jeunesse pour ne pas pouvoir (sans qu'il y parût) tyranniser son embonpoint, ayant bientôt gagné l'avenue du Bois-de-Boulogne à l'instant et à l'endroit où y flânent les promeneurs printaniers, elle ralentissait toutefois son train pour arpenter le large et honorable trottoir que longent, à droite, un mouvement élégant d'équipages, et, à gauche, une pente de gazons bien lavés, rasés de frais, brillants et soignés comme les cheveux d'un snob.

Clotilde s'observait alors de manière à garder, dans la célérité de son pas, la mesure nécessaire pour être une personne correcte, regardée, mais respectée ; pour paraître désœuvrée mais hygiénique, appétissante et comme il faut.

Elle se croisait, en effet, avec un nombreux public de messieurs et de dames en petite tenue, sur les physionomies desquels, d'ailleurs, elle n'aurait pu mettre aucun nom. C'étaient, pour la plupart, les représentants de la colonie étrangère, qui réside dans le quartier de l'Etoile : un monde cosmopolite circulant par pléiades où, tantôt, toutes les figures des deux sexes avaient des teints qui pour des Français eussent été la jaunisse et qui chez elles étaient l'expression de la santé ; où, tantôt, les voix avaient les articulations de jurons sifflés entre les dents et les modulations de propos adressés à un bengali, constituant ainsi la conversation de gentlemen vénérables avec de petites misses aux cheveux flottants. Il y avait, à quelque carrefour, un groupe gai et brillant de cette société en perpétuelles vacances, qui vit à Paris comme dans une ville d'eaux, sans soucis, sans occupations, sans relations avec l'habitant. Puis, de distance en distance, des maquignons, les mains derrière leurs dos tournés aux simples piétons, faisaient sympathiquement face, sous le soleil, à l'espace réservé pour tout ce qui trotte, stappe, piaffe, rue, se cabre et galope. Enfin, une certaine quantité d'indigènes parisiens, de fort bon air, suivis ou non de leur voiture, en paires d'amis ou en couples d'époux, solitaires ou en galanteries (et, çà et là entrecoupés par ces rangées de trois, quatre, cinq tout jeunes gens, très poseurs, qui se donnent le bras, qu'on rencontre toujours partout ; et qui ne sont donc jamais au collège?), venaient aussi à la rencontre de Clotilde ou se laissaient dépasser par elle.

La personnalité de cette dernière, avec ses manières ponctuelles et pressées, ne pouvait manquer d'intriguer cet ensemble d'habitués dont elle était maintenant connue de vue, ainsi qu'on s'entre-connaît tous, au bout de huit jours, sur la terrasse de Dieppe ou sur l'esplanade d'Interlaken. Et, à la façon bienveillante avec laquelle les hommes la dévisageaient, aucun d'eux ne semblait souhaiter que nulle parcelle, quoi qu'en eût pu dire le docteur, ne s'évaporât de cette belle chair dont le parfait régal défilait sous leur attention.

Le type de Clotilde présentait, en effet, une originalité extrême et attrayante. Ses cheveux, dans leur abondance soyeuse, étaient très noirs ; tandis que ses joues avaient une carnation des plus claires et vite rosée par l'exercice. Le menton un peu saillant s'attachait à une bouche toute petite, dont le sourire facile — un de ces sourires naïfs, à fossettes, qui semblent, chez certaines femmes, être restés d'une enfance grassouillette et chatouillée — ne pouvait découvrir que les dents, si blanches ! un peu courtes, un peu larges, de l'exact milieu. Le nez mince, presque invisiblement retroussé vers la pointe, séparait à peine, sous un front peut-être trop bas, deux yeux en diamants noirs, brillants et immenses comme ces pierreries exceptionnelles dont on dit que c'est folie lorsqu'elles ne sont point portées par des actrices ou par des reines, et qui mêlent un peu de gêne au radieux orgueil d'en être paré. Non, la réalité n'a jamais possédé un double de ces prunelles-là ; seule, la peinture d'imagination, en traçant des yeux, *de chic*, a pu fournir des modèles de comparaison : par exemple, dans ces belles affiches polychromes qui invitent le public à visiter un spectacle, un bazar de charité, ou un magasin de confections, à lire un roman, à ne pas voyager sans tel objet... Eh bien, la tête de la femme — conçue pour symboliser l'esprit du drame ou du livre, pour évoquer l'image de la bienfaisance, de l'élégance heureuse, ou du parfait tourisme — a généralement, au-dessus d'atours variables, une magnificence de rayons visuels qui doivent donner l'idée la mieux descriptive de ce dont il s'agit. Ou bien encore, Mme Mésigny pouvait faire songer à ces riches poupées, ayant un frais coloris sur leurs rondes pommettes, un nez si mignon qu'il paraît n'être là que pour dire qu'il y en a un, et puis, alors, des yeux en belle porcelaine, ouverts comme des tasses et pleins d'un étonnement qu'ils vous font partager.

Du reste, il y avait tout cet ensemble d'expressions involontaires dans les coups d'œil décents que Clotilde jetait, de droite et de gauche, sur les passants, tout en franchissant l'espace, de son pas salubre et coquet. C'était, en elle, un mélange confus de goût pour le bien, de tentation irréfléchie vers l'aventure, de contentement à l'égard de sa couturière, et comme un perpétuel éblouissement de contempler le monde par les vastes baies d'où se penchait son regard.

Aussi, plus d'un observateur, parmi ces hommes expérimentés qui, rien qu'en dévisageant une femme dans la rue à travers un clin de leurs paupières, se plaisent à décider aussitôt si elle leur plaît et s'il y aurait avec elle *quelque chose à faire*, plus d'un de ces observateurs se retournait aguiché et perplexe, après le passage de Mme Mésigny.

Le port et la tenue de celle-ci avaient, en effet, des hétérogénéités, que la faveur d'un entretien avec elle n'eût fait qu'accuser davantage. La vieille Mme Sorlin (mère de Mme de Prébois, dans le salon de laquelle Clotilde jouissait de la prédilection accordée à toutes les recrues nouvelles), une de ces personnes à qui l'âge donne l'aspect des vieux eunuques et ce qui peut en être l'âme envers les jeunes femmes, répétait volontiers: « Cette petite Mme Mésigny, je la trouve charmante ; je commence par déclarer que je la trouve charmante. Mais, dès que nous causons ensemble, j'en suis toujours à me demander si elle a été élevée au Conservatoire ou au couvent des Dames Anglaises... »

La vérité était que Clotilde avait reçu une éducation de famille alternative chez ses parents, séparés de leur vivant, morts en voyage chacun de leur côté, et maintenant réunis dans un même caveau sur lequel leur fille, suivant les dates d'une piété régulière, allait porter un beau bouquet de roses qui servait pour les deux. Tour à tour formée par un père ingénieur, brasseur d'affaires, philanthrope décoré, et par une mère que le mariage vraiment trop prématuré d'un tout jeune amant avait versée dans la dévotion, Clotilde avait ainsi recueilli une double préparation à la vie dont les éléments ne s'étaient jamais fondus en elle. Elle avait pris deux habitudes d'existence, deux secondes natures qui luttaient ensemble, qui la rendaient incertaine pour tout ce qui n'était pas acte de pur instinct. Elle ne savait accomplir que les projets subitement éclos dans sa cervelle ; dès qu'elle délibérait, l'irrésolution figeait ses attitudes. Sans cette disposition de son esprit, Clotilde aurait eu déjà peut-être pris le voile chez les Sœurs Blanches dont elle admirait le costume, quand sa mère, tuée par la rupture d'un anévrisme, lui était tombée dans les bras en sortant de la basilique de Saint-Pierre. Le père, prévenu télégraphiquement de l'accident qui le rendait veuf, était accouru à Rome, avait feint de pleurer quelque peu avec cette belle fille de vingt ans demeurée seule pendant huit jours entre une camériste et un cercueil, puis ramené le tout à Paris, où il s'était sans retard occupé de marier son unique enfant. Justement, sous sa main toujours prête à croiser le fer de deux signatures, à une portée de contrat, il trouva Albert Mésigny, le fils d'un de ses innombrables associés, un jeune homme de bonne santé, toujours vêtu avec soin, ne jouant que dans les bons clubs, tout muni d'un conseil judiciaire qui fonctionnait très bien, écœuré sur les liaisons clandestines par une de ces histoires de paternité que les petites ouvrières ont parfois la manie de faire reconnaître à son auteur, sans jamais pouvoir prouver qu'elle soit de lui. Albert était assez inflammable pour se marier avec une personne dans un état de fortune correspondant à celui qui lui était destiné, rien que pour la posséder, si la fraîcheur et la tournure lui en faisaient envie. A la première entrevue, il se montra exact, empressé, judicieux, commode à vivre, et fut instantanément agréé. Les deux pères mirent chacun deux cent cinquante mille francs dans l'affaire, qu'ils avaient hâte de terminer, afin de passer à une autre ; puis, celui de la nouvelle mariée partit, pour couper une langue de terre assez malsaine dont il prit la contagion et succomba, laissant, avec une fortune assez belle, un nom que sa fille avait pu perdre sans regret, mais qu'elle n'aurait pas été assez riche pour très brillamment remplacer. Le jeune couple avait d'abord goûté les joies faciles d'un intérieur neuf et gai, dans lequel l'amour ne consiste, pour chacun, qu'à laisser faire à l'autre ce qui lui plaît. La pensée du mariage ne s'était jamais présentée à l'esprit d'Albert que sous le symbole d'un lit à deux, où il n'y a pas moyen de faire entrer la compagne choisie, sans l'avoir convaincue par un sacrement ; il ne considérait l'éternelle union des époux que comme la façon la plus pratique à tous les égards de satisfaire la sensualité, pour Mme Mésigny, longtemps à l'avance et constamment depuis, le mariage lui avait toujours apparu dans l'allégorie d'une Clotilde émancipée de la tutelle familiale, ne faisant que les visites agréables, et n'en recevant point d'autres, d'une Clotilde bavardant chez elle et décidant chez la modiste à sa fantaisie, ayant sur toutes choses les habitudes et les opinions qu'elle préférait, avec loisir d'en changer.

Dans ces conditions, le zèle au début

passionné d'Albert n'avait pas tardé à se perdre dans des soins qui restaient malgré lui égoïstes, au contact d'une femme exquise et complaisante, dont l'ingénuité toutefois ne paraissait pas susceptible de progrès émotionnels. Bref, le moment était arrivé, chez les Mésigny, où les époux, sans devenir hostiles ni même malheureux, cessent d'être un couple pour ne plus former qu'un ménage ; où ils ne s'embrassent plus pour rien, c'est-à-dire rien que pour s'embrasser ; où l'écharpe rose, qui les a unis, prend une teinte mauve, comme ces petits lins barométriques, sans qu'on puisse discerner pourquoi, et parce que l'air ambiant se peuple d'invisibles, de mystérieux et de tout puissants atomes. De sorte que l'un et l'autre avaient recommencé à connaître et à savourer dans une certaine mesure l'ancienne douceur des libres sommeils, depuis que Clotilde avait accoutumé de se lever tôt, et qu'Albert, lorsqu'il n'avait pas dû remplir son devoir de conduite conjugale en soirée ou au théâtre, reportait au baccara une partie de ses nuits.

Le lendemain matin, paresseux, les paupières clignotantes et fripées, apercevant sa femme en train de se poudrer le nez dans un rayon de lumière qui entrait par la porte du cabinet de toilette, il murmurait, à travers un bâillement, quelques-unes de ces questions vaines, ne commandant même point de réponses et devant lesquelles l'interpellé peut garder le silence sans manquer de cordialité :

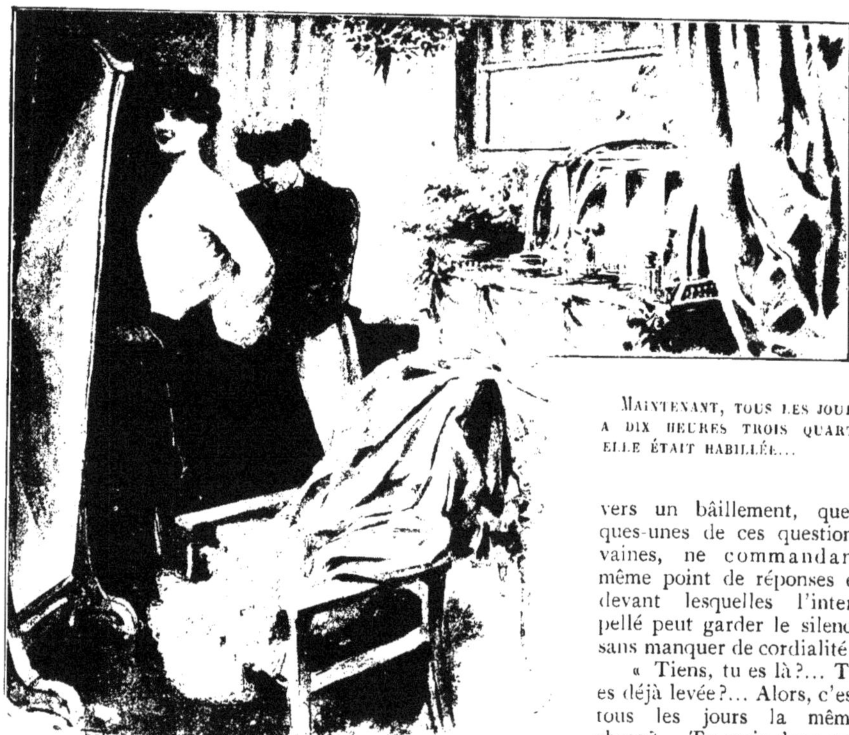

MAINTENANT, TOUS LES JOURS A DIX HEURES TROIS QUARTS ELLE ÉTAIT HABILLÉE...

« Tiens, tu es là ?... Tu es déjà levée ?... Alors, c'est tous les jours la même chose ?... Tu crois donc que ça te fera du bien ?... »

... Or, quotidiennement, Clotilde n'était pas encore depuis un quart d'heure dans l'avenue du Bois, que déjà elle avait vu, de loin, s'avancer vers elle un beau garçon de trente-cinq ans environ, chevalier de la Légion d'honneur, portant entière sa barbe noire, superbe, parfumée et calamistrée, et qui, les coudes écartés du buste, les mains gantées à l'aise dans de la peau de chien, promenait sa canne d'un mouvement circulaire et raide comme si ce fût une petite faux, pour faucher menu, menu, tous ceux qui ne sauraient pas que cette barbe appartenait à M. Dieudonné Des Frasses.

Le survenant affectait toujours de n'avoir point aperçu Mme Mésigny, avant d'en être à trois ou quatre pas. Et celle-ci, de même, ne relevait plus la tête qu'à l'instant précis de cette proximité,

« Oh!... monsieur Des Frasses!... s'écriait-elle alors avec une mine de politesse enchantée et en tendant sa main potelée.

— Vraiment, madame, je suis dans une période de veine vis-à-vis de vous!... » faisait généralement observer Des Frasses, qui était assidu à cet endroit depuis que Clotilde, chez Mme Hobbinson, avait déclaré, sans intention d'ailleurs, que dorénavant elle s'y rendrait chaque matin, quelque temps qu'il fît.

Ou bien, il répliquait par une courtoisie de banalité équivalente; et, saisi d'un certain trouble qui rendait tous ses gestes gauches pour une minute, il ne se décidait à remettre son chapeau qu'après une vive série de « Couvrez-vous donc, je vous en prie... Mais couvrez-vous donc!... »

Par un accord tacite, où leur parfaite complicité ne montrait que des apparences de bonne foi, c'était comme le bienfait d'un hasard constamment renouvelé qui les remettait en présence l'un de l'autre. Et même ils trouvaient là de quoi alimenter le dialogue embarrassé des premières phrases.

« Vraiment, disait Mme Mésigny, c'est si riant ici, si mouvementé!... Je me trouve stupide de n'avoir pas connu plus tôt la saveur du matin, à Paris; aussi, vous voyez, je rattrape le temps perdu... Mais, vous-même, cher monsieur, vous êtes un fidèle du Bois...

— Madame, demandait Des Frasses sous la pointe d'une anxiété, ne trouverez-vous pas mauvais que je sollicite la permission de vous tenir compagnie? Ne serai-je pas indiscret?...

— Mais non, mais non!... » répondait-elle avec son sourire naturel, avec cette mine d'encouragement honnête et ces petits trémulements de la tête et des épaules que doivent avoir les anges expansifs, quand quelqu'un de très convenable et de très intimidé se présente sur le seuil du paradis.

Les premières fois, Clotilde avait accepté l'imprévu de ce tête-à-tête, sans songer à la galerie ni concevoir qu'il pût nuire à sa réputation. Bientôt, elle s'était avisée d'inconvénients présumables; mais l'impossibilité chez elle de prendre un parti l'avait soumise au cours de choses dont elle était, d'ailleurs, réjouie. Et maintenant, dès qu'elle retrouvait la société de ce promeneur ponctuel, elle n'éprouvait, à cheminer auprès de lui, qu'une agréable angoisse, un goût sur la langue de gâteau un peu poivré, et même, parfois, presque une folle envie qu'un passant de sa connaissance l'aperçût dans cette situation, dont pourtant elle ne se vantait ensuite à personne, mais dont sa coquetterie eût aimé d'avoir à être taquinée et de se justifier fièrement.

C'eût été, en effet, se tromper gravement si l'on avait prêté à Mme Albert Mésigny de supposer que jamais Des Frasses dût devenir

son amant. L'idée qu'un étranger pût lui toucher rien que le front, seulement du bout du doigt, n'entrait pas dans son esprit, et eût fait frissonner tout l'orgueil de sa chair. Bien plus, si elle avait imaginé que son compagnon fût capable d'une telle pensée, elle se serait enfuie avec dégoût, par une propreté d'hermine, dans l'instinctive et âpre colère qui fait gronder contre l'impudence des mâles une chatte en repos. Une grande partie de son audace à parler familièrement avec les hommes lui venait juste d'une pudeur qui, au bout de quatre ans de mariage, lui conservait encore la gêne et le charme de rougir dans les intimités conjugales. Et tant d'ignorance, en elle, se mêlait à la mesure dans laquelle sa chasteté avait dû s'asservir, que l'usage d'exprimer matériellement l'amour lui semblait une sorte de passion vicieuse, réservée, comme celle de fumer, au sexe fort, et dont une femme intelligente devait accorder l'exercice à son mari, avec une égale tolérance. Le sentiment de cette comparaison était même si net, dans l'âme de Clotilde, qu'on ne pouvait, devant elle, faire allusion aux frasques de dames pourtant très distinguées, sans qu'elle n'entrevît aussitôt des scènes du plus mauvais ton, ni que le souvenir ne lui fût rappelé de créatures indignes et vaguement discernées dans un brouillard bleu, à travers les glaces des cafés où elles s'offrent des cigarettes.

Au surplus, Des Frasses, quand même sa belle charpente eût intérieurement craqué sous le poids de désirs inavoués, n'était coupable de nourrir aucun espoir. Il en était, vis-à-vis de Clotilde, à la seconde phase de ses états normaux envers les femmes dont il s'occupait, la phase sans issue concevable, sans avancement ni recul, dans laquelle il tombait régulièrement presque au début de la passion mondaine qu'il contractait chaque année ou souvent deux fois par an. La première période, pour ce caractère sensible, s'ouvrait dès qu'il entamait des rapports de salons avec quelque personne attirante, aimable et jolie : immédiatement transporté par le rêve, Des Frasses se voyait déjà débarqué au plein cœur du pays de l'amour, avant même d'être en route. Faisant abstraction de tout ce qui constituait les soins du voyage, il ne songeait d'abord qu'à la façon dont, arrivé à destination, il réglerait sa vie. Tous ses projets alors étaient d'un homme tendre et ferme, délicat, supérieur, parfait, sublime ; et, afin que cette fiction prît un corps définitif, celle qui en était l'héroïne inconsciente n'avait plus qu'à y apporter la réalité de son consentement. Mais c'était pour obtenir ce résultat que Des Frasses commençait à s'embarrasser. A vrai dire, il ne croyait à la vertu des femmes que durant le temps où elles étaient éprises de leur mari ou de leur amant ; et il se tirait assez habilement de mener, sur ce point, l'enquête nécessaire. Il n'était point dupe de la comédie que donne la société ; et personne, mieux que cet amateur de commérages galants, n'aurait dû puiser des encouragements dans la connaissance ou le soupçon de tant d'intrigues dont il était environné et qui, forcément, étaient parties, partaient du degré où il en était. Mais, par impuissance à mettre en sa pratique particulière les bénéfices de son expérience générale, incapable de distinguer, lorsqu'ils se produisaient en face de lui, ces phénomènes humains et constants qui lui étaient si visibles lorsqu'il les observait de biais sur autrui, Des Frasses ne tardait pas à se désorienter, à se persuader que sa mauvaise fortune l'avait conduit vers un sujet qui n'était point comme les autres. Ainsi que la plupart de ses semblables, il avait une tendance à traiter d'exceptionnel ce qui lui était personnel, laissant le reste de l'univers se mouvoir dans les communes règles. Par le verre grossissant dont chacun se sert pour examiner ce qui l'intéresse en propre, il prenait les airs féminins de négligence pour du dédain, les premiers détours pour de complètes dérobades, et désespérait de son travail au moment précis où peut-être il allait croire qu'il découvrait un aveu dans une distraction et quelque promesse dans une échappatoire. Alors, saisi de langueur, le cœur de Des Frasses s'enfermait dans une sorte de chrysalide, où continuait de végéter l'existence amoureuse, et qui eût pu durer sans fin, s'il n'y avait toujours, par le monde, une flore nouvelle de femmes à être attirante, aimable et jolie.

« Ah ! ah ! faisait joyeusement Clotilde, tandis que les enjambées de son compagnon se réglaient sur les siennes, je marche un peu trop vite pour votre goût, n'est-ce pas ?... Vous voyez que je ne suis pas une personne toujours commode à suivre...

— Eh bien, madame, pas du tout, au contraire ! J'apprécie beaucoup votre pas ; c'est un pas ravissant. Ce n'est point le pas d'homme ; ce n'est plus le pas de femme : c'est un pas bien à vous, un pas très original... »

Leur conversation, dans ces promenades à deux, aurait pu être écoutée par la défunte mère de Clotilde, à la rigueur par son mari et jusque par le monde, sans que personne y trouvât rien à reprendre. Eux-mêmes, c'était à peine s'ils sentaient passer entre leurs mots, derrière leurs mines, dans leurs silences, quelque chose d'indéterminé et de réciproque.

Souvent, Des Frasses causait de littérature, de peinture, de théâtre, avec l'autorité d'un interlocuteur suffisamment averti qu'on le répute, dans un certain nombre de maisons, pour un des trois ou quatre hommes d'esprit dont la concurrence y soit installée. Quelquefois encore, par une incursion à travers la politique, il remuait, dans la cervelle de Mme Mésigny, le petit coin aux grandes pensées ; rappelant l'époque de son sous-préfectorat, bien court, mais qu'on devinait avoir été très remarqué ; et, parlant du Seize-Mai, comme si cette date devait, plus tard, occuper l'Histoire autant que les Cent-Jours. Ou bien il faisait allusion à des événements de son enfance aristocratique dans ce château de Savoie où il était né ; il supputait les honneurs auxquels son rang de noblesse l'aurait à présent monté, s'il eût conservé la nationalité italienne, ainsi que la majeure partie des siens. Puis il regardait Clotilde, et respirait largement, plutôt qu'il ne soupirait, comme si l'air du paysage eût été plein de compensations. Mais ces questions d'art ou de politique, cette Savoie, et puis mille faits divers et tout le reste, évoqués d'une voix mélancolique et traînante, semblaient n'apparaître que dans une nuée, sous laquelle Des Frasses cachait le soleil de son sentiment.

Aussitot Clotilde s'arrêtait, se réjouissant d'être ainsi surprise.

Pendant ces discours, Mme Mésigny n'était pas toujours attentive : et, dans ses réponses, il lui advenait aussi de ne pas s'écouter elle-même, de ne répéter qu'à l'adresse du public croisé ou dépassé, et en la prononçant plus haut, une phrase qui énonçait un détail *chic*, propre à émerveiller, et sous la lumière de laquelle cela lui plaisait d'apparaître fugitivement à des inconnus. Cependant elle éprouvait les doux frissons d'un plaisir cérébral à subir l'idée qu'en permettant les assiduités de Des Frasses, elle se promenait irrépréhensiblement sous l'ombre confuse de quelque mal, à concevoir que des désirs indéfinis, qui ne la pénétraient point, flottaient pourtant autour d'elle, parmi l'hygiène de ses récentes habitudes.

Et, fréquemment, la survenue d'un tiers doublait la densité de cette atmosphère idéale. C'était lorsque M. Trept, de l'autre côté de l'avenue, ayant reconnu le couple alerte, sortait au petit galop de l'allée des cavaliers pour venir présenter ses hommages à la jeune femme et échanger une poignée de mains avec Des Frasses.

Aussitôt Clotilde s'arrêtait, se réjouissant d'être ainsi surprise. Elle faisait des « présentez armes » avec son ombrelle, ou la tenait fermée, derrière son dos, en bandoulière, et s'enchantait de prolonger une de ces attitudes dans lesquelles il est un peu insolite et très *high-life* de s'offrir en spectacle : telle que c'était, par exemple, de faire à pied la causette avec un monsieur à cheval.

D'ailleurs, Trept, au même titre que Des Frasses, était, dans le ménage de Clotilde, un ami à elle, qu'elle s'était attaché, comme l'autre, à bavarder en ville, à danser, à jouer la comédie de paravent. A ces compères, Albert Mésigny serrait indifféremment la main, sans jamais avoir avec eux d'autres entretiens que ceux où il leur donnait des nouvelles de sa femme.

En s'approchant, Trept ne manquait point de présenter, avec bonhomie, quelque observation, sur le ton de dire :

« Tiens, tiens, mais je vous y prends encore !... »

Ou bien :

« Je ne voudrais pas vous déranger... »

Là-dessus, Des Frasses, malgré l'intimité de ses relations avec Trept, affectait l'air ignorant et grave de l'homme qui préférerait être empalé à compromettre une femme. Mais Clotilde éclatait de rire.

« Oh bien, répliquait-elle, j'aurais voulu que vous nous entendissiez depuis une demi-heure... M. Des Frasses était en train de m'expliquer comme quoi il allait demander sa naturalisation à Rome, pour redevenir Italien... »

Aussitôt les yeux de Des Frasses exprimaient un reproche : et, bravant ce qu'il paraissait plus redouter que le pal, celui-ci ne laissait point passer sans protestation une feinte aussi perfide, comme s'il se fût défié que la femme courtisée ne prît ensuite au sérieux sa propre plaisanterie.

« Vous n'ajoutez point, madame, que la première condition, par moi posée au Quirinal, serait de me renvoyer immédiatement à Paris, en qualité de secrétaire de l'ambassade... »

Quoique Trept fît, à chaque occasion, une cour hardie à Clotilde, il ne paraissait pas s'aviser du ton de ferveur qui accommodait toujours une rectification de ce genre. Du reste, les impatiences de son cheval étaient généralement promptes à fournir des diversions.

Tandis que le cavalier et la monture étaient en difficultés, Clotilde ne pouvait se défendre de remarquer combien Trept avait la taille bien prise dans ses vêtements coupés à Londres, et comme il était joli garçon avec ses moustaches d'un roux foncé, frisées à l'envers, qui découvraient des lèvres fines, agitées de contractions nerveuses à travers lesquelles pointaient de belles dents de loup. Et la coquetterie de Mme Mésigny cherchait instinctivement l'expression amoureuse qu'elle avait l'habitude d'y rencontrer, dans ces yeux pers pour l'instant fixés sur l'encolure d'une bête rétive et parcourus de petites ondes dorées, en seul signe d'effort de tout l'individu.

A la vérité, Clotilde en aurait été pour tous les frais dans lesquels elle eût bien voulu se mettre ; car Trept n'aimait guère à faire la cour que dans les endroits qui lui semblaient affectés à cela, et quand ses opérations de Bourse étaient terminées, le soir de préférence, et assis, avec la possibilité de prononcer des mots clairs, ayant chance de porter. Dans le monde, dont il recherchait les femmes, par économie, par bonne tenue ; et, à l'occasion, pour se faufiler derrière elles dans de nouveaux salons, aussi bien que pour gagner des invitations de chasse ou des affaires auprès des maris, — Trept semait les fleurettes d'une main généreuse et confiante, leur laissant ensuite un temps variable, selon les espèces, avant d'aller voir si elles avaient poussé, cultivant les unes et les autres par la chaleur ou la fraîcheur convenables. Son sens très aiguisé de l'utile et du décent, en matière de flirt, ne lui interdisait pas de poursuivre les personnalités du demi-monde très bien posées, mais l'écartait méthodiquement de toute entreprise auprès des jeunes filles.

... Aussi, lorsque, dans un piaffement final de son alezan, il prenait congé de Mme Mésigny, celle-ci restait un moment agacée et songeuse d'avoir revu si calme, si peu jaloux, sous une politesse indifférente, ce même homme dont elle avait eu récemment, dont elle était sûre d'avoir bientôt à réprimer les audaces de paroles sympathiques et amusantes. Et, laissant se dissiper une maussaderie légère qu'avait prise Des Frasses à être dérangé, elle regardait Trept s'en aller comme une énigme, disparaître vers l'Arc de Triomphe, retourner à ses affaires dont personne ne savait rien, sinon qu'elles lui permettaient tous les conforts, et sur lesquelles nul n'aurait pensé à lui demander des explications, tant il était aisé de manières, sérieux, solvable et de bonne compagnie.

En définitive, Clotilde ne tenait point compte, chez aucun de ses deux chevaliers servants, de ce qui constitue la physionomie sociale d'un homme et l'ensemble de son rôle dans la vie. Quand leurs noms, prononcés par un tiers, emplissaient son oreille, cela n'évoquait en elle que des souvenirs de flirt, que des espoirs de flirt, une envie qu'ils fussent là pour flirter immédiatement avec eux. Dans l'infini des rêveries de Clotilde, Des Frasses n'était pas un gentilhomme savoyard, cultivant la poésie après s'être démis de l'administration ; Trept n'était pas un banquier d'origine obscure, de réussite notoire, et dont personne ne savait dire s'il avait trente-cinq ou quarante-cinq ans. Du moins celui-ci, à l'égard de la jeune femme, aurait aussi bien pu être celui-là, tant leurs individualités se confondaient pour elle, en ce que l'un et l'autre étaient des gens qui lui avaient fait la cour, hier, chez les Balbenthal ; qui la lui feraient, demain, chez les Prébois. C'étaient, en tout et pour tout, les clients attitrés de son doux commerce, flâneur et sans marché. C'étaient ceux qu'elle affectait de ne pas avoir aperçus tout d'abord quand elle arrivait quelque part ou lorsqu'ils y entraient, et pour lesquels un bonjour permanent, superflu à prononcer, régnait en son esprit ; ceux à qui, sur l'heure de partir, elle disait machinalement adieu en dernier, renouvelant au besoin cet adieu, si des retardataires étaient venus interposer le leur, comme afin de conserver dans ses petites mains l'impression particulière de ces

Mme MÉSIGNY CONSENTAIT A S'ASSEOIR.

mains, en apparence vides ainsi que les autres, et où cependant pour elle il y avait... quelque chose.

... Une fois qu'elle avait parcouru l'avenue du Bois, dans les deux sens, Mme Mésigny consentait à s'asseoir, avec Des Frasses, au rond-point des Pannés, pourvu qu'il ne fût pas encore midi.

Toutefois elle n'avait pas plus tôt occupé un fauteuil qu'elle trouvait l'endroit trop éventé pour des gens en moiteur. De sorte qu'elle reprenait toujours le chemin de son domicile, aussitôt après avoir terminé son trajet réglementaire, soit qu'il fût ou non midi. Mais cette question de montre à consulter avait néanmoins, durant toute la promenade, mis une sorte de convention secrète entre les compagnons, dont l'un pouvait ainsi nourrir l'ambition d'un résultat, dont l'autre jouissait de la perspective d'avoir à consentir une concession. Et, dans les instants où l'on ne sait quoi se dire, ils discutaient avec délice pour décider, vu la marche des aiguilles, s'ils arriveraient en avance ou en retard au rendez-vous de leurs deux imaginations.

Des Frasses ramenait alors la jeune femme, jusqu'au coin de l'avenue d'Eylau, pas plus loin, par un sentiment de convenance qui avait été compris et approuvé, sans explications qui eussent pu contenir quelque pointe d'observation involontairement blessante, comme il convient entre personnes n'accomplissant rien d'illicite, n'est-ce pas? et bien libres de se quitter là où il leur semble que ce soit le mieux de le faire.

Et Clotilde, reprenant son pas alerte, son pas de grandes manœuvres, était de retour juste à temps pour dépouiller sa tenue du matin, se mettre en déshabillé et reprendre haleine avant le déjeuner.

Sur ces entrefaites, Mésigny pénétrait ordinairement dans le boudoir de sa femme qui, tout empressée, toute chaude encore d'une salubre agitation, s'écriait aussitôt pour prévenir des questions importunes et diriger, à son gré, la curiosité de son mari : « Tu sais que j'ai encore gagné sur mon corset!... Là, vois-tu? »

Albert, engourdi par un restant de sommeil, répondait tantôt oui, tantôt non ; et, le plus souvent, ajoutait :

« Je te préviens que je meurs de faim.

— Eh bien, je suis prête... Tâte seulement ici... Mais non, pas là, tu es bête!... Ici, dans le dos... Oh! que tu es ridicule!... »

Et Clotilde allait ensuite prendre place à table, un peu boudeuse de ce que la maladresse de son mari la fît douter maintenant qu'elle eût ou non profité du traitement, reprochant à celui-ci en son for intérieur de ne pas s'intéresser davantage au mal qu'elle se donnait, tout comme si elle se fût fait maigrir uniquement pour lui, pour son plaisir à lui, pour le jour de sa fête à lui.

Le type de Clotilde présentait, en effet, une originalité extrême et attrayante.

II

« Mon Dieu, que c'est donc délicieux ici ! s'exclama Agnès Hobbinson, tout essoufflée de la descente en course à laquelle Roland de Prébois l'avait malicieusement défiée... C'est le bois de Boulogne qui est en bas de nous ? demanda la jeune fille, son index tendu vers le centre du panorama que dorait le soleil couchant, sous la dernière des terrasses qui s'étageaient, dans la villa des Prébois, au long de la colline de Saint-Germain.

— Non, c'est le Vésinet, » répondit le jeune camarade, qui avait environ dix-sept ans comme elle, un visage d'adolescent imberbe et pensif, des cheveux châtains, longs et soyeux, la grâce de corps finement débile et le front élevé d'un Chatterton que ses succès au lawn-tennis ou à danser le boston auraient accommodé avec l'existence.

« Et ça, reprit Agnès, est-ce la Seine ? »

Roland se mit à rire, et, retroussant un peu le coin de ses lèvres fraîches, avec la part d'autorité qui convient pour gourmander doucement une écolière choyée :

« Que voudriez-vous que ce fût ?

— Je ne sais pas, » répliqua-t-elle, sereine, en laissant retomber son mince bras qu'enveloppait une manche de popeline fort large au coude et boutonnée au poignet.

Elle demeura avec un grand sérieux de petite personne, toute raide dans sa robe unie et blanche, dans son corsage blanc et froncé, qui lui marquait très haut la taille. Ses escarpins mordorés plantaient leurs talons pointus dans le sable épais et rouge d'une allée serpentant parmi les pentes d'un pré, dont la flore artificiellement sauvage portait au bout de longues tiges ses couleurs espacées et choisies. Et, dans les profondeurs d'un chapeau de coutil couvert de ruches et fermé, dans la clarté d'une ombre blanche qui se réverbérait contre un gros nœud de brides en mousseline, apparaissait la figure mignonne et blonde d'Agnès, aux lignes très régulières, toute poudrée de grains de rousseur sur l'éclat rose du teint.

Elle se retourna enfin vers les terrasses supérieures, d'où son compagnon et elle venaient de si rapidement dévaler ; et, avec le langage familier d'une fillette qui vit sur le pied de fraternité auprès d'une mère peu rigoriste dans le choix de ses propres termes :

« Maman va être joliment éreintée pour parvenir jusqu'ici ! »

Roland dévisagea son amie d'un air narquois. Il eut un sourire qui n'était point sans méchanceté, ainsi que le flirteur débutant est toujours quelque peu formé par ce qui subsiste en lui de l'enfant taquin.

« N'ayez crainte, murmura-t-il, Mme Hobbinson ne nous rattrapera pas ; elle n'aura pas ses palpitations ; j'ai vu qu'elle était déjà allée s'asseoir dans le kiosque comme l'amiral et grand'mère. »

La petite Agnès devint aussi rouge que le coquelicot qu'elle se penchait pour cueillir.

« Alors, elle va me gronder !

— Vous gronder ? Pourquoi donc ?

— Parce que je suis seule avec vous... Oh ! maman m'a bien dit qu'elle ne trouvait aucun mal à cela ; mais que ça pourrait faire mauvais effet pour le monde... »

Roland eut un geste rageur.

« Ah bien ! dit-il, si vous commencez maintenant à vous occuper du monde !... »

Pour se mettre au niveau de ce souverain mépris, Agnès haussa plusieurs fois les épaules, ses épaules un peu pointues, derrière lesquelles, par ce gentil mouvement de leur fourche, elle envoyait le monde, toute la meule du monde, rouler dans la prairie. En même temps, elle demanda :

« Qui avez-vous à dîner ?

— Il y a Mme Nully-Lévrier, si elle n'est pas encore partie pour La Branchette... Il y a Jonzac, s'il est revenu de Rouen...

— Et ça, reprit Agnès, est-ce la Seine ?

et père dit que c'est un homme supérieur. Je suppose que c'est à cause de cela qu'on l'invite.

— Pourquoi n'amène-t-il jamais sa femme, puisqu'il est marié ?

— Mère croit que c'est parce que Mme Jonzac n'a pas de toilettes. Et puis, on ne tient pas à ce qu'il l'amène. Quand, par hasard, sa femme est là, il est tout changé, il parle à peine, il est tout à fait ennuyeux.

— Maman m'a défendu de jamais rester seule à causer avec lui. .

— Vraiment, riposta Roland piqué, de même qu'avec moi... »

Et il cligna des yeux, comme afin de projeter avec acuité son regard dans le vague, selon une mine qui lui était fournie presque naturellement par une myopie tout juste assez faible pour ne donner à sa physionomie qu'une expression charmante, et dont il se servait aux heures de dépit, de câlinerie ou d'intrigue.

Agnès perçut le reproche. Elle considéra affectueusement le jeune homme, et déclara sur son ton le plus capable :

« Ce n'est pas la même chose. »

Elle aurait sans doute été fort embarrassée, si son interlocuteur l'eût aussitôt priée de bien vouloir expliquer la différence qu'elle faisait entre les deux prohibitions édictées par sa mère, quoique cette différence s'imposât très nettement aux inconsciences de son instinct. Auprès de Roland, Agnès se sentait en sécurité, comme auprès d'un bon chien dont elle aurait eu l'habitude de pratiquer l'attache-

Vous savez que son opéra vient d'avoir là-bas un triomphe ?

— Ça m'est égal, tant pis ! Je le déteste, celui-là...

— Moi aussi. Père, mère et grand'mère le détestent aussi. Mère dit seulement que Jonzac l'amuse, avec sa tête de pifferaro ;

ment et la douceur ; auprès de Jonzac, ainsi que de la plupart des autres hommes, les dangers, que la prudence naturelle lui avait fait confusément concevoir, la troublaient, de la même anxiété légère qui naissait en elle, si un chien inconnu, peut-être susceptible de vouloir mordre, flairait sa jupe au passage.

Roland continua :

« Nous aurons encore M. et Mme Mésigny, M. Trept...

— Et M. Des Frasses ?... »

Un ricanement résonna entre les dents du jeune homme, tandis que la jeune fille serrait les siennes d'une petite façon modeste et rusée, avec tout un orgueil en son for intérieur d'avoir fait preuve d'une malignité si favorablement accueillie·

« Ah çà, reprit Roland, est-ce que vous n'aimeriez pas non plus Mme Mésigny ?

— Oh ! ne pensez pas cela, je vous en prie ! D'abord je trouve qu'elle s'habille très bien. Elle est toujours très polie, très aimable pour moi...

— Seulement ?...

— Dame ! c'est un peu drôle, n'est-ce pas ? qu'elle ne puisse bouger sans être aussitôt suivie de M. Trept et de M. Des Frasses. »

Une émotion vicieuse agita imperceptiblement tout l'être de Roland, à entendre avec quelle tranquille hardiesse la jeune fille se prononçait sur un phénomène — d'apparence fort banale, à vrai dire, — mais qu'on ne pouvait soumettre à la remarque sans ouvrir carrière aux libertinages de l'imagination. Le compagnon fut aiguillonné d'une curiosité affectueuse et coupable ; un désir tendre et timoré le stimula de chercher à découvrir, par des moyens détournés, ce que cette petite savait de la vie, et si, par hasard, elle allait en savoir autant que lui ?

« Ce Mésigny, avança-t-il, est tout de même un rude imbécile ! »

Agnès écarquilla ses yeux, d'où débordait un limpide azur. Manifestement, avant ces paroles de Roland, elle n'avait pas encore pris garde à ce mari, dont le rôle social s'annihilait dans l'insignifiance de l'individu.

« A sa place, poursuivit l'autre, je commencerais par casser la figure à ces deux messieurs !... »

La jeune fille, muette, de plus en plus

ébahie, contemplait son ami, assez touchée au fond et contente du ton de bravoure, de l'air de décision qui venait d'en viriliser les traits.

« Oui ! répliqua-t-elle enfin, on rencontre quelquefois des femmes bien incompréhensibles... »

Dans sa timide conception, qu'elle ne parvenait pas à formuler, Agnès osait pourtant blâmer celles qui laissent divers personnages s'occuper d'elles à la fois. Cette pluralité, dans les servants d'hommages agréés, lui paraissait inexplicable, quelque chose de monstrueux et d'impossible, comme si, par exemple, elle-même se fût tout d'un coup avisée d'accorder un cotillon sur deux à Maurice Balbenthal. Et elle eut la vision rapide de Roland cassant la figure de ce dernier.

... A ce moment, le jabotage des jeunes gens fut brusquement interrompu.

« Hou, hou !... Agnès ?... Roland ?... Où donc êtes-vous ? » criaient Mme Hobbinson et Mme de Prébois, du haut d'une des terrasses intermédiaires entre le terre-plein du castel et le bas du parc.

La première faisait des signes d'appel avec son mouchoir flottant comme une banderole ; la seconde, ainsi qu'un manche de drapeau, brandissait impatiemment sa longue canne, terminée par une béquille en porcelaine de Saxe. Et, des deux mères, on n'aurait peut-être pas deviné, rien qu'à l'aide du sens commun, laquelle était le plus en défiance.

« Les enfants, je commence à m'en apercevoir, sont encore plus insupportables, quand ils deviennent grands, que lorsqu'ils étaient petits ! » observa Mme de Prébois en inspectant les environs, à travers sa face à main, dont l'écaille se juxtaposait sur la ligne d'intersection qui séparait les deux expressions bien distinctes de sa maternelle physionomie.

Elle avait, en effet, l'habitude de se noircir les cils, le tour des yeux, les sourcils, et la crête grisonnante de sa chevelure, et paraissait ainsi porter, dans la région supérieure de sa tête, le deuil profane et perpétuel d'un premier-né qu'elle avait perdu ; mais le bas du visage, fourni de belles joues, au coloris radieux, semblait de jour en jour rebondir davantage sous la force croissante des baisers qu'y appuyait le grand garçon chéri et resté.

Mme Hobbinson s'écria :

« Les voilà ! madame ! les voilà !... Hé, là-bas ! Ce n'est pas la peine de courir : vous allez vous mettre en nage... »

Son premier soin, dès l'abord des deux vagabonds, fut de remettre d'aplomb le grand chapeau un peu chaviré de sa fille, avec ce calme sourire du regard et des lèvres, par lequel jamais Agnès n'était assurée que sa mère n'eût aucune sévérité au cœur. Car, en rentrant à la maison, tantôt Mme Hobbinson donnait cours à des gronderies accumulées en elle ; et tantôt, à la suite de circonstances identiques, elle conservait l'expression de bonne harmonie dont elle avait usé pour l'édification du monde. C'était en de telles manières qu'Agnès avait à puiser ses principes de conduite.

Mme Hobbinson était un peu plus grande que sa fille, ce qui la faisait paraître presque aussi frêle de taille. Comme cette dernière, elle avait un fouillis de cheveux blonds, des yeux bleus, un nez mince et droit, une petite bouche, un tout petit menton ; mais ses traits étaient tellement plus fins encore qu'il y persistait une jeunesse, pour ainsi dire, égale. A dévisager Mme Hobbinson, c'était voir Agnès sans grains de rousseur ; à écouter Agnès, c'était entendre la voix de sa mère, moins l'accent américain.

« Tous les convives sont arrivés ? interrogea Roland.

— Pas encore. J'ai une lettre de Mme Nully-Lévrier, qui ne viendra pas. Et Des Frasses aussi m'a télégraphié de ne pas l'attendre pour dîner. Il tâchera de me faire, ce soir même, une petite visite d'excuses... Ce pauvre garçon est vraiment trop cérémonieux, trop aimable : il me gâte. »

Tandis que Roland et Agnès échangeaient un regard d'intelligence, Mme Hobbinson chercha les yeux de Mme de Prébois pour tâcher d'y lire l'esprit vrai de ces derniers mots. Mais la maîtresse de maison se montra sérieuse, nullement ironique. Au surplus, si elle ne se dissimulait point le mobile qui allait lui amener Des Frasses, elle trouvait encore de quoi s'y satisfaire ; car elle aimait le flirt d'autrui sous son toit, elle le favorisait en invitant toujours ensemble les gens qui faisaient la paire dans ce genre d'ornementation. Et c'était en quelque sorte lui être fidèle, à elle-même, que de ne pas abandonner un commerce amoureux dont son initiative avait assumé l'entremise tacite, constante, indémontrable et désintéressée.

Aussi, dès qu'un même train eut débarqué, pour l'heure du dîner, M. et Mme Mésigny, Trept et Jonzac, mit-elle son empressement à exposer le contenu de la dépêche de Des Frasses, ayant comme un scrupule d'être disculpée devant Clotilde, tout de suite, devant la maison, encore en plein air, et tout le monde debout.

« Bon! s'exclama Jonzac, qu'un honorable prétexte invoqué dans le télégramme ne rendait point dupe... Cette excellente Olgar l'aura enfermé. »

Nul ne se récria. On savait, parmi l'auditoire, que Des Frasses entretenait, dans une proportion notable, cette demi-étoile de théâtre, cette personnalité du demi-monde, que saluaient à moitié, même au bras de leur femme, les peintres, les auteurs, les gens artistes ou de carrière libérale. Ce rôle de célibataire n'avait donc rien qui ne parût naturel, qui ne fût admis. Et cela figurait même à l'ordre du jour des papotages, dans les coteries mondaines où le jeune homme, par le seul acte d'y être entré, avait fait l'apport, volontaire ou non, des détails de sa vie et de la plupart de ses secrets.

Mme Hobbinson s'en tint à cette réflexion :

« Quel dommage!... Un garçon si supérieur, si poétique!...

— C'est vrai, ajouta Jonzac... Il a un talent qui n'est pas vilain ; il exhume Malfilâtre... Comment donc commence la petite pièce qu'il nous a débitée, l'autre jour?... Ah :

Daignez sourire à mes accens,
Ne refusez pas un encens...

— Bravo! fit Mme de Prébois... Et avouez que c'était exquis?

— Oui, je ne déteste point ces vers qui me parlent de miel, de ris et de roses, qui ont une saveur un peu passée. Ce qui ajoute encore à l'inattendu de leur charme, c'est qu'ils tombent d'une barbe de sapeur morose ou du haut d'un tambour-major qui se serait mis en attitude de commander un roulement funèbre... »

Albert Mésigny s'étendit alors sur le talent d'acteur qu'avait Des Frasses, par un désir non précis peut-être de chevalerie facile, peut-être de simple importance, qui le poussait tout d'un coup à se montrer plus amicalement lié qu'il ne l'était réellement avec l'ami de sa femme.

« Ce serait l'idéal, reprit Jonzac, s'il pouvait pousser de la voix... Car il vous a une façon de jouer la comédie et le drame qui fait immédiatement songer aux meilleurs chanteurs de l'Opéra. »

Mme Mésigny, pendant ce dialogue, n'avait hasardé aucun avis. Elle s'était bornée à considérer successivement chacun des interlocuteurs qui s'exprimaient à l'égard de Des Frasses, en offrant l'attention polie d'une personne dépourvue d'opinion sur le débat, mais disposée à s'en instruire.

« Ah çà, maman, est-ce qu'on ne va pas dîner? s'écria Roland avec cette brusquerie des enfants gâtés qui, dans la vie contemporaine, remplacent parfois le chœur antique et traduisent, avec naïveté, les sentiments de l'assistance.

— Il doit être l'heure, en effet, répondit sa mère, car voilà que ton père est prêt. »

M. de Prébois, en redingote noire, s'approchait dans sa gravité de conseiller-maître à la Cour des Comptes. Un peu replet, mais de haute stature, il avait quelque chose d'équivoque, et qui déroutait constamment la direction des regards, dans sa façon de déplacer ses coudes et de ne jamais paraître d'aplomb sur ses jambes, dans sa barbe mal blanchie, mêlée de poils paille, et inégalement taillée. Il serra la main à tout le monde, avec courtoisie, sans cordialité. On discernait comme des éraillements microscopiques à travers l'âpreté noire de ses prunelles ; on pouvait deviner par là les suites de secousses imprimées à un ambitieux de choses médiocres et conséquemment très disputées, à un fonctionnaire frappé de fréquents vertiges sur les échelles de l'avancement. Enfin, on sentait surtout, en lui, un de ces hommes à tenue soignée, adhérents à leur emploi dans l'Etat, et auxquels leurs ennemis eux-mêmes renoncent à faire lâcher prise.

« Où donc est l'amiral? » fit M. de Prébois avec cet esprit de choix qui dirigeait toujours son intérêt vers le titulaire, à proximité, d'une qualité administrative quelconque, même en retraite.

Roland proféra aussitôt une sorte de hululement, dont la grand'mère comprit le sens d'appel à son adresse. Effectivement, au loin, on la vit sortir d'un petit pavillon à style chinois, bâti sur un tertre dominant l'horizon, et où elle avait continué à séjourner avec M. de Kerguel, depuis que Mme Hobbinson les y avait laissés en tête-à-tête.

Les deux vieillards s'avançaient côte à côte : l'amiral, très droit et très digne dans ses soixante-dix ans, le pas un peu hâtif et pourtant retenu, les lèvres pincées sous son nez en bec d'aigle et entre ses favoris blancs et plats : Mme veuve Sorlin, loquace au contraire, prodiguant des gestes courts avec ses gros bras, roulait lentement ses formes noyées dans la graisse, au-dessus desquelles ses yeux brillaient encore, tels que deux fanaux plantés sur une inondation.

Puis, en se rapprochant du groupe, la

vieille dame se tut subitement ; et ce fut l'amiral qui prit la parole, de manière que l'on pût entendre qu'il disait :

« Je suis de votre avis : un peu de pluie, pendant que nous allons être rentrés, ferait très bien. »

Tandis que ces deux retardataires échangeaient des compliments de bien venue avec les nouveaux arrivés, Mme Hobbinson observa, du coin de l'œil, la bonne-maman Sorlin qui lui sembla, sans que toutefois cela fût visible pour un spectateur indifférent, lui tourner le dos avec affectation. L'Américaine alors dirigea son joli museau de souris vers l'amiral, dont elle rencontra le regard, qui avait attendu et qui repartit immédiatement, comme un courrier esclave de son service et ne prenant jamais que le temps des relais.

... Les persiennes closes de la salle à manger y avaient fait une nuit artificielle et doucement éclairée, sur le couvert, par de nombreuses petites flammes, qui laissaient presque dans l'ombre les murs à peu près nus, peints en vert d'eau et sillonnés d'arabesques d'or.

Onctueux comme des bedeaux, deux valets, en habit, culotte courte, bas noirs et gants de filoselle, ouvrirent aux convives la rangée des chaises.

Le maître de la maison et sa belle-mère prirent les hauts bouts de la table rectangulaire. L'amiral (qui, depuis quinze jours et pour une semaine encore, était l'hôte de la villa jusqu'à ce qu'il allât à son tour préparer sa réception annuelle dans son domaine de Bretagne) s'assit au milieu, entre Mme et Mlle Hobbinson, en face de Mme de Prébois. Celle-ci, séparée de sa mère par Jonzac, avait à sa droite Trept, déjà penché vers sa voisine Clotilde.

Sur le rouge de la nappe russe flambaient une douzaine de veilleuses en cire, recouvertes de globes en porcelaine rose ; et, devant chaque personne, ce luminaire, qui répandait des reflets nacrés autour de tous les visages, alternait avec de grandes chopes en cristal irisé où mouillaient de belles fleurs.

Avant que la conversation ne régnât, Mme de Prébois goûta, un instant, l'ineffable et intime joie que c'était toujours pour elle à se sentir entourée d'invités, quels qu'ils fussent et quel que fût leur nombre. Toutefois, si elle avait pu ne satisfaire que ses préférences, elle n'aurait jamais réuni que des êtres jeunes, clandestinement épris de

sentiments illégaux, les uns pour les autres. Rien ne l'émoustillait comme de supposer une humeur galante dans les sangs qui circulaient invisiblement autour d'elle ou comme de saisir l'adresse d'un mot sortant, pour ainsi dire, à portée de sa main, tout chaud et tout aiguisé de la forge silencieuse d'un cœur.

L'entretien fut commencé par Albert Mésigny, causant à la franquette, dans ce milieu où la circonspection s'imposait à ceux qui ne le connaissaient guère et surtout à ceux qui le connaissaient beaucoup. D'une extrémité de la table à l'autre, il interpella Trept :

« Il paraît que vous avez étrenné ce matin un cheval, et qu'il n'est pas commode, encore !... »

Trept fit un signe affirmatif, devinant sans peine que le renseignement venait de Clotilde, et se méfiant de risquer à contredire, en quelque détail, ce qui avait pu plaire à celle-ci de raconter.

Par une précaution correspondante, Mme Mésigny s'empressa d'ajouter, avec une solennité bouffonne :

« En esclave de mon époux, je lui fais un rapport fidèle de tout ce que je remarque d'intéressant, pendant mes trottes solitaires.

— Pourquoi n'accompagnez-vous pas votre femme, à qui cette solitude doit peser? répliqua perfidement Trept, un peu piqué de ce que Clotilde avait cru pouvoir parler de lui et, selon toute apparence, devoir se taire sur sa rencontre concomitante du matin avec Des Frasses.

— Ainsi, ma jolie petite amie, fit Mme de Prébois, vous poursuivez infatigablement votre régime, malgré cette affreuse chaleur? »

Clotilde se fit un délice d'agacer impunément son compère Trept.

« Oh oui, madame, cela me laisserait un gros remords, si j'y manquais une seule fois jusqu'à mon départ pour Fontainebleau. »

M. de Prébois, qui ne s'apercevait qu'à la longue des choses de chez lui, lorsqu'elles ne pouvaient pas avoir d'influence sur sa situation officielle, exprima soudain cette remarque :

« Mme Nully-Lévrier n'est donc pas venue?

— Non, elle a dû subitement s'installer chez ses parents. Je crois même avoir démêlé, dans les termes de sa lettre, qu'elle avait autorisé son mari à y venir lui refaire sa cour... Comprenez-vous cela, amiral, un mari qui flirte avec sa femme?

— Dame! si celle-ci est maligne... Pourquoi la femme n'exige-t-elle pas, pour se redonner, toutes les cérémonies qu'il lui faut avant de se donner? Avec un peu de logique de sa part, sur ce point, elle achèverait de faire de l'homme ce qu'il est sur le reste : le plus bête des deux. Et croyez que celui-ci y trouverait, sinon son compte exact, du moins son avantage dans la qualité. »

M. de Prébois avait repris:

« Mais je croyais que nous devions avoir M. Des Frasses?... »

Cette question oiseuse remit sur la nappe le nom du jeune gentilhomme. Et chacun recommença d'y toucher délicatement, y revenant à chaque plat, avec la même appétence ménagère que des convives bien éduqués ont à puiser à leur salière, avec le goût que le monde apporte toujours à parler des absents ; en effet, pour ce qu'il trouve à dire des gens, cela vaut mieux d'en choisir qui ne soient point là.

« Au fait, interrogea Mme de Prébois en se tournant vers Jonzac, vous la connaissez, son Olgar?... N'a-t-elle pas chanté, autrefois, une de vos ravissantes opérettes?

— Parfaitement. Je connais même M. Olgar. Il est très gentil, pas poseur, tout à fait bon garçon...

— Une chose que je ne comprends pas, objecta Mésigny, c'est, à tant faire que d'être l'amant d'une femme mariée, qu'on ne préfère pas une personne comme il faut à une créature tarée. »

Là-dessus Trept prit sa revanche envers Clotilde, discrètement, noblement :

« Cher monsieur, je connais à fond notre Des Frasses. La vieille souche d'où il sort lui a fourni d'anciens principes, une vénération des hautes classes. Quelque vive que soit son impression devant les charmes d'une femme du monde, son culte pour elle restera constamment honnête, platonique... »

Cette profession de foi rencontra des doutes. Seule, Clotilde parut y croire ; et, dans le même temps qu'elle en éprouvait une paix intérieure, son âme s'enveloppa d'une sorte de voile léger, comme si cela l'eût assombrie d'avoir subitement découvert des bornes, qui ne fussent point assignées par elle-même, à son empire.

« Moi, ce qui me surprend, déclara l'amiral, c'est que ces maris de certaines actrices continuent de laisser entretenir celles-ci, lorsqu'elles sont arrivées à gagner.

CLOTILDE
TREPT ET JONZAC.

sur la scène, autant et plus que mon ministre de la marine. Comment n'ont-ils pas l'envie de reprendre leur femme, pour eux seuls, pour en jouir en famille, dans l'aisance acquise?

— Oh! murmura M. de Prébois, vous savez bien : l'habitude...., la routine... Et puis, avec ces mœurs du théâtre!...

— Bah! riposta Jonzac. la meilleure société ne nous offre-t-elle pas des spécimens de ménages, plus stupéfiants encore par le rang qu'ils tiennent? Je m'explique, comme l'indiquait très bien l'amiral, qu'au début de sa carrière, un mari, même épris de sa femme, surtout épris de sa femme, la voyant incapable de vivre dans leur pauvreté, se résigne à fermer un œil et à se laisser... clore l'autre. Mais mon entendement s'arrête devant la prolongation de ces complaisances conjugales, quand la communauté possède hôtel à Paris, château à la campagne, équipages, galerie de tableaux, consolidés anglais, obligations de chemins de fer, etc., quand les deux époux doivent également aspirer aux honneurs publics et privés, vers lesquels portent toutes les abondantes fortunes.

— L'embarras, suggéra Mme de Prébois, doit naître lorsqu'il s'agit de décider le chiffre de revenus qu'il conviendra d'avoir atteint pour que, dans le mari, s'incarne soudain un tyran jaloux, un rentier fier et indépendant. J'entends d'ici les délibérations du couple. On se dit, aujourd'hui : « Oh! tu sais, dès que nous aurons nos cinquante mille francs par an!... » Et puis, alors qu'on les a, le lendemain, on est en train de faire bâtir quelque chose ou de se remeubler ; et, l'on repart. « Tout de même, si nous pouvions mettre soixante-quinze mille francs à notre budget?... » Et ça n'en finit plus.

— Ah! madame, s'exclama Clotilde, c'est abominable de plaisanter ainsi, sur des choses pareilles! Est-ce qu'il y a jamais eu, sur terre, un mari assez infâme pour débattre... ? »

L'indignation étranglait la jeune femme.

« Je vous avouerai, risqua l'amiral, qu'au Gabon, j'ai été témoin...

— Oh bien, oui, au Gabon, reprit Clotilde... Mais, chez nous, si l'on admet qu'il y ait, par-ci par-là, un mari qui ne s'inquiète pas de savoir comment sa femme s'arrange avec les notes de couturières, c'est déjà assez dégoûtant... On ne peut pas supposer plus!...

— Voyons, demanda Mme Hobbinson sur un ton de supériorité négligente qui ne pouvait blesser parce que son accent le désarmait, soyons sérieux. Croyez-vous sincèrement qu'il y ait une seule femme capable d'accepter de l'argent, parmi celles qui sont reçues, invitées?... »

Il y eut un tollé dans le sens affirmatif. L'amiral, comme un peu ennuyé de ce bruit, secouait la tête sans prendre parti, en homme qui avait appris chez les nègres pas mal d'humanité, mais qui espérait encore beaucoup de la race blanche.

« Alors, poursuivit Mme Hobbinson, si mélancolique dans la voix que sa réflexion un peu volatile tomba avec le poids d'un syllogisme ; alors, s'il y a de telles femmes, c'est que, bien sûr, elles n'ont point d'enfants!

— Pour ce que ça les gêne d'en avoir!... » s'écria la bonne-maman Sorlin, en dardant des regards pointus.

C'était la première fois qu'elle intervenait dans la conversation, et d'un tel air qu'instinctivement Clotilde poussa, de son genou, le genou que Trept avait placé bien près, tout près d'elle, lui signalant ainsi une des expressions de méchanceté chez la vieille dame, dont s'amusait à l'ordinaire leur entente sur tant de points superficiels.

Et pourtant, à tout prendre, Mme Sorlin n'était point pire que la plupart des autres. Mais l'âge ne lui avait pas enseigné à déguiser sa physionomie, à dissimuler ses impressions qui, d'année en année, s'écartaient davantage de la clémence. De sorte que, toujours, on pouvait discerner l'état d'esprit où elle était, même si l'on en ignorait la cause ; tandis que la règle générale des gens est de ne montrer à travers la souplesse de leur masque, que les dispositions où ils ne sont pas.

Mme de Prébois avait continué :

« En tout cas il y a, dans notre entourage, une femme dont on parle... Peut-être à tort?

— Qui ça? qui? fit-on, voulez-vous dire?

— Vous pensez bien que je ne vous la nommerai pas.

— Je sais! fit Jonzac.

— Je parie que ce n'est pas la même... D'abord, à qui songez-vous? »

Le musicien se penchant vers la maîtresse de maison, chuchota le nom de Mme Nully-Lévrier, tandis que le reste de l'assistance demeurait un peu gourmé, affectant de ne pas chercher à entendre.

Bientôt ce même nom circula, de bouche à oreille, autour de la table. Trept essaya bien de défendre Nully-Lévrier, en invoquant qu'il fût de son cercle et très aimable compagnon ; mais cela mollement, avec une préoccupation dominante de ne pas se faire l'avocat d'une cause ridicule.

« J'aurais cru, marmotta Clotilde, qu'il s'agissait de Mme Chose. »

Mais ce fut impossible de lui faire trahir le secret de sa citation anonyme.

L'amiral s'était tourné machinalement vers Agnès, pour lui transmettre le mot de passe qui venait, à son tour, de lui être communiqué ; mais, bouche béante, il demeura confus devant la nuque immaculée, follette de signes et de duvet, que lui présentait inconséquemment la jeune fille.

Celle-ci, bavardant à voix basse avec Roland et pouffant de rires menus, était comme lui absente de l'entretien des adultes. Ils étaient à hier ou à demain, tout seuls, en la lune, chez eux enfin. Et dans les rares et courts instants où l'attention de la petite avait porté vers les interlocuteurs licencieux dont elle était environnée, son regard n'avait gêné personne, car il était si chaste qu'il ne marquait même pas d'étonnement.

... Après le dîner, quand arriva Des Frasses, vers neuf heures, la compagnie s'était dispersée à travers la série de pièces exiguës, diverses et soignées qui, au rez-de-chaussée de l'habitation, formaient comme autant de boudoirs ou de retraites.

Dans le grand salon il n'y avait plus, finissant de boire sa tasse de café, à petites gorgées, qu'Albert Mésigny, entre les deux maîtres de la maison. Et c'était là l'entretien monotone et facile de personnes qui n'ont rien à se dire ni à se taire.

« Vous êtes tout pardonné, » répondit Mme de Prébois à son visiteur.

Et bientôt, comme son mari faisait mine d'accaparer Des Frasses, en qui il aimait le sous-préfet passé et l'auditeur présent auquel il avait toujours à démontrer et à redémontrer qu'un homme ne peut pas, ne doit pas abandonner sa carrière, Mme de Prébois s'empressa de dire, en indiquant l'enfilade des lieux moins lumineux que celui où elle se tenait :

« Vous avez des amis, par là, qui vont se faire une fête de vous voir. »

Le jeune homme tint encore en place, pendant un espace de convenance ; puis il passa outre, sous une portière dont les embrasses soulevaient, juste assez pour qu'on s'y glissât, les plis d'une brocatelle gonflée par l'air nocturne du jardin, qu'aspiraient tous les orifices de la façade.

Dans un cabinet Louis XV, faiblement éclairé par un petit lustre de cuivre ; au milieu de paravents bas, d'étagères incrustées, de chiffonnières et de sièges de soie capitonnée, Agnès et Roland, debout, s'occupaient de transformer, en bouquet de départ pour la jeune fille, toute une moisson de roses, jetée pêle-mêle sur une table à miroir. Roland, un canif à la main, les lèvres attentives, détachait, une à une, chaque épine ; et Agnès, silencieuse comme lui, le regardait faire avec un soin égal, et recueillait les tiges aménagées dans le creux d'un de ses coudes, après les avoir bien séchées contre son mouchoir de batiste, dont elle épongeait aussi, de temps en temps, la laque du meuble. Absorbés par leur travail, ils n'entendirent pas Des Frasses s'avancer derrière eux, sur le tapis. Au son de son bonsoir, ils se retournèrent ensemble, sans émotion toutefois, sans ennui ni plaisir ; et ils lui donnèrent la poignée de main rapide de gens que rien ne pouvait intéresser ni même déranger en dehors de leurs petites affaires.

L'éclat d'une gaieté féminine arriva, par la porte au delà, qui était ouverte sur la bibliothèque de Mme de Prébois. Jonzac venait de manquer à y renverser, avec les basques de son habit, une petite pendule de bois à colonnettes cannelées, posée sur un bonheur-du-jour. Mme Hobbinson, allongée dans un compartiment d'une causeuse et tenant un livre recouvert par une gaine mobile de satin broché, contemplait, à la renverse de son front, le musicien. Celui-ci, maintenant agenouillé au fond de l'autre compartiment du siège, encadrait de ses coudes, sur le commun dossier, les cheveux un peu éparpillés de son interlocutrice, roulait des yeux, tels qu'il se gardait d'en exhiber devant Mme Jonzac, et qui étaient à faire mourir d'amour, de honte ou de rire. L'Américaine avait pris ce dernier parti.

Toutefois, Des Frasses, en découvrant ce tableau à l'improviste, eut la crainte d'avoir commis une indiscrétion involontaire. Sa première pensée fut que Jonzac avait embrassé ou tâché d'embrasser Mme Hobbinson. Mais celle-ci le remit aussitôt à l'aise.

« Bonjour, Des Frasses ! » cria-t-elle joyeusement.

Et comme le compositeur se relevait, un peu penaud, pour saluer, elle lui saisit le poignet avec cette cordialité jouant les airs de confidence, avec cette familiarité trop prompte pour promettre de se laisser appro-

JONZAC VENAIT DE MANQUER A Y RENVERSER UNE PENDULETTE.

fondir, dont Des Frasses eut ainsi le spectacle une fois de plus et qui toujours avait empêché sa tendresse. cependant bien commode à capturer, de tomber dans les filets de la jolie Américaine.

« Mais, mon petit chien, fit-elle, ne m'en voulez pas. Puisque je vous dis que toutes ces histoires-là c'est du vieux chinois pour moi. »

Des Frasses ne s'arrêta point. Et, ayant à traverser la bibliothèque, à l'aspect plus austère, de M. de Prébois, il se mit soudain sur la pointe des pieds, pour ne point y troubler, durant le sommeil de la digestion, l'amiral de Kerguel et Mme Sorlin qui, face à face, en de grands fauteuils d'un cuir de Cordoue, reposaient comme Philémon et Baucis, calmes dans la tiédeur de ce soir passager, et sans doute bien las dans le soir permanent de leur vie.

Enfin, au bout, c'était le billard où résonnait un bruit sec d'ivoire entre-choqué. Quand Des Frasses franchit ce dernier seuil, il aperçut Mme Mésigny, grimpée sur un tabouret, ployée en deux, allongeant contre le tapis du jeu toutes les opulences de son buste et renouvelant sans cesse de stériles efforts à l'égard d'un coup d'amateur. Devant la bande. Trept remettait, chaque fois, les billes en place, imperturbable et complaisant, sous son smoking-jacket, comme un garçon de salle très bien.

Pour s'excuser sur le négligé de son allure, Clotilde s'empressa de répondre à l'air de mélancolie jalouse instantanément répandue dans les traits de Des Frasses :

« Dites, si je ne deviens pas comme un sylphe, ce ne sera point ma faute?... Vous voyez, jamais assise! »

En effet, rien que pour ne se retrouver que debout, il lui fallut accomplir presque un tour de gymnastique.

Et, afin de remercier Trept, qui, l'instant d'auparavant, lui avait déclaré qu'elle était une femme impossible à comprendre, selon une phrase dont il avait souvent pris note comme très bonne à l'usage, elle dit :

« Heureusement que votre ami Trept était ici, ce soir. Si vous aviez lâché, tous deux, la petite noce n'aurait pas été folichonne. »

Après quelques mots affectueux avec Des Frasses, Trept affecta de se consacrer aux carambolages, massés et coulés, laissant ainsi Clotilde et son nouveau compagnon échanger à part leurs futiles papotages, les « Pourquoi n'êtes-vous pas venu? » et les « J'en ai été assez désolé! » que c'était aisé de prévoir.

Trept, d'ailleurs, venait de se convaincre, par quelques tentatives hardies, que le fruit fatal n'était pas encore mûr dans l'âme de la jeune femme et ne se laisserait, de sitôt, volontairement cueillir à la main d'aucun maraudeur de l'amour.

Au surplus, cela l'amusait de jouer au billard autant que de flirter. Il y jouait, du reste, ainsi qu'il faisait tout : parfaitement ; et il aurait séduit Clotilde, comme une autre, avec la même satisfaction d'esprit qu'il ressentait à ramener ses trois billes dans un coin, pour la série américaine. Toutes ses entreprises, sérieuses ou frivoles, lui semblant à peu près se valoir, il ne leur accordait d'autre scrupule que celui de les bien mener, d'y montrer surtout ce qu'elles pouvaient comporter de sa souplesse physique, avec une clownerie de cœur rêvant vaguement d'être applaudie.

... Sur ces entrefaites, Mme de Prébois ne tarda pas à survenir, entraînant à sa suite toute sa petite troupe qui, s'étant débandée pendant le temps de halte qui suit le repas, avait vite repris, sur son passage, le port d'armes mondain.

En arrière, arrivaient des plateaux chargés de rafraîchissements.

Après trois quarts d'heure environ de propos en l'air, d'allées et venues entre les uns et les autres, de brouhaha, d'attitudes au pied levé, ce fut M. de Prébois qui annonça d'avoir à se préparer pour le train qu'il professait être le plus commode, celui grâce auquel on le laissait se coucher à son temps.

Il sut cependant dissimuler son dépit en entendant sa femme dire à Des Frasses :

« Quant à vous, mon cher, vous ne faites que d'arriver : je vous garde encore une heure... Jonzac, j'en suis sûre, aura l'amitié de rester, pour vous tenir compagnie au retour. »

Le compositeur accepta avec empressement ce prétexte à reculer jusque vers minuit le moment qui le ferait seul, c'est-à-dire rentré auprès de sa femme, dans cette solitude où l'on est deux, où le néant de ses espoirs, les spectres de son ambition déçue, au lieu de rester confus et flottants dans le noir de sa pensée, revêtaient la forme tangible, vivante et proche d'un être émissaire qui ne le comprenait pas, qu'il ne pouvait aimer ni même haïr.

Sur cette objurgation d'avoir à rester, Des Frasses dut prendre son parti de renoncer à la fin d'une soirée totalement perdue pour son flirt. Et, en le quittant, Clotilde mit entre elle et lui l'ombre de mécontentement un peu dédaigneux, qu'on ne peut s'empêcher d'avoir contre celui dont une malechance contrarie le bien qu'on lui veut.

Ainsi, Mme de Prébois réussit à prolonger encore, quoique languissamment, sa réception, après le départ du groupe principal de ses invités.

Elle vanta les mérites de Mme Mésigny,

Pendant leur retour en wagon...

en consultant avec adresse les dispositions de Des Frasses à cet égard, dans toute sa sympathie envers l'amour, dans sa curiosité de femme qui ne le pratiquait point, dans une de ces béatitudes de proxénétisme discret où certaines maîtresses de respectable maison baignent, plus inconsciemment peut-être, et peut-être aussi plus voluptueusement qu'on ne le croit.

C'était pour elle une jouissance de percevoir que Des Frasses était très épris de Clotilde. Et c'en était une autre également de prendre pour sincères les critiques que le jeune homme semait contre Mme Mésigny par des considérations de tact secrètes, afin de donner le change sur l'état vrai d'admiration où était son moral ; car, si Mme de Prébois exigeait que l'on aimât autour d'elle, elle voulait pourtant que les sentiments, adressés à ces autres, ne fussent point tels que ceux dont, le cas échéant par impossible, elle eût voulu être l'objet sacro-saint.

... Pendant leur retour en wagon, Jonzac, momentanément conquis par Des Frasses qui commentait longuement l'œuvre du musicien comme quelqu'un qui en aurait eu une belle idée, voulut à son tour marquer de l'intérêt à son interlocuteur. Mais, quoique ce dernier fût déjà, pour lui, une ancienne connaissance, Jonzac — par suite d'une tendance à ne plus écouter avec sa mémoire, depuis plusieurs années, que ce qu'on lui disait sur lui-même, pour lui-même, contre lui-même — ne savait guère du jeune homme que ses relations avec Olgar, et rien du passé, ni rien de l'avenir auquel celui-ci peut-être prétendait.

En désespoir de cause, il demanda :

« Il n'y a pas bien longtemps, n'est-ce pas, que vous connaissez les Prébois ?

— Six ou sept mois.

— C'est une maison agréable.

— Oui, très agréable.

— Ils ont, chez eux, une petite femme qui m'intrigue beaucoup. Tout le monde jurerait qu'elle a un amant, des amants même ; et personne ne serait en mesure de dire qui, ni où, ni quand ? »

Des Frasses, interloqué, se taisait dans un doute sur la personne à qui Jonzac voulait faire allusion.

« Pour mon compte, reprit le compositeur, je la trouve encore rudement mieux que sa fille. »

Soulagé d'avoir compris qu'il n'était question que de Mme Hobbinson, Des Frasses se fit un plaisir de conter ce qu'il avait, de-ci de-là, appris sur l'Américaine : à savoir qu'elle était fille d'un pasteur pauvre, veuve d'un pasteur riche, venue à Paris pour l'Exposition de 1878, restée pendant cinq ans de suite à l'hôtel Meurice avec des malles qui n'avaient été complètement défaites que depuis peu. Enfin qu'Agnès, sinon sa mère, devait avoir de la fortune.

« Cette gale de Mme Sorlin, répliqua Jonzac, m'a certifié qu'elle avait connu Mme Hobbinson faisant des économies de linge.

— Elle est très calée, Mme Sorlin ?

— Oh oui ! Un sac énorme. Son mari était entrepreneur de travaux publics ; il a construit ou reconstruit la plupart de nos fortifications sur l'Océan. C'est pendant qu'il bâtissait la citadelle de Saint-Nazaire, vers 1850, que sa femme et lui se sont liés avec Kerguel, alors lieutenant de vaisseau et détaché à un service du port... »

Des Frasses eut une mine de connivence pour montrer qu'il n'était point un sot et qu'il rapprochait parfaitement ce détail biographique de ce qu'il avait très bien su voir. Et, mis en goût par ce franc-parler :

« Je crois aussi, hasarda-t-il, que Mme de Prébois... »

Jonzac réfléchit, sembla réunir, peser des pour et des contre qui étaient tombés pêle-mêle dans sa cervelle, en bien des années de médisances échangées avec le monde ; puis :

« Non ! Il n'y a rien de positif à articuler contre elle. D'abord, qui ça ?... Je sais bien qu'on a dit aussi, l'amiral ?... Bah !... Rapportez-vous-en à moi : je suis comme l'enfant de la maison. Cette brave Emilienne n'a jamais aimé que ses fils ; et elle adore pour deux celui qu'elle a conservé... Un grand propre-à-rien, entre parenthèses. Mais, en somme, il vaudra toujours bien son père.

— M. de Prébois occupe une haute situation...

— Mon Dieu, il est la démonstration en chair et en os de ce qu'un homme absolument nul comme intelligence peut devenir, dans l'administration, quand il y entre jeune, avec de la santé, une grande aisance, une bonne table, beaucoup de relations. Posé en fonctions sous l'Empire, il n'a d'autre préoccupation, aujourd'hui, que d'être fait officier de la Légion d'honneur par ceux qui ont chassé de partout ses amis. Il a dû vous embêter plus d'une fois à vous expliquer qu'il était seul à n'être que chevalier parmi les collègues de son rang ?... Qu'est-ce que cela peut nous faire ? Est-ce que je le suis, moi, chevalier ? »

Des Frasses, indirectement atteint, par un scrupule bien subtil, dans l'insigne qui lui fleurissait la boutonnière, défendit un peu son hôte de tout à l'heure :

« En définitive, c'est un excellent mari, très conciliant, assez décoratif...

— Dame, oui... Je le crois cependant un peu porté vers les bonnes. Mais sa femme n'y trouve rien à redire, pourvu que le service des réceptions ne s'en ressente pas, que les caméristes soient toujours là pour ôter ou remettre leurs manteaux aux invitées, et que le vestiaire fonctionne, sans confusion, les soirs de gala.

— Elle a la manie d'avoir du monde, n'est-ce pas, Mme de Prébois ?

— Oh ! ça, c'est son affaire ! Recevoir, trôner, surtout faire à de nouvelles têtes les honneurs de chez elle, placer des phrases sur chacun des objets qu'elle possède... Quand vous aurez entendu autant de fois que moi : « Ceci, c'est un cadeau de la reine Marie-Antoinette à une aïeule !... » Ha, ha, ha ! je la vois d'ici, l'aïeule, Nanine ou Toinon, alerte sous la sonnette, dans son cotillon dix-huitième siècle du genre de ceux qui font dresser le nez aujourd'hui à M. de Prébois... »

Des Frasses se sentait de plus en plus à l'aise, auprès d'un esprit aussi indépendant. Comme quelqu'un qui n'est point très sûr de chanter juste, mais qui parfois veut bien courir le risque de détonner sous le couvert d'un chantre sonore, il s'enhardit à lancer ce blâme :

« Je vous avoue que le luxe excessif de la maison, avec ces larbins, ces trente-six plats...

— A qui le dites-vous !... Moi, ces prodigalités-là ne me touchent pas. Je songe seulement, en moi-même : « Mes gaillards, si je vous proposais un emprunt de vingt-cinq louis au dessert, je vous verrais défiler... » Ce n'est pas que j'en aie l'expérience, mais je vous avertis pourtant que si vous avez quelque jour besoin d'un sou, pour les dépenses de votre intérieur, vous ne le trouverez pas chez les Prébois. Ils vous le refuseraient carrément, au sortir d'un dîner, comme ce soir, où ils vous auraient fourré cent francs de vins, cent francs de primeurs, cent francs de gibier prohibé. Ils veulent bien dépenser de l'argent pour les autres, à condition qu'on mangera cet argent chez eux, devant eux, qu'ils vous le verront manger sans avoir à bouger de leur siège... »

C'est en dialoguant de la sorte que les deux compagnons étaient parvenus à la gare Saint-Lazare. Ils prirent congé l'un de l'autre, avec ce besoin d'être cordiaux ensemble lorsque l'on a été d'accord pour déblatérer contre autrui, avec cette sécurité, cette sorte de reconnaissance même que vous inspire un observateur perspicace dont la confiance à vous communiquer ses pièces de procès, contre tout l'univers, vous assure d'être considéré par lui comme étant d'une espèce plus que surnaturelle.

Et chacun d'eux prit le chemin de chez soi, estimant bonne et gardant préconçue l'idée approximative qu'il s'était faite sur l'intérieur d'un tas de peaux dans lesquelles il n'aurait pas voulu être. Et chacun évoquait, à travers la fumée de son cigare, la vision de la dernière face, à laquelle il venait de sourire et qui lui réapparaissait sous le jour à moitié faux, à moitié vrai, dont se contente, pour éclairer la base de ses jugements, l'opinion, ce magistrat négligent, tatillon et prévaricateur.

Oui ! On n'échappe pas, toute sa vie, à l'amour.

Mme Mésigny recevait le vendredi depuis que le lundi avait cessé de lui plaire.

III

C'était, vers cinq heures du soir au dernier vendredi de Mme Mésigny. Car elle recevait le vendredi, depuis que le lundi avait cessé de lui plaire ; mais, pour la saison de rentrée, elle adopterait, disait-on, le mercredi. Et, à entendre la façon dont elle avait prononcé naguère « mon » lundi et dont elle recommandait encore *son* vendredi à tous les bons souvenirs, on pouvait s'expliquer ces perpétuels changements par un plaisir, qu'elle ressentait sans doute, à marquer successivement chaque jour de la semaine du possessif à elle.

Déjà les préparatifs du départ prochain avaient prématurément enseveli, sous des housses, à peu près partout, dans le petit entresol de la rue de Presbourg, ce qu'il y a toujours de presque vivant parmi les physionomies d'un mobilier. Au milieu du plus grand des deux salons, en bas du lustre emmaillotté, un amas de tapis roulés, de poufs, d'objets déformés par l'empaquetage, reposaient sous une serge verte, comme sous les plis d'un tumulus ; et, sur la cheminée, une haute statue ne montrait plus que ses pieds de bronze, par le vieux trou d'un suaire bien blanc.

On devait, néanmoins, passer par là pour gagner l'autre salon, sombre et singulièrement encombré, où Clotilde, seule pour l'instant et à moitié allongée dans une bergère que complétait en chaise longue l'égal niveau d'un tabouret, portait très droit son buste contre un dossier perpendiculaire. Telle était la tenue de représentation choisie par la jeune femme, pour les temps qu'elle consacrait à attendre du monde, et tenue qu'elle abandonnait immédiatement, dès que lui arrivait quelqu'un, par les promptes expansions de son naturel, par la verve de tout son corps.

Les trois quarts de la pièce étaient bondés d'un excès d'ameublement, si disparate, que Mme Mésigny paraissait moins être dans un lieu de réception que dans la partie un peu débarrassée d'un élégant magasin, où aurait trôné une jolie marchande prétendant à faire la dame. Dans les proportions restreintes de ce coin d'intérieur qu'elle préférait parce que là tout lui était héréditairement propre, Clotilde entassait ce que ses parents, au cours de leurs existences séparées et de leurs voyages, avaient brocanté, bibeloté : et cela, non pas avec le souci de ce qui pourrait faire bien, mais seulement de ce qu'elle pouvait encore y caser. Au fond, un samouraï de bois, armé de pied en cap, montait la garde, sur la lisière d'une tapisserie mythologique des Gobelins. Des estampes étaient nichées parmi les branches d'une panoplie. Sur une armoire de Boulle, sur une crédence italienne, sur une commode en vernis Martin, fraternisaient des figurines de Sèvres et de Tanagra, des kandjars et des miniatures, le marbre et l'argent, le vermeil et l'étain, si étroitement, qu'une visiteuse n'y aurait trouvé la place d'interposer sa voilette. Dos à dos et face à face, les fauteuils à sculptures héraldiques, les canapés de damas à coussins de plumes semblaient n'être agglomérés qu'en vue de délasser les yeux et non les jambes, tant leur disposition manquait d'interstices.

Uniquement autour de l'installation de Clotilde, près de la fenêtre dont la lumière était dégradée sous une superposition de tentures transparentes, régnait une zone libre, une sorte de polygone irrégulier et circonscrit par les lignes rentrantes ou saillantes de cet étrange bazar, qui, comme l'âme de sa propriétaire, ne composait qu'un fouillis bien rangé.

Dans cet espace si rétréci, — suffisant, d'ailleurs, à une personne encore d'âge et de goût à ne recevoir qu'une visite pour quatre qu'elle avait faites, — devaient se concentrer la respiration, l'animation, tout le mouvement courant des incidents possibles. Avoisinant de très près la jeune femme, de grands palmiers s'élevaient en l'air ; les parfums s'échappaient de touffes de fleurs plongées en des tubes de gros bambou ; un samovar fumait sur un plateau de goûter ; au bord d'un guéridon, une pendule naine battait son tic-tac à perdre haleine. Et trois sièges, maintenant disponibles, que les personnes parties avaient laissés dans la direction accidentelle, dans le sens voulu pour la causerie, tournaient encore vers Clotilde leur pose d'entretien familier.

Celle-ci était à lire, avec minutie, un roman paru le matin même. Parfois elle fronçait les sourcils dans un petit air d'émotion qui lui faisait friper, entre ses doigts, un pan de sa ceinture en moire violette. Parfois elle s'arrêtait, songeuse, tapotant un pli de sa robe en ce foulard maïs, dont la teinte est presque rose ; ou bien, enfonçant une main qui en faisait craquer le noir de jais dans son épaisse chevelure, elle contemplait une des griffes de tigre dont étaient bouclés ses souliers de satin ; et alors, comme pour se convaincre de sa propre existence, elle tordait nerveusement, en dehors ou en dedans, ses deux chevilles que sa position à demi horizontale lui faisait découvrir, en leur gaine de bas héliotrope.

Le livre était de ceux qui, consacrés à l'amour aristocratique, pourraient, à l'instar de certains ouvrages médicaux, porter la mention : « Spécialement à l'usage des gens du monde. » En effet, les doigts patriciens compulsent ces œuvres, comme si c'était leur manuel pour les affections du cœur ; et les femmes surtout s'en passionnent, non pas tant par un goût de lecture auquel elles affectent de céder, que par l'espoir fiévreux d'y rencontrer le diagnostic et la cure de leur mal moral, éternellement connu et inconnu.

L'héroïne, ainsi que Clotilde, était une femme incomprise de son mari et désabusée de lui, gentille autant qu'elle, bonne, compatissante, distinguée, généreuse, honnête comme elle. « Non ! c'est trop fort ! c'est à jurer que c'est moi ! » se récriait continuellement la lectrice avec une sincérité parfaite, chaque fois que la grande dame fictive, en une circonstance délicate, apportait une preuve nouvelle de fierté dans la patience, de tact dans le sentiment, de supériorité, de noblesse, de souveraineté. De chapitre en chapitre, soumise à une sorte de suggestion, Mme Mésigny en était parvenue à reconnaître l'explication de sa conduite de tous les jours, dans l'exposé de sensations qu'elle n'avait jamais subies, dans des idées à la hauteur desquelles ne s'était jamais dressée son imagination. Et persuadée d'une suite d'analogies, elle se demandait, de temps en temps, malgré l'absurde qu'elle concevait de sa supposition, par un délire d'orgueil qui lui faisait juger la chose effrayante et drôle, si ce n'était pas elle-même que l'auteur (dont elle se pensait pourtant bien ignorée) avait voulu dépeindre ? Et alors comment il aurait pu la deviner ? Et, là-dessus, elle tordait et retordait ses chevilles héliotrope, hors de la mousseline de son jupon.

Clotilde s'était donc tellement identifiée avec l'âme de son héroïne, que ce fut un vrai déchirement, lorsque cette dernière se précipita dans ce que le paragraphe afférent nommait hypocritement « l'abîme. » Et cependant, cette chute, Mme Mésigny la prévoyait depuis bien des pages préparatoires ; et, tout en la prévoyant, elle n'avait point eu le cruel courage de se séparer plus tôt de celle qui tout droit y marchait, d'en séparer sa propre cause, tant la future coupable lui semblait sympathique et forcée en son destin...

A vrai dire, Mme Mésigny se révolta devant la brutalité de la catastrophe ; mais, d'autre part, elle ne put s'empêcher de remarquer combien ce dont elle se faisait une insurmontable horreur pouvait s'accomplir simplement, facilement, logiquement, sans bruit, sans que rien de visible en parût changé.

Cette réflexion la conduisit à déterminer, parmi les femmes de ses amies, celles qui lui paraissaient être les plus capables d'avoir franchi le pas diabolique qui n'impose nulle empreinte et n'emporte aucune marque. Et longtemps sa rêverie, autour de chaque image qu'elle évoquait, erra des « Allons donc ! » aux « Pourquoi pas ? »

L'impression dominante que lui infligeait

Sur ces entrefaites, Des Frasses se présenta.

à présent ce roman n'était pas une excitation cérébrale, ni une agitation du cœur, ni un trouble des sens : c'était comme le résultat d'une leçon irréfutable, comme l'enseignement du possible tiré de ce qui lui avait jusqu'alors représenté le fantastique, comme un contact avec des matérialités inattendues, comme l'exposition d'un panorama plein d'itinéraires et de moyens.

Clotilde n'était donc pas grisée ni même très émue ; elle n'avait fait qu'acquérir une expérience subite, dont elle restait un peu effarée. « Pauvre femme, soupira-t-elle toutefois en essuyant deux larmes sur la frange de ses cils... Elle était moins jeune que moi ! Qui sait où j'en serai peut-être bientôt ? »

Elle avait ainsi conclu philosophiquement, sans terreur ni espoir de rien, dans un pressentiment que chaque âge avait ses choses, entraînée vers un état d'esprit artificiel qui devançait de loin l'état normal où allait la remettre le premier rappel à la réalité. Elle avait laissé tomber, sur le tapis, le livre qui contenait à la fois un poison et un remède violent, comme tous les toxiques. Et elle écarquillait ses beaux grands yeux, trop à fleur de tête, trop ronds pour pouvoir pénétrer dans les profondeurs de l'avenir, trop éblouissants pour ne point se rendre d'autant impénétrables les ténèbres de la vérité qui, en regard d'elle, commençaient pas plus loin que le bout de son petit nez à peine retroussé.

... Sur ces entrefaites, Des Frasses se présenta :

« Comme vous venez tard ! » observa Clotilde à travers le demi-sourire d'une moue.

Le jeune homme lui baisa la main : puis, il garda cette main dans la sienne qui, maintenant, en était embarrassée autant que celle dont il tenait son chapeau.

« Vous avez pleuré, madame? fit-il, soudainement frappé par la vue d'une ligne rosée qui allait s'effaçant sous les yeux dont il cherchait le fond.

— Non pas! répondit-elle vivement, à peu près rétablie déjà en son sens de coquetterie normal et avec un ton de fausse sincérité qui invitait à tous les doutes.

— Pourquoi me cachez-vous vos chagrins? Ne pourrais-je rien pour vous consoler? »

La voix de Des Frasses avait tremblé sous l'agitation d'un aveu qui n'avait jamais été si prêt à sortir de ses lèvres. En découvrant une expression de peine imprévue sur des traits façonnés à l'enjouement, il avait accueilli une foule de présomptions fates et d'inspirations téméraires, grâce à cette facilité naturelle qu'on a de toujours débuter par chercher sa part active ou passive, passée ou future, dans tout ce qui s'accomplit devant soi.

« Ne vous ai-je pas priée, continua-t-il, de me nommer votre ami en chef ?

— Le méritez-vous vraiment ?... Tenez, rien que Trept, par exemple, est bien plus empressé que vous. Aujourd'hui il était ici à trois heures, ce qui lui a permis de rester au moins un bon bout de temps. »

Cette fois, la banderille ordinaire toucha chez Des Frasses une particulière sensibilité : et, plongeant ses doigts au plus touffu de sa barbe où l'on voyait, entre les poils remués, grimacer un faune sur un camée :

« Il vous plaît donc tant, Trept? interrogea-t-il.

— Ecoutez : son physique est charmant... Oh ! ne le niez pas ; tout le monde est d'accord là-dessus !... Convenez aussi qu'il a souvent de l'esprit ?

— Admettons... Au surplus, je suis avec lui en de trop excellents termes pour ne pas désirer que vous le reteniez quand il est là, et même que vous le convoquiez dès qu'il vous néglige...

— Evidemment, vous n'empêcherez pas qu'il ne m'amuse !

— Ni, peut-être, que je vous ennuie ?... »

Cette dernière phrase impatienta définitivement Clotilde parce qu'elle appelait une protestation oiseuse, surtout après l'aspect de victime derrière lequel venait de s'abriter Des Frasses. Comme toutes les personnes avides de compliments, elle détestait d'être mise dans la situation, ou d'en dépenser, ou de malhonnêtement risquer de se taire. Aussi, tant pis ! elle prit un biais qui la ramenait au point où son interlocuteur avait commencé de la mécontenter.

« Je n'ai nullement cherché à retenir Trept. La meilleure preuve que nous ne nous gênions pas ensemble est que, en me quittant, il ne m'ait pas dissimulé que c'était pour aller faire une visite à Mme Olgar... Je me serais gardée de contrarier ce charmant projet. »

A la vérité, elle s'était (la veille encore) juré, par un scrupule de haut style, de ne jamais prononcer le nom de l'actrice devant Des Frasses, de ne rien exprimer pouvant donner à ce dernier l'illusion qu'elle fût peut-être jalouse ni surtout le dessein de modifier une conduite dans laquelle Clotilde discernait pour elle-même, et à toute éventualité, la meilleure garantie de repos. Mais, à cette minute d'irritation, devant l'occasion tentante, elle ne fut pas maîtresse d'une aussi bonne méchanceté.

Sur ce, Des Frasses n'avait pas sourcillé. Il n'eut qu'un air solennel, cet air de ne pas savoir de quoi il s'agit, cet air de faire superbement constater que ce n'est pas à soi la faute, dont s'enveloppe un homme bien élevé, quand une boutade inqualifiable l'avertit d'avoir été aperçu sur quelque parcours menant à quelque obéissance envers une loi de la nature.

Déjà un éclair de honte avait fait monter le rouge et une bouffée de chaleur aux oreilles de Mme Mésigny. Son regret fut assez complaisant pour trouver même un hommage indirect à son égard particulier, dans l'exagération de mépris que Des Frasses venait d'afficher envers l'attrait de ce qui était, somme toute, une femme autant qu'elle.

« Pourquoi, murmura-t-elle avec une confidentielle douceur, ne puis-je vous parler de quelqu'un, qui est votre ami, sans que vous ne boudiez aussitôt ? »

Des Frasses, intrigué par l'aménité de cette nouvelle provocation, hésitait à répondre. Il haussa plusieurs fois les épaules, et finit par marmonner, d'un ton voilé et bourru :

« Trept vous fait la cour !...

— Oh ! il me fait la cour ! il me fait la cour !... C'est bientôt dit... Je ne prétends pas qu'il ne me la fasse pas un peu... Eh bien, il me fait la cour, voilà tout ! En quoi cela vous gêne-t-il ?... »

CELLE-CI ÉTAIT A LIRE AVEC MINUTIE UN ROMAN PARU.

Elle regarda fixement le jeune homme, dans une folle envie de vivre du roman durant une seconde, agaçante et rassurée comme un picador. Lui, courbait son front, le cou ramassé contre son puissant torse ; l'œil de côté, rageur et méfiant.

« Vous avez raison, madame, cela ne doit me gêner en rien.

— Certainement, reprit-elle, j'apprécie

beaucoup la société de Trept, mais j'espère bien que vous ne vous imaginez pas que... »

Elle dédaigna d'achever cette phrase-là et en recommença une toute neuve :

« M. Trept est un gentil garçon... très dévoué... Du moins, je le crois. Mais supposez-vous, un instant, qu'il puisse être autre chose pour moi? Quelle idée avez-vous pu avoir?... Ma parole, c'est offensant!... Et que cette idée vienne de vous! de vous!... Je ne me serais pas attendue à cela. Je vous en veux énormément... »

Maintenant Clotilde ne manquait point d'appeler Trept : monsieur, chaque fois que le nom en revenait dans sa volubilité. Elle déclara qu'elle mettrait M. Trept, sans délai, à la porte, si celui-ci, par impossible, s'autorisait jamais à la moindre incartade. Son indignation devenait sincère, et, en même temps, par une ruse innée, elle évitait de poser, en système général, les règles de vertu d'où M. Trept ne saurait la faire sortir. Clotilde avait conscience d'être défendue, par ses principes, contre toute tentative de séduction, de quelque point que cela partît ; mais, capricieusement, sans but bien précis, elle se bornait à ne vanter ses moyens de résistance que dans la part où ils étaient tout entiers tournés contre M. Trept.

« Ah! s'écria Des Frasses, vous finirez bien, vous-même, par aimer un jour. Il faudra, malgré vous, que vous aimiez quelqu'un, dont vous serez aimée autant que vous le méritez.

— Est-ce indispensable?

— Oui! On n'échappe pas, toute sa vie, à l'amour.

— Eh bien, j'aimerai mon mari... D'abord, qu'en savez-vous si je n'aime pas mon mari.

— Allons donc! Vous ne le pouvez pas. Son caractère a-t-il rien de compatible avec vos délicatesses? Jamais, vous entendez bien, madame, il n'a été capable de vous aimer!...

— Pardon, il m'en a donné la meilleure preuve! » riposta Clotilde un peu sèchement.

Et, avec cette intonation, elle laissait tout à coup paraître la situation exceptionnelle qu'elle créait, en son âme, à celui qui l'avait épousée, le privilège vivace qu'elle lui reconnaissait sur tous ceux dont elle n'était point la femme et vers lesquels elle ne reportait que les menues faveurs laissées par son mari en désuétude.

Néanmoins, entre le jeune homme et la jeune femme, ces impulsions alternatives à se narguer ou à se complaire, ces changements d'humeur, ces sautes de dispositions mettaient une petite oppression, l'anxiété légère émanant de ces pressentiments neutres qui surviennent parfois quand on ne s'attend positivement à rien et qu'on n'en peut présager ni du bien ni du mal.

Clotilde, dissipant peu à peu son envie de romanesque instantané, prit un détour afin d'y mieux respirer.

« Vous êtes bien rentré, demanda-t-elle, l'autre soir, avec Jonzac?

— Aussi bien que cela pouvait être, hélas! sans vous... C'est un causeur si varié, si divertissant, si affable, si plein de fantaisie... »

A chacun de ces éloges, Clotilde hochait la tête, paraissant juger que la mesure devenait par trop comble.

« Je vous préviens, fit-elle, ne vous y fiez pas, à ce causeur-là!

— Pourquoi me dites-vous cela? Est-ce qu'il vous aurait mal parlé de moi?

— Non, non, pas du tout. »

Mais elle avait articulé cette dénégation avec tant de langueur que Des Frasses, la harcelant de questions, finit par apprendre comment Jonzac le traitait de sapeur morose, d'espèce de Malfilâtre, de tambour-major et d'on ne se rappelait plus quoi encore.

Cette révélation décontenança Des Frasses qui, sans posséder un excès de vanité, était, ainsi que la plupart du monde, incapable de concevoir les critiques auxquelles il pouvait prêter et par suite hors de toute préparation pour en recevoir le coup.

« Quelle canaille! » grommela-t-il enfin.

Clotilde saisit l'occasion de satisfaire le zèle d'équité dont elle se targuait à certains moments, dans un jeune et fugitif désir que chacun fût à sa place, ici-bas, et eût selon ses œuvres.

« Tenez, c'était tout juste mon mari, que vous appréciez si sévèrement tout à l'heure, qui célébrait vos mérites de comédien quand Jonzac vous a appelé : basse non chantante... Car, en passant, je vous en avertis, il a beaucoup d'estime pour vous, mon mari...

— Ah! madame, ce que j'ai pu dire de M. Mésigny, vous compreniez bien dans quel sens c'était! Je serais désolé que vous m'accusassiez... »

Son interlocutrice l'arrêta d'un regard attendri dans sa mobilité :

« Ne vous excusez pas, cher monsieur, je sais que vous êtes un noble cœur! »

Ces mots et l'expression de ces beaux

yeux remuèrent tout ce que Des Frasses avait de chevaleresque en lui. Il se sentit brusquement prêt à tous les sacrifices, pour obtenir en échange l'amour de cette femme délicieuse par laquelle il venait d'être si bien résumé et pour qu'en même temps le bonheur de ce brave Mésigny n'en fût pas altéré.

En sonnant au palier de l'appartement où maintenant un transport le secouait, il n'y apportait encore que sa résignation palpitante aux banalités d'un flirt coutumier. Mais, dès le seuil, la vue des préparatifs pour le prochain départ des maîtres de céans avait vivement aiguillonné sa mollesse ; ensuite, ces traces de larmes sur le visage de Clotilde. Puis ç'avait été cette sorte de querelle au sujet de Trept, et aussi d'apprendre l'hostilité injurieuse d'un individu auquel il avait si bien cru s'être imposé. En son for intérieur, sa passion, un peu émoussée à être toujours restée au fourreau, s'acérait contre de la tristesse, de la jalousie, du dépit et contre une rage d'être soudain dédommagé dans son amour-propre. Enfin, ces énigmatiques prunelles de Mme Mésigny qui, à présent, le considéraient, comme il lui semblait n'avoir jamais été considéré par elles...

« A quoi pensez-vous ? » interrogea cette dernière pour laquelle, en effet, regarder Des Frasses à ce moment avait l'intérêt de regarder quelqu'un en dedans de qui se passait quelque chose.

Cette simple interpellation détermina l'ébranlement définitif du penchant que l'amoureux faisait encore des efforts acharnés pour retenir : ainsi que le sifflement d'une marmotte suffit parfois, dans certains états de l'atmosphère, pour déterminer l'avalanche de rochers en équilibre depuis des siècles. Pendant un instant encore, un reste de force prudente le fit balancer sur le point de décider si ce ne serait pas mieux de tâcher à tout garder en place jusqu'à l'automne, jusqu'au retour de Clotilde. Mais, dans sa nature timide, la fatalité d'une énergie ne pouvait se développer sans y bouleverser tous les terrains de résistance.

« Je pense, dit Des Frasses avec chaleur (et il se leva les mains jointes), je pense que dans huit jours vous ne serez plus ici et que, moi, je serai je ne sais où, comme un corps sans âme... Je pense que je ne veux pas qu'on vous fasse la cour ; je pense que tout le monde est méchant et que vous seule êtes bonne, adorablement bonne... »

Et se jetant impétueusement aux genoux de Clotilde, que nulle attente n'avait précautionnée, lui violentant un peu les poignets pour que les paumes ouvertes, et côte à côte, de la jeune femme, reçussent, en leur creux, ses lèvres altérées, il gronda, dans une rumeur presque inintelligible, la face cachée, ne montrant plus que le hérissement de ses cheveux en brosse :

« Je vous aime, je vous aime, je vous aime ! »

Clotilde, stupéfiée, n'avait pas prononcé une syllabe ni ébauché un geste. Tellement ébahie qu'aucune résolution ne prenait forme en son esprit, elle conservait, malgré tout, une habitude de demeurer amicale et polie, qui lui faisait laisser ses mains dans la position où les chatouillait la barbe de Des Frasses. Dans sa sécurité de coquette incorruptible, elle n'avait jamais prévu d'autres conséquences à ses manières que celles dont on se tire par des répliques heureuses ; elle n'avait jamais envisagé le rôle qui pouvait lui échoir sous la mainmise d'un acte, sous l'injonction d'avoir à réprimer le fait par le fait. Et voilà qu'elle était éperdue, dans son immobilité ; et que sa raison en fuite avait oublié là son corps. Et, par intervalles pourtant, dans l'assombrissement total de sa conscience, dans les profondeurs de son émoi, pointait l'aurore d'un vague enchantement, l'aube d'un souvenir déjà prêt à naître tout pimpant et rose, dont elle s'illuminerait intérieurement, après que cette scène invraisemblable aurait pris fin.

Pendant ce délai, Des Frasses, toujours à genoux, ainsi que pétrifié, les paupières closes, n'osait plus bouger de cette attitude où il prostrait son imposante vigueur d'homme réputé pour porter beau. Et ce tableau vivant n'avait cependant rien de ridicule ; c'était même poignant, comme tout ce qui est contenu sous le silence et dans l'effort des grandes attentes humaines, quel qu'en soit le but. Des Frasses, ayant jeté son audace au premier choc, essayait de se persuader qu'il avait triomphé. Et cherchant de quoi il pouvait avoir peur et ne trouvant rien, cette impuissance à découvrir des périls le paralysait justement, lui faisait appréhender les pièges couverts, les secrètes chausse-trapes dont les esprits assez droits imaginent que les conduites irrégulières et que les chemins de traverse sont semés par la vie.

En définitive, dès qu'il se risqua à redresser son visage, face à face, sur la figure pâlie de Clotilde ; quand ses yeux, tout craintifs à la lumière, tout changés de ce qu'ils étaient auparavant, se croisèrent avec les yeux nouveaux aussi de la jeune femme, l'espèce de charme, qui avait si longuement endormi leurs poses, se dissipa comme par magie.

Le coude de Clotilde s'interposa, rude et haineux, entre leurs deux bouches ; et celle-ci se dressa vite en arrière, pour échapper à l'étreinte de bras qui restèrent tendus vers elle, dans la détresse d'une imploration.

« Si vous faites un pas... bégaya-t-elle d'une voix qui résonnait étrangement à ses propres oreilles, je sonne, je crie !...

— Ah ! madame, daignez m'accorder un mot !... Vous me voyez le plus malheureux des hommes !... »

Toutes leurs façons avaient simultanément pris quelque chose de théâtral dans cet épisode démesuré qui avait soudain dramatisé la bourgeoisie de leurs relations. Ils parlaient et s'agitaient, tels que des acteurs à leurs débuts, gauches en leur mimique, déclamant des apostrophes entendues ou lues :

« Je ne sais qui me retient de vous faire chasser ! — On doit la pitié à l'amour ! — Vous avez abusé de ma confiance... — Mon Dieu, est-ce bien elle qui parle ainsi ?... »

... Un peu de calme était revenu à Clotilde, en constatant la réserve rassurante dans laquelle était retombé le coupable.

« Vous m'avez insultée ! murmura-t-elle intraitable encore... Je ne dois plus vous recevoir...

— Non, madame, je ne vous ai pas insultée ! Vous êtes, avec ma mère, ce que je vénère le plus !... »

Les condescendances commençaient à détendre les froncements de sourcils que Mme Mésigny se trouvait en posture de mirer dans une glace et de mettre au point.

« Si vous souhaitez, reprit-elle, que je vous autorise à me revoir, jurez-moi de me respecter à l'avenir.

— Mais je vous respecte ! »

Elle secoua le front, avec une expression têtue et enfantine :

« Non, non, non, vous ne me respectez pas. »

Des Frasses leva les bras au ciel, comme pour le prendre à témoin de ce qu'il fût possible de proférer un tel blasphème.

« Je ne veux plus que vous me parliez d'amour. Le jurez-vous ?

— Je ne peux pas ! répondit-il à moitié découragé, à moitié conseillé par des retours d'espoir confus et de malice inconsciente.

— Alors, séparons-nous ! Je n'ai plus le droit de vous pardonner... »

Des Frasses hésita, oscilla sur ses jambes... Puis, avant de s'éloigner à reculons, il demanda la permission de serrer, pour la dernière fois, une main que, probablement, il n'aurait eu qu'à saisir. Mais, avec la vivacité d'une écolière qui craint de recevoir la férule, Clotilde cacha ses mains, tout ce qu'elle avait de mains, jusqu'aux coudes, derrière son dos.

Là-dessus, Des Frasses se mit à marcher lentement en arrière, avec un air de rancune et d'humiliation, sous le grand salut qui le ployait.

La poitrine de Mme Mésigny se gonflait d'amertume à voir ainsi partir un flirt précieux, peut-être le meilleur de ses flirts, son plus sûr dépôt pour tant de soupirs à double entente et de babillages frivoles, tout un trésor perdu d'attractions futiles et de petits frissons à encourir... Oui ! six mois d'ensemencements et de culture, d'un seul coup saccagés, alors que ce parterre de fleurettes était devenu de plein rapport !... Elle fut sur le point de proposer une transaction, dont elle n'inventait pas assez vite les termes. Lui, manqua de s'arrêter spontanément, puisqu'elle ne prenait pas l'initiative de l'y inviter, alors qu'il était encore entre les battants par où il se résigna tout de même à disparaître.

... Désormais, tous deux nourrissaient l'ardente curiosité d'avoir à découvrir ce que chacun avait bien pu penser réellement de l'autre. Par une naïveté mutuelle, ils attribuaient à l'âme adverse une volonté dans le mystère, un ordre parmi les complications, un plan initial pour réussir à se comporter ; et aucun ne s'apercevait que le chaos présenté par sa propre cervelle ne fût que le reflet de la cervelle opposée.

... Enfin, une ressaute de vent balaya, de nouveau, les buées...

DE SON MANOIR L'AMIRAL POUVAIT ENTRETENIR L'ILLUSION D'ÊTRE ENCORE SUR QUELQUE VAISSEAU.

IV

Dans le courant de chaque été, l'amiral de Kerguel recevait ses intimes au manoir qu'il avait fait bâtir dans le cœur sauvage et tourmenté du Morbihan, dans la petite île d'Ys, dont sa famille était propriétaire depuis une date immémoriale. La superficie de ce domaine était si restreinte, que le vieux marin pouvait entretenir l'illusion d'être encore sur quelque vaisseau de haut bord, quand, de toutes parts et de si près, il revoyait battre les eaux et humait leur vapeur.

Il y avait déjà une semaine que Mme Sorlin, sa fille et son petit-fils étaient arrivés, et que l'on ne savait toujours pas si M. de Prébois aurait le loisir aussi de venir, et que cette incertitude, d'ailleurs, laissait indifférente toute la colonie.

Mme de Prébois affectionnair la solitude de l'île d'Ys parce qu'elle n'avait à y retrouver, tous les ans, qu'un souvenir de choses, et non le souvenir agaçant dont les êtres rencontrés ont meublé parfois certains lieux. Là aussi, sa mère, avec laquelle elle vivait presque constamment, se montrait toujours d'une humeur plus égale, dès que les fatigues du voyage étaient dissipées. Enfin, c'était pour Mme de Prébois un bonheur particulier que de pouvoir, pendant quelque temps, posséder complètement son fils adoré, en une sorte de station balnéaire où il n'y avait pas de ces casinos dans lesquels les jeunes gens dansent et puis prennent froid à la sortie : pas de bureau de tabac, pas de salle de jeux, pas de loueurs de paniers vous attelant des poneys qui ont un air très gentil et qui, au premier tournant, crac !... Pourtant, le cotre de l'amiral était bien là, à l'ancre ; mais jamais Roland ne demandait à s'en servir.

Toutefois, ce dernier, durant les débuts de ce nouveau séjour, n'avait cessé de manifester les langueurs ou les fébrilités d'une impatience particulière. Comme un animal jeune et captif, il passait la majeure partie de son temps à faire, d'un pas brusque, le tour de sa cage. Quand il avait mis vingt minutes à arpenter la bordure de l'île, il essayait, mais vainement, de recommencer son mesurage en un quart d'heure ; ensuite, il s'abandonnait dans de profonds repos, au long d'un sofa, les bottines sur un coussin, la tête en bas.

... Ce jour-là, Roland avait d'abord voulu pêcher, puis dessiner; plus tard, il s'était presque fâché parce qu'on ne pouvait lui procurer un rouleau dont il avait besoin, déclarait-il, pour aplanir un boulingrin, tout divisé déjà en deux camps par la tension d'un filet vertical. Bref, une surexcitation, encore accrue, s'était affirmée chez lui.

Durant la journée, il alla consulter à cent reprises un cadran solaire établi en haut d'une colonnette de marbre, au milieu d'une corbeille de géraniums, sur le point culminant de l'île, où ces fleurs de culture étaient à peu près les seules à bien réussir et portaient au loin dans le golfe, comme un phare diurne, leur rouge éclatant, entre l'azur mobile des ondes et l'immobile azur d'un ciel, pour cette après-midi-là, exceptionnellement pur.

« Il est plus de quatre heures ! dit-il enfin en remontant sous la véranda... Est-ce que le bateau ne devrait pas être en vue? »

Les deux dames, en silence, continuèrent, d'un mouvement rythmique, leurs travaux de tapisserie. M. de Kerguel, qui tenait un journal sous ses yeux, eut l'air de n'avoir pas été tout de suite présent à la question ; mais bientôt, rajustant un pince-nez (qui avait glissé jusqu'au bas de ses narines recourbées et n'aurait pu, ainsi, guère aider à sa feinte lecture), il tira sa montre et fit celui qui, à son âge, n'a plus hâte de rien :

« Non, mon gaillard, il n'y a pas de retard. Tu n'as encore aucun droit de réclamer.

— Pour l'amour de Dieu, mon petit Roland, protesta la grand'mère, laisse-nous jouir de notre reste de tranquillité... Ce sera bien assez tôt que le tintouin commence, dès que vos Américaines vont être débarquées !... »

Et, malgré l'autorité de son ton, elle consultait pourtant sa fille du regard, quand elle ajouta, les épaules énormes sous un châle de tricot :

« Tant pis, je ne ferai pas d'autre toilette !... Elles ne vont pas ici nous imposer des façons, j'imagine !... »

Mme de Prébois, qui s'était scrupuleusement habillée d'un déshabillé à style japonais et d'une fantaisie tout insulaire, considéra, avec l'attention commandée par son respect filial, le gros bonnet de dentelles noires et de pensées épanouies que Mme Sorlin, quoique celle-ci affectât, arborait pour la première fois ; et elle prononça :

« Mais je te trouve superbe ainsi ! »

Là-dessus, Mme de Prébois, se tournant vers l'amiral, lui demanda, avec une de ces vivacités indiscrètes que l'interpellé se refuse toujours à prendre pour de la perfidie, parce qu'alors il lui faudrait s'avouer que l'intimité de sa vie défile devant quelque compétence inavouable :

« Au fait, mon vieil ami, pourquoi donc vous mettez-vous, cette année, à recevoir les Hobbinson? »

Les yeux de la bonne-maman Sorlin brillèrent comme deux escarboucles, semblant dire à sa fille : « Tu as joliment bien fait de lui planter ça ! »

M. de Kerguel maudit intérieurement cette questionneuse dont la maladresse pateline ramenait sur le tapis un tas de choses qu'il en supposait être balayées ; et il dissimula la grimace, sans récrimination possible, qui vient quand on a lieu de ressentir ce fait d'attraction inexplicable que le talon d'autrui a pour celui de vos orteils où se cache un cor.

« Ah çà ! mesdames, murmura-t-il troublé, ce que j'en ai fait, c'était uniquement pour vous, afin de vous gratifier d'un peu plus de mouvement et de gaieté dans l'île... Si j'avais pu deviner que je risquais à vous déplaire, certainement que...

— Oh! bien, maman, interrompit Roland, tu es bonne, toi!... Mais, moi, ça m'amuse qu'Agnès vienne ici ! »

Mme de Prébois fronça légèrement ses sourcils, que les crayonnages prédisposaient aux expressions de rudesse.

« Mon enfant, formula-t-elle, quand ton écervelée d'amie va être ici, vous tâcherez l'un et l'autre de tenir un peu compagnie à vos parents, et de ne pas être toujours à traînasser on ne sait où, comme des petits pauvres.

— Oui ! avait repris l'amiral pour qui la diatribe de Mme de Prébois semblait non avenue, ce pauvre Roland, il faut bien songer aussi un peu à lui. Que diable! il a besoin de respirer de la jeunesse, dans son entourage... »

Et le vieux loup de mer, derrière la responsabilité de cet adolescent pâle et frêle, abritait ainsi, timidement, sa tête blanche, ses robustes soixante-dix ans d'âge, ses campagnes, ses citations à l'ordre du jour, et toute sa vieille autorité dans l'étendue de laquelle, sur un fond de souvenirs, évoluaient des escadres et tonnaient les bordées de canons.

IL SE DRESSAIT TENDU COMME UN COQ AFIN DE SIFFLER A UNE PLUS GRANDE HAUTEUR.

Roland, vexé, avait quitté la place. Mais, bientôt, on l'y revit accourir, dans une joie sans rancune, tenant un télescope déployé.

« Voilà le bateau ! s'exclama-t-il... Il a déjà dépassé l'île aux Moines... »

En effet, quelques instants après, on entendait siffler le petit vapeur qui, à certains jours de la semaine, mettait en communication, avec le continent, divers points de cet archipel intérieur ; et sa roue esbroufeuse ne tarda pas à accoster contre un promontoire d'Ys, où la marée haute mettait à flot une sorte de débarcadère.

M. de Kerguel et Roland s'empressèrent d'aider à atterrir Mme et Mlle Hobbinson, que suivait une chambrière surchargée de cartons et dont la mine éveillée croyait devoir sourire pour la bienvenue à toute l'assistance.

Et les quatre dames se livrèrent aussitôt aux effusions préliminaires, n'engageant à rien, de leur sexe embrasseur.

« C'est féerique, c'est comme un rêve ! répétait Mme Hobbinson. Ainsi, nous sommes maintenant dans votre seigneurie ? Nous ne dépendons plus d'aucune autre loi que la vôtre ?... Aïe ! » s'écria-t-elle encore en s'apercevant qu'on allait jeter lourdement sa vaste malle sur le roc, et sans écouter davantage les rectifications de géographie politique où M. de Kerguel, ravi et inquiet, avait immédiatement réfugié son embarras.

Le valet de chambre de l'amiral se chargea du bagage, avec le gardien de l'île, qui en était en même temps le jardinier, le pilote et le boucher, un Breton à longs cheveux, à large ceinture de cuir, au teint calme et blême de martyr, au menton volontaire et au regard dur ainsi que ceux d'un dernier Chouan.

Agnès n'avait rien dit. Elle baissait le front, tout empourprée de contentement, et laissait à présent prendre ses mains dociles, ses petites mains décontenancées et vides, depuis que la serviabilité despotique de Roland l'avait démunie de son en-tout-cas, de son flacon de sels, de sa grande raquette et d'un sac en papier plein de raisins et de gâteaux émiettés.

Tout en cheminant, Mme Hobbinson s'extasiait sur la disposition des allées, sur un pied d'aloès par-ci, sur des figuiers par-là, sur l'effet d'une vasque enlacée de chèvrefeuille devant un massif de lauriers-roses.

« Merci, c'est un vrai palais, s'écria-t-elle en parvenant devant la façade dont le fond de briques mettait en valeur toutes les saillies d'une charpente brune... Tiens, vous avez des hirondelles ! fit-elle encore quand son œil, qui fouillait partout, eut découvert des nids d'argile sous une espèce de machicoulis.

— Mais les vents tièdes m'amènent aussi parfois des rossignols, là-bas, dans mon bois... Du moins, on me l'a assuré ! » répondit l'amiral qui gesticulait, fort émoustillé.

Et il désigna un groupe de pins, dont était entourée la petite ferme dans laquelle logeait le ménage du garde, et qui en dominaient la toiture de tuiles, avec leurs cimes voûtées, selon le sens où tant de fois elles avaient reçu le poids des rafales lancées, de loin, par l'océan.

« Voulez-vous monter tout de suite à votre appartement ? » proposèrent ensemble les deux femmes, auxquelles l'antériorité de leur installation donnait l'initiative et l'aisance de personnes qui se sentent absolument chez elles.

— J'attendrai que ma malle soit défaite, » répliqua Mme Hobbinson, en accrochant son chapeau à une patère de l'antichambre, avec la familiarité machinale de quelqu'un qui entre aussi, un peu, chez soi.

M. de Kerguel s'était absenté pour faire toutes ses recommandations au service ; et, de temps en temps, on entendait son pas actif, sa voix affairée.

« ... Nous apportez-vous des trésors de nouvelles ? interrogea Mme de Prébois... Vous ne faites que de quitter Paris, n'est-ce pas ?... Pouvez-vous m'apprendre ce que deviennent mes petits Mésigny ?

— Ils sont installés à Fontainebleau, rue de l'Arbre-Sec, dans un cottage très charmant, paraît-il... Et occupés à en perdre la tête, du moins la jeune femme, par les répétitions des tableaux vivants qu'on est en train de monter à Tournezy. J'ai eu ces renseignements il y a huit jours, par Trept, qui partait pour le château, avec Des Frasses. Les Balbenthal réclamaient à cor et à cris d'avoir leurs interprètes à demeure chez eux.

— Assisterez-vous à cette représentation ? hasarda Mme Sorlin, sans lever les yeux, remise à son ouvrage.

— Oh ! non, madame, c'est la semaine prochaine ! objecta l'Américaine qui s'aperçut aussitôt que la brièveté du délai énoncé n'était pas accueillie comme une raison absolument péremptoire... Et il est probable que, d'ici là, je ne recevrai point d'invitation, acheva-t-elle dans un de ces rétablissements où excellait la souplesse de son être moral.

— Sapristi ! marmotta Mme de Prébois, s'en donnent-ils un mal, ces Balbenthal, pour tâcher d'attirer un peu de monde. Alors, ils s'imaginent que c'est ça recevoir ! Mais, à ce compte, le directeur des Funambules reçoit aussi, chaque soir... D'ailleurs, à cette époque-ci, ils n'auront personne... »

Ainsi, la maîtresse de maison, dont la saison était close, exhalait ce dépit que tout oisif ressent contre ceux qui, par un travail ininterrompu, le priment, en matière d'amour-propre et de concurrence. Une indignation tyrannique, une colère de gréviste lui insinuait à l'âme que ça ne devrait pas être permis de rester ouverts à certains lieux de réception, pendant que les autres croient devoir chômer.

Vers ce moment, Agnès, qui savait déjà par Roland quelle était sur chaque palier la porte de chacun, vint avertir Mme Hobbinson que tout était maintenant prêt chez cette dernière et n'en attendait plus que la prise de possession.

Tandis que la mère et la fille grimpaient l'escalier, dans une âpre et saine odeur de bois verni, précédées de Mme de Prébois qui s'était aimablement chargée des fonctions d'introductrice, à défaut de M. de Kerguel, encore disparu :

« Tu sais, chuchota la petite, nous sommes au second. Roland dit qu'on y a une vue qui ne peut pas se comparer. Lui, ce pauvre garçon, il est au rez-de-chaussée... On se lève de bonne heure ; mais, puisqu'on monte à Mme de Prébois son chocolat, Mariette pourra bien te monter le tien... Elle couche à la ferme, Mariette... C'est de l'eau de citerne qui est dans les brocs : il paraît qu'elle est douce, oh ! mais douce !... »

Et, en abordant le deuxième étage, Agnès fit des désignations, à coups rapides de son index effilé, et toujours à demi-voix :

« Te voilà ! me voilà !... Tu as la chambre de l'amiral : il n'y a pas d'armoire à glace... L'amiral s'est fait mettre un lit à côté, dans son observatoire. Tu te rappelles, d'en bas ?... la grosse tourelle qu'on voit ?... Eh bien, c'est là !... Un lit de fer qui n'a pas plus d'un mètre de large, crois-tu !...

— Bien, petite pie, petit furet, c'est bon ! » murmura sa mère pour l'arrêter enfin.

Et Mme Hobbinson, demeurée seule, procéda pour le dîner à une toilette très simple, à une coiffure cependant soignée, pour laquelle dut, en effet, suffire un étroit et long miroir, dont la taille haute et maigre de l'amiral semblait avoir fixé la mesure.

Elle étala pêle-mêle, sur une massive table de chêne, sur la cheminée aussi qu'assombrissait le bronze d'une paire de candélabres, tout son assortiment de frivolités : éventails, encrier de cuir russe, boîte à poudre de riz, épingles d'écaille, hochets d'ivoire et de velours pour ses ongles... En un instant, cette pièce rébarbative (où le croisement de deux sabres, où le buste de l'amiral avec ses décorations, où des portraits de vaisseaux par tous les bâbords et par tous les tribords, mettaient une austérité et une froideur navales) eut reçu un parfum de féminisation. Ce fut comme un frisson de vie animant la rigidité de l'ameublement. Des sachets survenus alternaient avec des cendriers oubliés ; et les objets, heurtant les sexes qu'ils ont, finissaient par se confondre dans une sorte d'harmonie libertine.

... Pendant le dîner, M. de Ker-

Ce sont de grandes pierres plantées toutes droites.

Et ce minuit-là, M. de Kerguel l'écoutait.

guel multiplia ses excuses pour le manque de confort dont on pouvait avoir à souffrir chez lui, pour la monotonie des rares distractions en ce bout du monde. Mais Mme Hobbinson célébra l'originalité d'un pareil séjour, et la distinction de son étrangeté.

« Figurez-vous, dit Roland à Agnès, lorsque l'on quitta la table, qu'il y a ici une douzaine de menhirs !...

— Qu'est-ce que c'est que ça ?

— Pour ceci, intervint Mme de Prébois, aucun savant n'est capable de l'expliquer. Quand vous en aurez vu, ma mignonne, si vous vous formez un système, il faudra nous le communiquer tout de suite.

— Ce sont de grandes pierres, reprit Roland, deux fois plus grandes que vous, deux fois plus grosses que bonne-maman, et qui ont été plantées toutes droites en l'air, depuis des centaines de siècles...

— Par le diable, ajouta Mme Sorlin que la comparaison de son petit-fils avait blessée et qui voulait montrer qu'elle n'en suivait pas moins le trot de la conversation.

— Non pas, madame ! contesta vivement M. de Kerguel... Ces blocs sont des guerriers païens qu'a pétrifiés saint Cornély, notre bon saint breton... Votre fenêtre, mademoiselle Agnès, donne précisément sur le groupe de ces mauvais soudards ; ils sont alignés au bout d'un champ que je voudrais aujourd'hui avoir semé de roses pour vos jolis yeux, en place de ce qu'il y pousse de sauvage. Du moins, si le vent devient bruyant tout à l'heure, si la lune se voile, si la bruyère s'agite, vous aurez bien des chances, en regardant à travers vos carreaux, à minuit sonnant, d'apercevoir la danse des couriquets, des cournils et des cournicanets... »

Malgré le rire affable qui se mêla à ces paroles sur les lèvres du vieillard, Agnès continua de le contempler avec tant d'effarement qu'elle en tirait un peu la langue. Elle éprouvait, dans l'énervement de plaisir où elle était d'avoir rejoint son ami, comme une invraisemblable envie de pleurer sur ces sombres fleurs de légende qu'on venait ainsi de faire éclore autour d'elle...

Et, plus tard, après tous les bonsoirs échangés, quand elle se trouva, seulette, séparée de sa mère par un couloir presque inconnu, entre quatre murs nouveaux, tendus de rouge et baguettés de noir, dans une chambre où elle ne savait pas comment s'y comportait la nuit, elle grelottait sous un gel passager de sa petite raison. Elle n'osait fixer ses prunelles sur un bahut ni sur les chaises environnantes, de ce style breton et bizarre dont les pièces sont sorties, une à une, des tourments du tour. Le cœur lui battait à en interrompre plusieurs fois sa prière. Et, loin d'écarter ses rideaux pour tâcher de découvrir au delà les mystères de la lande, elle en épingla, du haut en bas, la jointure des deux pans. Pour un peu, comme une chatte dépaysée, elle se serait cachée sous la couchette préparée à son pur sommeil ; enfin, elle s'enferma entre les plis candides de son moustiquaire, gardant sa lampe allumée et ses paupières obstinément baissées, un doigt en chaque oreille pour ne pas entendre quand la magie d'une grande horloge (d'ailleurs arrêtée et dont le corps était debout dans un angle) tinterait les douze coups de l'heure prédite.

... Et ce minuit-là, M. de Kerguel, au contraire, l'écoutait lentement venir au tic tac de sa montre, dans le silence s'assoupissant de sa maison, dans le bain de lumière que la lune infiltrait par toutes les vitres du belvéder, où réfléchissait le vieillard.

En face, au loin, entre les presqu'îles de Rhuis et de Locmariaquer, s'ouvrait le goulet, la porte du large, le seuil de l'Atlantique, vers toute cette mer de liberté parmi laquelle l'amiral avait tant de fois pris le galop des vents, jamais sûr de revenir et toujours convaincu qu'au retour il ne retrouverait rien du morceau de sa vie qu'il laissait, rompu, sur le rivage. Et chaque fois que M. de Kerguel était rentré au port, un même cœur était là, si chaud de sève malgré l'assèchement des années, formant par la longue habitude une partie si intégrante du cœur revenu, que la suture s'était aussitôt refaite, et que les cicatrices, superposées aux cicatrices, avaient transformé ce qui n'était que tendresse en la plus ferme, la plus dure, la plus solide des choses.

Tout autour du vieux veilleur, les ondes se berçaient, dans un chantonnement mélancolique et calme comme une psalmodie, sous leur bleu vitrail des soirs. A gauche, l'île d'Arz, étroite et plate, allongeait ses quatre bras sur lesquels le village, bâti en croix, avec les reliefs et les reflets de ses maisons blanches, formait le crucifix marin de cette éparse chrétienté.

Désormais, M. de Kerguel distinguait, venant d'au-dessous de la retraite où il méditait, de sous ses pieds, la respiration endormie et vibrante de sa vieille amie. C'était quarante ans de leur passé qui, acharnés et ronfleurs, lointains et proches, s'élevaient ainsi vers lui, faisaient voltiger un essaim de souvenirs douloureux ou de délicieux remords, et soufflaient leur trouble de vie humaine à travers la paix de la matière, dans cette sérénité de la nature.

Pour fuir l'angoisse qui montait à ses tempes, il dirigea ses yeux vers l'azur du firmament que des tons d'ombre violaçaient çà et là, hors la première zone du rayonnement lunaire. Sous la voûte céleste, les étoiles scintillaient faiblement comme les flambeaux clandestins qui s'allument pour la consécration des hyménées nocturnes.

Et soudain, à côté de l'amiral, tout près de la cloison qui le reliait à Mme Hobbinson plutôt qu'il n'en était séparé, voilà que résonnait un bruit perceptible pour lui seul, un frémissement d'alcove, un menu craquement de la souris qui est éveillée juste à l'heure où dort le chat, un rappel de présence adressé par un de ces petits rongeurs, dont l'image trottine parfois dans les cervelles septuagénaires et en dérange la sagesse relative, de son pas furtif et fripon.

Le lendemain, très tôt levé, et l'incarnat aux joues par la vivacité de la bise matinière, Roland faisait, avec ses deux chiens, un hourvari sans précédent en l'île, et, précisément, comme par hasard, sous la place où devait reposer Mlle Hobbinson. Il se dressait, tendu comme un coq, afin de siffler à une plus grande hauteur, sur ses semelles de caoutchouc, les mains au fond des poches de son pantalon en flanelle blanche, dans un veston pareil et sans gilet. Les bouts de sa cravate ponceau flottaient sous un nœud marin ; et il s'était enfoncé jusqu'aux oreilles, aussi solidement qu'une capsule de bouteille, sa casquette de flanelle blanche encore, cachetée d'une étoile rouge.

Ce manège obligea nécessairement Agnès à entre-bâiller sa fenêtre. Elle s'était en hâte enveloppée d'un peignoir qu'elle serrait d'une main à sa taille et de l'autre à son cou, et, toute dépeignée, sauvagesse en l'éblouissement primitif des réveils, ses dents riaient à travers les lianes onduleuses et dorées de sa chevelure vierge.

Mais le jeune homme lui ayant crié « Bonjour ! » elle fit « Chut ! » d'un doigt prompt, et disparut, ainsi qu'elle n'était probablement pas autorisée à se montrer sans plus de pompon.

Toutefois, elle ne tarda guère à s'attifer ; et le Robinson de dix-huit ans put bientôt mener sa Robinsonne, nu-tête, en robe d'indienne et tous ses cheveux fouettant ses reins, à l'inventaire de ce que contenait leur île.

Ils commencèrent par visiter la chapelle, une maison consacrée et surplombant la mer du haut d'un récif, que le court pont de fer jeté sur une brèche du granit reliait au domaine d'Ys. Ils parcoururent le champ druidique, qu'Agnès jugea très laid et pas du tout étonnant ; puis le champ des pommes de terre, qu'elle répéta ne s'être jamais représentées sous cet aspect. Ils descendirent la pente du môle au bord duquel le cotre de l'amiral ballottait sur ses amarres ; et Agnès pinça, plusieurs fois, à pleines mains, le bras de son camarade, en pensant à retenir celui-ci par la manche tandis qu'il faisait l'imprudent.

« Bah ! dit Roland avec un geste fanfaron et dans la certitude de s'attirer une douce réponse... Le beau malheur, si je me noyais ! Est-ce que vous porteriez mon deuil ?

— Vous êtes bête ! » répliqua-t-elle simplement.

Ils inspectèrent encore le petit bois des pins, sous la musique de ses aiguilles accordées par le vent. Ensuite, ils côtoyèrent la ferme, où l'approche des chiens fit détaler un porc gros et noir.

« Kss, kss !... Vous voyez que nous avons des vivres, montra Roland tout en excitant les chiens.

— Mon Dieu ! est-ce qu'on va le tuer, pendant que nous serons ici ?

— Peut-être bien...

— Oh ! le pauvre animal ! C'est si horrible ! Franchement, vous auriez bien dû penser à le faire tuer avant... Et ces pigeons sont-ils pour tuer aussi ?

— Les pigeons, les poulets, les canards !... » énuméra Roland avec gaieté.

Et, désignant un petit tas de loques potelées et de chairs débraillées qui se mouvaient sur les côtes d'une vache accroupie :

« Ça, c'est un des six enfants du garde Grégoire... On mange le plus gras à la dernière extrémité... Bonjour, madame Grégoire, cria-t-il à une femme encore jeune, à mauvaise figure, très brune sous les ailes, repliées en dehors, de son bonnet... Elle est aux trois quarts idiote, reprit-il, et ne parle pas français. Tous ses grands-parents ont été fusillés par les Bleus... Comment, vous ne connaissez pas ces histoires-là ! »

Et le jeune homme se mit à fredonner un air, que la Bretonne perçut de loin et accompagna d'un balancé de sa tête, avec la mélomanie de certaines bêtes, bouche béante, au-dessus d'un moulin à beurre qu'elle maniait :

« Grégoire, Prends ta vierge d'ivoire, Prends ta gourde pour boire, Prends ta poire à fusil, Nos messieurs sont partis, Pour la chasse aux perdrix... »

« Y a-t-il une plage ? demanda Mlle Hobbinson.

— Mais oui ! Très chic même !... Avez-vous envie de vous baigner ?...

— Je ne sais pas si mère le permettrait... »

Ils allèrent enfin s'asseoir, côte à côte, au fond d'une crique sur un bord de sable que le reflux venait de découvrir en y laissant une âcre odeur de goémon. Sans parler d'abord, l'un et l'autre appuyés sur leurs paumes, leurs deux regards parallèlement partis au loin, ils fouillaient de tous leurs doigts la poussière infertile que le soleil n'avait pas encore fini de sécher, et s'adonnaient ensuite à l'opération de détacher les parcelles des micas qui s'étaient ainsi incrustés dans leurs pores.

« Vous allez trouver ça bien drôle ! dit brusquement Roland... Tous les hameaux du Morbihan, qui sont autour de nous, ont un même usage pour s'y marier : c'est aux femmes à demander les hommes...

— Oh bien ! riposta Agnès en hochant le front, je n'aimerais pas habiter par ici ?

— Pourquoi donc, s'il vous plaît ?

— Mais est-ce que c'est une affaire possible, pour une jeune fille, de... de... On n'aurait donc pas de honte, si on pouvait se faire connaître, comme ça, en premier, à un monsieur...

— Ha, ha ! un monsieur !... Ce ne sont pas des messieurs, ce sont des marins, des pêcheurs de quatre sous... »

Agnès ne répliqua point. Sa pensée rapide avait passé au-dessus de l'archipel indifférent et de tous ses indigènes, pour monter droit vers quelque rêve.

Dans l'ombre de ce silence, Roland vit briller un point clair.

« Voyons, Agnès, fit-il avec câlinerie, admettez-vous que ce soit plus commode à un jeune homme d'oser... Enfin, comme vous dites, de se faire connaître à une femme ? »

Et à ce que lui fit éprouver, en cet instant, ce dernier mot de son compagnon, la petite personne comprit soudain qu'elle venait d'être promue à la plus haute dignité de son sexe.

« Je suis persuadée, reprit-elle, que, moi, je ne me marierai jamais.

— Vous préférez garder votre liberté ? »

En un dépit, il avait prononcé : liberté ! comme si ce terme eût exprimé, pour son interlocutrice, toute une affaire connue, entendue, bien étudiée.

« Oh ! ma liberté !... je n'y tiens pas tant que ça, seulement...

— Seulement, quoi ?... Vous ne vous décideriez pas à quitter votre mère ? »

Agnès montra, par une petite mine, qu'elle saurait se résigner à cette séparation.

« Alors, je ne devine pas quel obstacle... Vous n'aimez peut-être pas les enfants ?

— Je ne les déteste pas... Et puis, on n'en a pas forcément parce que l'on se marie... Tenez, je n'avais jamais réfléchi à ce que ça me ferait d'avoir un bébé ; je crois plutôt que je serais amusée. Pas tout de même s'il était là, aussitôt, sans que j'aie eu le temps de me reconnaître...

— Non, mais par quoi pourriez-vous être empêchée de vous marier ? » murmurait Roland qui s'était empoigné la tête, avec une rage à moitié divertissante, à moitié pénible.

Agnès persistait, par contenance, à jouer naïvement avec leurs deux cœurs, sans se décider à s'alléger de ce même remords indistinct, à travers lequel elle avait senti tant de fois beaucoup vivre et un peu souffrir ses perruches inséparables quand elle les prenait, toutes chaudes, dans chacune de ses mains, pour longuement en baiser le bec.

« D'abord, poursuivit-elle, qui voulez-vous qui m'épouse ? Je n'ai pas, bien sûr, la prétention d'être jolie... Oh ! parbleu, vous ne me direz pas que vous me trouvez laide !

— Vous êtes tout ce qu'il y a de plus joli ! »

Le ton de ce décret fit pâmer Agnès, qui ne pouvait se tenir de rire en continuant de causer :

« Je ne sais pas pourquoi je m'imagine qu'on me prête un mauvais caractère. Pour ça, mère a quelquefois tort de me gronder tout haut, dans les maisons où elle n'est pas gênée... Enfin, cherchons de qui je pourrais devenir la femme... Pas de M. de Travières, n'est-ce pas ? ni de M. Des Frasses, ni de M. Trept ? ni surtout de M. Cernex, hein ? quelle horreur !...

— Et Maurice Balbenthal ?

— Voyons, Roland, il est trop jeune.

— Pardon, il a le même âge que moi...

— Mais vous, justement, nos familles vous trouveraient trop jeune, allez !... On dit qu'il faut que le mari ait au moins cinq ans de plus que la femme... Peut-être bien que ça serait égal à ma mère ; mais vos parents...

— Mes parents, mes parents !... En voilà une histoire que vos cinq ans d'aînesse !... Est-ce que Mme Nully-Lévrier n'a pas un an ou deux de plus que son mari ?

— Ne vous vantez pas d'eux : ils ont, tout le temps, besoin de se raccommoder... Et puis, Roland, je ne suis pas de votre religion !...

— Eh bien, vous changerez !

— Ça, peut-être que mère ne dirait pas non... »

Ils se turent, n'ayant convenu de rien davantage ; et pourtant tout semblait dorénavant réglé à leurs consciences réciproques, sans avoir eu à prononcer les choses sacramentelles, dont ils n'avaient l'audace de concevoir aucune formule, mais qui, depuis longtemps, les préoccupaient comme d'une obligation à remplir.

Quelques minutes plus tard, Mme de Préboís, ayant découvert dans quelle retraite les jeunes gens avec leur manie de tête-à-tête ourdissaient ces fils légers d'avenir, les rappela sévèrement, inquiétée jusqu'au fond de ses entrailles par le mystère visible de cet amour naissant, apostate comme ces femmes d'imagination qui professent le culte du patriotisme jusqu'au jour où elles s'avisent que leur fils a pris l'âge d'être appelé sous les drapeaux.

Aussi fallut-il la croix et la bannière

pour obtenir qu'elle autorisât son grand garçon à faire la partie de naviguer jusqu'à Larmor, avec Agnès, et Mlle Hobbinson en guise de chaperon.

Chaque dimanche, effectivement, pendant que l'île possédait une famille d'hôtes, l'amiral envoyait son cotre à la terre pour en ramener un prêtre, qui célébrait la messe en la chapelle d'Ys, déjeunait et repartait avant le soir.

Donc Roland se promettait une telle fête de l'aventure, sa petite amie fut si enjôleuse, que Mme de Prébois avait dû céder, sous la condition d'un temps parfait. Comme, au matin du jour dominical, le ciel était sans reproche, les trois passagers purent s'installer joyeusement à bord, sur des couvertures aux armes du château, Grégoire étant à la barre, et le valet de chambre à la manœuvre. Et le cap fut mis sur le continent qu'on devait atteindre en quatre ou cinq quarts d'heure.

« Si vous n'aviez pas tout à fait assez de brise pour revenir, cria l'amiral, n'est-ce pas? Roland, tu prieras l'abbé de donner un coup de main aux avirons. Il s'y entend.

— De la brise, jargonna Grégoire, on en aura bien plus qu'assez. »

... Quand M. de Kerguel eut fini ses signaux d'à-revoir, il rentra pour rédiger tout un courrier en retard, dont se chargerait, lors de son retour, le vicaire de Larmor.

Une attention prolongée le penchait encore sur son écritoire, quand Mme de Prébois le héla vivement du dehors.

« Je suis très alarmée! criait-elle. Examinez donc, s'il vous plaît, ce qui se prépare là-bas. »

M. de Kerguel s'empressa de déférer à cette invitation; et, malgré son expérience des phénomènes maritimes, il fut impressionné du désordre inattendu qui avait transformé les éléments.

Un grain surgissait au loin, vers le confluent de la rivière d'Auray, une de ces sortes d'outres gonflées et noires qui soudain se décrochent des parois du ciel et viennent verser sur les mers leur formidable contenu de pluies, de foudres et de vents.

« Ça va passer, articula M. de Kerguel avec une feinte indifférence... D'ailleurs, ils doivent être arrivés là-bas.

— Oui, mais revenir? »

Il gagna à grands pas, de ses jambes encore si solides, et suivi par Mme de Prébois, un point de falaise faisant face à la rive de Larmor. Cette dernière était déjà gagnée par le brouillard.

« Les voilà! » s'écria l'amiral avec plus d'anxiété que de joie. Son vieil œil d'émerillon avait aperçu un miroitement au loin, un suprême rayon de soleil en fuite, qui, coupant la brume de son vol, s'était posé, pendant une seconde, sur la mince voilure d'une flèche de mât.

Il consulta sa montre, puis maugréa :

« Les mâtins! Ils se sont mis en retard; ils vont avoir à compter avec le jusant!...

— Quoi? Hein? C'est donc mauvais? » questionnait la grand'mère qui, haletante, se hissait à son tour auprès de sa fille, et roulait les yeux égarés et blancs de l'essoufflement obèse.

M. de Kerguel ne répondit point. Ne lui valait-il pas mieux taire l'effet de ces masses d'ondes pompées, pendant le flux, par les baies et les fleuves jusqu'au fond des terres, et qui maintenant, au début du reflux, commençaient à se précipiter hors de leurs réservoirs, se vidant de partout à la fois, entraînées pêle-mêle vers l'embouchure du Morbihan, se heurtant à tous les carrefours que forment une quantité de détroits entre tant d'îles? A quoi bon avouer aussi que l'équipage n'était peut-être plus en nombre suffisant pour bien parer aux conséquences de cet accident nautique!

Instantanément, une grêle se prit à cingler l'île, de toute la vivacité et de tout le bruit de ses mille lanières. Les deux dames s'encapuchonnèrent sous un retroussis de leurs robes; mais le vieillard ne broncha point, recevant tout sur son crâne chauve, scrutant l'horizon d'instant en instant rétréci, où la crête moutonneuse des vagues et la rumeur de leur clapotis parlaient un dur langage à ses oreilles qui savaient si bien l'entendre, à ses yeux qui avaient tant appris à y lire.

« Que deviennent-ils? Seigneur, que deviennent-ils? gémit Mme de Prébois.

— Oh! notre pauvre enfant, notre bien-aimé! Que Dieu le sauve! » repartit la grand'mère.

Et l'amiral vit couler des pleurs, des grands pleurs comme au bon temps, sur cette large face qui avait été si belle et qui, depuis bien des années, ne pouvait plus lui montrer que les expressions de l'apaisement sénile ou des sèches colères.

« Ah!!! » s'exclamèrent-ils tous trois ensemble.

A travers un déchirement de la nue, ils

venaient de voir le cotre sauter, hardi et prompt, sous le fouet de l'orage. Durant quelques minutes qui faisaient geindre leur respiration, ils purent encore le contempler pointant de la proue, ruant de la poupe, se débattant sous l'écume des embruns, dans le terrible concert des hennissements aériens.

Après quoi, l'embarcation fut enveloppée

d'un nouveau grain, qui se vidait lentement, comme un sac de cendres, sur la mer salie.

Les lèvres de Mme de Prébois, crispées et muettes, saignaient sous ses dents.

« Ils n'en ont plus pour longtemps, insinua la voix tremblante de M. de Kerguel... Le bateau a du cœur. Cristi ! l'avez-vous vu?

— Mon cher, lâcha crûment Mme de Prébois, sans vos deux coureuses, mon fils serait resté tranquillement ici ! »

L'amiral tressaillit sur l'intonation de ces mots qui faisaient, pour lui, siffler dans l'air quelque chose de plus aigu que tout l'orchestre de l'ouragan. Il venait de comprendre la mesure de ce que Mme de Prébois devait savoir, et contre quoi, et de quel droit, et en quel nom indicible elle protestait ; il sentit tout ce qu'elle était néanmoins capable de dire, et malgré toutes les conventions ce qu'elle pouvait avoir la folie de piétiner, dans la simplicité tragique de ce moment suprême. Et, au milieu de cette atmosphère de naufrages, celui dont il conçut aussitôt la plus poignante horreur fut le naufrage possible de sa respectabilité sentimentale et louvoyante...

Absorbée dans les larmes, Mme Sorlin sanglotait :

« Pourquoi faut-il que ce pauvre cher petit Roland y soit !... » Et l'éclair d'un regret sillonna sa physionomie sombre... Ah ! si le péril de son petit-fils ne lui eût pas interdit d'attendre philosophiquement la fin de l'œuvre à laquelle s'occupait la Providence, ah ! si ç'avait été Mme Hobbinson qui fût toute seule, là-bas, au sein de la tourmente, oui, toute seule... ou même avec sa fille !... Car la haine de la vieille dame, ordinairement modérée selon les règles de l'édu-

Le vieillard ne broncha point.

cation et peu active comme celle des gens qui sont retenus à un certain rang, cette haine, aujourd'hui affamée par toutes les détresses du désespoir, aurait peut-être souhaité, ainsi que le Minotaure en son innocence de monstre, de se repaître avec un corps de jeune fille?

... Les femmes en prière, l'amiral raide, les bras croisés, dans l'attitude où il avait si souvent commandé aux hommes et subi la volonté des éléments, écoutaient, sans toujours rien discerner, la voix exhalée par les fonds de la mer, cette plainte étrange et ininterrompue qu'on croit être celle des trépassés et que crieraient surnaturellement tant de bouches mortes.

... Enfin, une ressaute de vent balaya, de nouveau, les buées, rouvrit le panorama; et, au milieu de l'étendue, le cotre était là, bien là, toujours là, en bonne voie, plus fringant que jamais, presque toute sa voilure carguée, et arrivant vite sous quelques centimètres de toile.

« Ouf! ça y est! affirma l'amiral à ses compagnes qui n'osaient encore croire à leur bonheur, les courants dangereux sont franchis, et, avant dix minutes, ils seront ici... »

En effet, moins d'un quart d'heure suffit pour que les passagers pussent sauter dans l'île, mouillés comme au sortir d'un bain, riant d'avoir été ainsi trempés, riant de tout.

Et le bouleversement des mines avec lesquelles on les accueillait n'eut le pouvoir de rien changer à l'entrain de Roland et d'Agnès, trop occupés d'ailleurs à se narguer sur les rigoles de pluie et d'eau de mer qui ruisselaient au long de leur corps. L'un et l'autre avaient un besoin jeune et bien portant de raconter en chœur toutes les impressions qui venaient de saturer leurs deux cervelles...

« Bon! mon enfant, interrompit Mme de Prébois, je te garantis que tu en as fini avec ces charmantes parties de canot!...

— Oh! madame! s'exclama Agnès, quel malheur que vous vous soyez tant effrayée! Moi, je vous assure que je n'ai pas eu peur pour un moment... On sent que la mer, c'est fort, mais que ce n'est pas méchant...

— A votre aise, chère petite, vous recommencerez quand bon vous semblera; mais sans Roland, je vous en réponds!

— Pour ça, la demoiselle n'est pas poltronne, ce n'est que justice à lui rendre! » déclara l'abbé qui tordait ses doigts pour les égoutter.

C'était un homme d'une quarantaine d'années, à la figure expressive et aux membres rustauds, un de ces types de prêtre campagnard dont leur destination aux soins de la foi n'a fait dégrossir que la partie noble de l'individu. Il avait un grand nez taillé de travers à la hachette, une mince bouche fendue au couteau, des cheveux ternes et aussi drus que des crins, des yeux brillants, saillants et un peu comiques comme ceux en verroterie; bref, tout ce qui pouvait le faire ressembler à ces idoles dont les tribus barbares ne sculptent que la tête pour la poser sur un tronc à peine équarri.

« On va mettre à sécher votre soutane, observa M. de Kerguel, je vous prêterai une redingote pour déjeuner.

— Mais, ma messe? Je ne peux pas dire la messe en redingote! »

L'amiral, du regard, consulta Mme de Prébois.

« Il est déjà si tard! fit celle-ci dans toute l'onction candide de sa prompte ingratitude... Depuis une heure, ma mère et moi, nous avons tant prié Dieu qu'il doit être bien certain que nous ne l'oublions pas...

— D'ailleurs, conclut la bonne-maman Sorlin, Madame et sa fille sont protestantes. »

L'abbé salua.

L'Américaine, avec sa discrétion habituelle, sous la permanence de son tact, n'avait rien fait ni dit qui pût donner le moindre accent à son retour ou seulement l'indiquer. Elle flairait, parmi l'air de l'île, une perturbation spéciale envers elle, insalubre pour l'état de ses relations, une aigreur encore légère à son égard et qu'elle ne devait pas laisser augmenter dans les dispositions actuelles de Mme de Prébois. Et elle ne cherchait plus qu'un prétexte satisfaisant pour quitter Ys, gentiment, le plus tôt possible.

... Durant le cours de l'après-midi, la fureur du temps n'était pas encore apaisée, la société sérieuse s'entretenait au salon, tandis qu'Agnès et Roland, debout dans l'antichambre, sur le seuil ouvert d'un perron, et emmitouflés à l'avance, guettaient, pour sortir, la minute précise où allait être tombée la dernière goutte d'une pluie claire mais fallacieuse.

Le prêtre, incité par Mme de Prébois, était justement à s'expliquer sur les mœurs conjugales de ses ouailles. Et il en parlait avec l'espèce d'optimisme solidaire, avec l'ignorance du mal terrien que les cohabitants d'une région professent pour toutes les misères de leur sol: fièvres ou vices, miasmes infectant les âmes ou les corps.

Sur ces entrefaites, des clameurs inhumaines éclatèrent au bord de la maison. Et, immédiatement, devant les fenêtres du rez-de-chaussée, dans une chasse effrénée, on vit passer le garde Grégoire, ses longs cheveux au vent, ses pieds sans sabots ; et, à ses trousses, la Grégoire hurlant comme une bête féroce, brandissant une faucille avec une pantomime homicide qui, du moins, avait bien l'allure humaine.

L'abbé se précipita sur la mégère, et la maintint par la taille ; mais il ne pouvait l'obliger à se taire ; et, dans ses cris inarticulés, elle continuait à vouloir ameuter les maîtres et les domestiques de la colonie.

« Qu'est-ce qu'il y a donc ? Qu'est-ce qu'elle crie ? » répétait Mme de Prébois.

Pour tâcher de réduire sa prise, le prêtre la rudoyait et l'apostrophait en des grondements rauques qui étaient leur patois.

La femme du garde, dans le désordre de ses mouvements et de ses cris, parvenait cependant à désigner tour à tour Mme Hobbinson, puis la piste au bout de laquelle devait se trouver Grégoire, puis la direction de la ferme.

M. de Kerguel, qui comprenait le bas-breton, essaya d'étouffer l'affaire :

« Ce n'est rien !... Encore une de leurs sottes querelles de ménage.

— Mais enfin, quoi ? insista Mme de Prébois... Dites, monsieur l'abbé ?

— Sauf votre respect, madame, elle a qu'elle a surpris son mari en train de raconter des bêtises à la servante de cette dame... »

Et, levant la main sur l'épouse forcenée, d'un geste d'où une gifle serait plutôt retombée que l'absoute :

« Nom d'un petit tonneau ! tu ne vas pourtant pas me faire sacrer !... Ne te tiendras-tu pas, bourrique !... »

... Même après la pacification définitive, cette scène continuait de répandre un refroidissement nouveau dans la température de la sociabilité locale.

Mme Hobbinson s'était empressée d'endosser l'inconduite de Mariette, ainsi qu'elle avait déjà su assumer la responsabilité de la tempête sur son dos résistant et gracile. Sans plus tarder, elle annonça sa résolution de partir, dès la première accalmie, s'excusant auprès de l'amiral, se louant de la bonté de tous, humble comme la faute même et touchante comme l'innocence. Inattaquable, en un mot.

... Quand l'amiral rentra au salon devenu désert, ses yeux étaient rouges et ses tempes ne déplissaient point leurs rides. Il souleva une portière ; et, se réfugiant dans une loggia ainsi isolée, il posa son front, pour le rafraîchir, contre une des vitres au delà de laquelle il pouvait contempler l'assaut que donnait toujours le flot à son domaine.

Bientôt, il entendit les voix de Mme Sorlin et de Mme de Prébois, qui, dans la pièce, ne soupçonnaient pas sa proximité.

« Voici maintenant, maugréait la fille, que cet imbécile de Roland se lamente, qu'il veut s'en aller si sa damnée gamine part !... Jésus ! que les garçons sont donc bêtes, à cet âge-là !... »

L'amiral alors se reconnut avec stupeur dans le reflet ténu de la glace sans tain où son antique visage avait la grimace infantile, la moue édentée d'un poupard auquel on retire son joujou.

En même temps, Mme Sorlin reprenait sourdement, confidentielle et téméraire comme dans ce qu'on se dit à soi-même :

« Vois-tu, ma fille, cela rabêtit tellement les hommes de vieillir, que c'est à se demander si on n'aimerait pas mieux les voir morts ?... »

M. de Kerguel tressauta sous le choc de toutes les vivacités de passions qu'il devinait bien, derrière ce vœu morne.

A ce moment, un coin de falaise, depuis longtemps sapé par l'œuvre des vagues, s'écoula dans un grand fracas.

« Seigneur ! » invoqua la vieille femme.

Eh bien, après ? C'était la mer qui, éprise du rivage, lui témoignait à son tour le comble de sa tendresse, suivant la façon des créatures, se jetant sur lui, en arrachant un lambeau ; et pourvu qu'elle enveloppât d'une perpétuelle étreinte l'objet de son amour, elle ne redoutait pas de l'en détruire.

LE GRAND ÉTANG BORDÉ DE SAULES ET LE LABYRINTHE DES IFS.

V

La garden-party des Balbenthal, après toutes les vicissitudes préliminaires, aurait encore bien pu, au moment définitif, être détraquée par une sorte de querelle qu'Albert Mésigny chercha presque sérieusement à sa femme.

C'était pourtant un effort bien digne d'être respecté, que celui par lequel les châtelains avaient approprié, aux exigences de cette fête mondaine, leur parc magnifique, situé dans le district forestier de Bois-le-Roi.

Le siège des tableaux vivants, que devait interpréter le personnel ordinaire des représentations à Tournezy, avait été installé au bout d'une immense pelouse réservée aux spectateurs, sur le seuil d'une claire futaie au delà de laquelle, comme fond de décor, on pourrait discerner les fontaines jaillissantes, la gorge aux pigeons, le grand étang bordé de saules et le labyrinthe des ifs. D'ingénieux rideaux de feuillages, les uns mobiles, les autres fixes, selon les besoins, masqueraient la scène, l'orchestre de Jonzac, et le quartier des loges rustiques où les personnages de la figuration auraient à se travestir.

Plusieurs centaines de chaises de jonc et de bois doré étaient emmagasinées dans l'orangerie. En outre du principal buffet qui serait établi dans le hall du château, la laiterie était parée pour des thés de la five o'clock, comme un petit Trianon ; on servirait des gaufres et des vins d'Espagne à la porte du manège, drapée, lambrequinée, fleurie ainsi qu'un reposoir.

La constance d'un temps superbe avait permis de lancer les invitations, une semaine à l'avance, pour la date du 2 septembre, suivant de près celle de l'ouverture de la chasse qui avait peuplé les demeures historiques ou modernes des environs. On était déjà sûr d'avoir les Eliasaph, de Dammarie-lès-Lys ; les Saint-Thibault ; les Saint-Mesme ; les Weilchenfeld, de Chevry-en-Sereine ; les Kerzenschein, de La Chapelle-la-Reine ; les Villévêque ; le général et la générale de Montparnoy avec tous leurs enfants, brus et gendres ; les Oberblaëser, de Grande-Paroisse ; beaucoup d'officiers du 32e chasseurs et de l'école d'artillerie ; la marquise de Nauregard ; le comte, le vicomte et le baron Bourgeois ; les Amramsohn, de Croix-en-Brie, etc. M. de Prébois avait excusé sa femme et lui-même, en annonçant qu'il allait la rejoindre dans le Morbihan. En revanche, Mme Hobbinson avait promis de venir avec sa fille, de Paris, où elles étaient rentrées depuis peu.

Or, quelques jours avant la solennité, au sortir d'une des dernières répétitions d'attitudes — qui avait passablement marché, quoiqu'on reprochât à Mme Mésigny, en arrière d'elle, de ne point y apporter, cette année-là, sa complaisance habituelle, et que Des Frasses parût un Polyphème un peu « gnangnan, » — on était vers la fin de la matinée quand Albert Mésigny refusa de déjeuner chez les Balbenthal, malgré la convention qui semblait tacitement acceptée à cet égard par le jeune ménage, chaque fois que la troupe était convoquée. Au nez de sa femme ébaubie, il prétexta l'obligation d'aller recevoir, en sa résidence, des convives attendus pour midi et demi, et pria qu'on fît ratteler le dog-cart dans lequel Clotilde et lui étaient venus de Fontainebleau.

Albert prit, à peine poliment, congé des

Balbenthal et feignit d'avoir oublié tout à fait ce soin vis-à-vis de Trept et de Des Frasses, auxquels sa femme intriguée serra les mains, du moins, avec une cordialité particulière, par une intention réparatrice.

... Tandis que la voiture escarpée roulait et cahotait dans la voie couverte du Charme-Brûlé, que les roues serpentaient au gré d'ornières anciennes et durcies, et que le cheval de louage renâclait continuellement au milieu d'insectes dont son poitrail brossait le haut tapis des herbes, Albert se taisait, se consacrant en apparence à cueillir, çà et là, par la mèche du fouet, quelque gland au bout d'une branche. Il tournait en dehors, du côté opposé à la place où était sa femme, sa petite tête, inexpressive et finement modelée, qui ressemblait à l'agrandissement, resté drôle et gentil, d'une tête de ouistiti, avec des joues plates, toutes couvertes de poils blonds très clairs, un nez délié et peu saillant et une lèvre supérieure assez développée, toujours rose de sa flambée quotidienne au feu du rasoir. Mais cet ensemble était d'un ouistiti dont l'imagination n'aurait pas été très active, aux yeux ternes, aux traits sans grimace, aux gestes lents.

« Voudrais-tu bien m'expliquer ce qui t'a pris? » se décida à demander Clotilde.

Sans se retourner, Albert eut, dans le buste et dans les lèvres, un menu mouvement comme s'il allait parler ; mais il garda encore le silence. Une côte ayant mis l'attelage au pas sous l'ombre des ramures, Mésigny assujettit les guides entre ses genoux, d'une main ôta son chapeau de grosse paille, et, de l'autre, tapota délicatement sur les bandeaux bien lisses de ses cheveux, ainsi qu'un homme qui ne rumine rien, qui montre assez, Dieu merci ! qu'il ne rumine rien et vis-à-vis duquel il ne faudrait pas prétendre, après, que ce soit lui qui ait commencé.

« J'ai horreur, reprit Clotilde, de ces manières-là. Tâche de répondre et d'avoir un autre air...

— Pas tant de vivacité, s'il te plaît ! fit-il avec la gravité et l'urbanité des disputeurs résolus, chaque fois, à ne plus s'emporter comme la dernière fois... C'est bien simple : les repas du genre « table d'hôte » m'assomment... J'ai mieux aimé t'emmener pour jouir de ta compagnie à moi tout seul. Est-ce mon droit !

— Je te remercie de cette gracieuse pensée. Oh ! c'est ton droit ! Mais tu devrais, en ce cas, me faire une meilleure figure ; sinon, je préférerais, de beaucoup, être restée là-bas...

— Merci ! pour que je continue à y jouer un rôle idiot !... Ça, ma petite, c'est fini !

— Un rôle idiot ! est-ce que tu deviens fou ?

— Je te prie d'être polie, n'est-ce pas ? Je ne te dis pas que tu deviens folle, alors ne me dis pas que je deviens fou !... J'en ai assez, à la fin !

— Mais assez de quoi ? cria Clotilde furieuse... Tiens ! un lapin, indiqua-t-elle pendant qu'un petit panache blanc virevoltait dans les fougères... Tu l'as vu ? » fit-elle encore avec l'air de satisfaction que c'est d'avoir utilement tendu l'index vers quelque chose d'anormal, de fugitif et de déjà passé.

Albert secoua son corps, dans l'expression de tout le mépris qu'un homme préoccupé croit pouvoir témoigner pour un lapin ; et, plantant son regard dur sur celui de sa femme :

« T'imagines-tu donc que je ne me sois pas aperçu des façons de ces individus auprès de toi ? Ah çà ! tu me considères donc comme un crétin?... »

Ce fut au tour de Clotilde à affecter le dédain, en se détournant à gauche, vers le spectacle que lui offraient les profondeurs indifférentes et sombres de la forêt. Maintenant qu'elle comprenait au juste de quoi il s'agissait, elle avait bien senti que son rôle eût été plus que jamais de jouer l'ébahissement ; un instant même, elle avait balancé pour savoir si elle ne se soumettrait pas à cet effort. Mais à quoi bon mentir ? Que risquait-elle, après tout ? La paresse prévalut en elle et lui inspira de bouder, ce qui est un repos relatif.

D'ailleurs, cette faute de tactique échappa au mari, dont la voix se mettait à frémir un peu.

« Oui, poursuivit-il, tout a ses bornes, même le flirt !... Et il arrive un moment où, à force de flirter, une honnête femme ne me fait plus l'effet d'une honnête femme... »

Clotilde eut un soubresaut ; et, la bouche crispée en un défi :

« C'est pour moi que tu dis ça ?

— Tu m'embêtes ! » répliqua Albert par un reste d'égard, par une sorte de ménagement affectueux qui lui suggérait cette réponse évasive

Il revoyait les minutes récentes où la transformation de sa femme en nymphe Galatée l'avait frappé par toute la hardiesse du déshabillé, surtout quand le simulacre d'un rêve d'amour partagé avait fait Clotilde s'étendre à côté du pasteur Acis, c'est-à-dire de M. Trept, dont les bras étaient à moitié nus, ainsi qu'à des bains mixtes, sous un manteau, et hors les demi-manches d'un maillot. Et ce qui acheva son exaspération fut de se rappeler l'instant pendant lequel, après la répétition, M. Trept, tout en causant avec Mme Mésigny, s'était gratté le coude, tranquillement comme au saut du lit, et si fort que tout le monde avait entendu les ongles crier contre la peau.

« Ecoute, ma chère, fit-il rapidement, la décision que j'ai prise va te faire tempêter. Ça m'est bien égal!... Tu ne figureras pas dans les tableaux vivants! conclut-il d'un ton plus lent, ayant perçu confusément, dès le milieu de sa phrase, que la volonté en serait impraticable et que Clotilde le prévoirait immédiatement; mais il lançait ainsi des paroles ineptes, parce qu'il ne connaissait souvent sa pensée tout au net qu'en la formulant et en s'écoutant.

— Soit! dit Clotilde... Je vais écrire à Mme Balbenthal que tu es malade, et que nous n'irons pas, le 2, chez elle.

— Voilà bien tes exagérations! je n'exige pas que tu n'y ailles pas. Nous pouvons y aller comme tout le monde, sans que ce soit indispensable pour toi d'attraper les puces de M. Trept... »

Ce nom fit sourire Clotilde malgré elle, sans qu'elle s'expliquât pourquoi. Et elle restait sous cette impression de gaieté intime, au lieu de prendre la peine de démontrer à son mari que sa prétendue combinaison était grossière et stupide.

« Non, s'exclama celui-ci, je voudrais que tu aies ici une glace pour te regarder! Tu fais précisément ta tête de flirt, lorsque tu écarquilles la bouche, autant que si tu y avais un bol et pour ne pas perdre une goutte de lait; tu sais bien, quand ton Trept ou ton Des Frasses... A propos, il ne te baise plus la main, Des Frasses... C'est dommage, j'étais très flatté de lui voir fermer les yeux, comme si tu lui avais présenté la patène. Est-ce que vous êtes en froid?

— Tu es méchant! murmura Clotilde, reprenant subitement son sérieux... Je ne supporterai pas plus longtemps d'être ta pelote à épingles!

— Eh bien, moi aussi, j'en ai plein le dos de ces gardes du corps dont tu es toujours flanquée à droite et à gauche qui me disent à peine bonjour, qui ne me jugent sans doute pas digne de leur conversation, et pour lesquels c'est évident que je suis une quantité négligeable. »

Albert venait ainsi d'exposer le fond peut-être de son grief. Et lui-même ne devait pas être certain d'être plus piqué dans sa jalousie que dans son amour-propre. Au reste, il n'envisageait jamais la perspective d'une trahison de sa femme. Non pas qu'il fût optimiste sur les vertus du monde, ni en particulier sur celle de Clotilde qu'il voyait jolie, légère et convoitée; au contraire, personne n'était plus persuadé que Mésigny de la possibilité pour soi d'encourir la disgrâce conjugale. Mais la crainte de cette éventualité ne hantait pas plus son jeune caractère que la crainte de trépasser, ce dont pourtant il était bien autrement assuré. Etre trompé, mourir, c'étaient pour lui des événements lointains encore, de ces choses qui ne surviennent pas comme ça, tout d'un coup dans la vie, sans avertissement pour ainsi dire officiel, sans que ce soit bien entendu ou sous-entendu, sans qu'on ait eu le loisir de prendre ses dispositions. A son compte, les morts subites n'auraient donc été inventées que pour les chiens.

Clotilde avait pris un délai de réflexion; après quoi, disjoignant les causes et n'en retenant qu'une:

« Tout à l'heure, par exemple, insinua-t-elle, M. Trept a été très poli avec toi, avant que nous repartions... C'est toi-même qui ne lui as pas répondu quand il t'a demandé si tu n'avais pas une canne en venant... Parfaitement, il t'a dit: « Je croyais que vous aviez une canne?... » Tu n'écoutes pas ce qu'on te dit; et, ensuite, tu dis qu'on ne te dit rien... Tu es vraiment susceptible!

— Bon, tu cites Trept! Tu n'as pas la main heureuse; certainement, Trept est le moins bien élevé; et j'ai encore plus à m'en plaindre que de l'autre. C'est celui, de tes deux...

— S'il te plaît! de mes deux?... D'abord, ça ne signifie rien: mes deux! Je n'ai ni deux, ni un, ni personne... Je ne comprends pas.

— Tu ne comprends pas ce qu'il y a de monstrueux à ce que M. Des Frasses et M. Trept se comportent publiquement en intimes vis-à-vis de la femme, et restent à peu près des étrangers pour le mari?

— Ce sont tes amis aussi bien que les miens, prétendit Clotilde avec une mauvaise foi qui lui faisait baisser le ton... Tu m'as raconté cent fois, reprit-elle avec énergie, quand tu rentrais du cercle à tes quatre heures du matin...

— Oh ! mes quatre heures !...

— Tu t'en gênes, peut-être ?... Enfin, comme si tu espérais que ça va m'amadouer, continuellement tu me dis que tu viens de jouer avec M. Trept...

— M. Trept ! M. Trept !!!... Tu m'agaces, nom d'un chien ! à toujours avoir le nom de M. Trept à la bouche...

— C'est toi qui m'en as parlé, le premier, à propos des tableaux vivants...

— Il y a de quoi, je présume !... Ça va me faire une situation grotesque, je te le répète, qu'on ait convoqué toute une assistance pour contempler comment tu te couches, auprès de lui, sur un lit de mousse... Les Balbenthal vont avoir là probablement plus de trois cents personnes !...

— Ah bah ! ce sont les spectateurs qui te contrarient ? Jusqu'à présent, je pensais que ces façons d'être auraient plutôt dû te désobliger si elles avaient lieu en cachette... Bêta, va ! »

Elle venait de s'expliquer en toute naïveté, ironique envers son mari, sur l'usage concevable auquel invraisemblablement aurait pu être soumise sa propre personne ; ayant risqué un avis badin, comme si elle-même n'eût pas été la principale intéressée, et comme si, dans son interlocuteur, il y eût eu quelqu'un que cela concernât bien davantage. Elle avait interprété ainsi l'esprit de mariage, machinalement, selon les mœurs courantes, par un désistement irraisonné et momentané de ses droits immanents sur son individu, par une sorte de passiveté morale vers laquelle le frottement du monde arrivait à dresser sa chair pudique de sensitive.

Au coin de l'avenue de Valvins, Albert dut prestement arrêter le dog-cart, pour ne point se cogner dans une cavalcade de cinq ou six officiers qui débouchaient d'une allée oblique et sous bois, et dont les époux avaient entendu le dialogue bruyant s'approcher. Ceux, auxquels l'attelage cédait le pas, se hâtèrent, par courtoisie, de l'accepter ; mais, au passage, dans un silence des voix où l'on ne distinguait plus qu'une trépidation de sabots sonores, le mari vit toutes ces physionomies, si diverses et diversement occupées des montures, porter uniquement vers Clotilde un même regard de rude hommage, comme si elle eût été seule juchée sur la voiture, et de curiosité sexuelle envers cette promeneuse inconnue.

Cet incident fit prendre le change aux idées d'Albert, ou plutôt en élargit les directions. Il était bien contraint tout de même d'admettre, à la fin, qu'auprès de sa femme, il n'en serait jamais que l'ombre, devant la considération des hommes. Et puis, la bonhomie revenue au visage de Clotilde inspirait à son mari un appétit de nourrir la tranquillité dans le présent, de manger, au jour le jour, si besoin en était, le fonds dotal de leur cordialité, leur communauté de facile humeur. Et gaiement, ainsi qu'au temps où Albert avait gaspillé un premier héritage, sa nature était encore de vivre sur le capital de fidélité que lui avait apporté sa femme, sans plus de soucis à épargner des garanties ou des illusions pour l'avenir.

Toutefois, les sens irrités par la traînée de désir brutal que les cavaliers avaient répandue dans l'air, il se pencha un peu vers Clotilde, cédant à une envie d'énervement lascif, et pour la faire lui chatouiller le cœur avec le secret de quelque autre :

« Sois franche, questionna-t-il... Quel est celui qui te chauffe le plus ?

— Oh ! flûte !... Voilà l'effet que tu me produis ! » ajouta la jeune femme qui haussa plusieurs fois les épaules.

Albert, se pressant de plus en plus contre elle, chuchota :

« Est-ce M. Des Frasses ? »

L'intonation était si douce, et l'intimité de cette voix d'époux s'était, en définitive, tellement invétérée chez elle, que Clotilde eut presque l'impression de s'être interrogée elle-même. Pendant un instant, elle demeura sans répondre, n'essayant point de se mentir tout bas, et s'apercevant avec une anxiété exquise qu'elle calculait pour n'être pas trop prompte à nier tout haut. Ensuite, une petite moue lui monta aux lèvres, une moue purement négative d'abord qui bientôt s'éclaircit en un sourire, au coin duquel une raillerie tacite, concordant avec l'enjouement intentionnel des longs cils et des grands yeux, semblait trahir son auteur et textuellement avouer : « Ah ! mon vieux, mon pauvre vieux, non, tu n'y es pas, pour cette fois !... »

Albert, tout émoustillé, s'écria malignement :

« Hein ? je ne m'étais donc pas fourvoyé ?... Tu vois bien que c'est Trept... Qu'est-ce qu'il te dit ? Je t'en prie !... Tu ne peux pas t'imaginer combien tu me feras plaisir... Allons, conte-moi ça... Clotilde, tu seras un mignon petit coco... »

Elle se trémoussa, selon une de ces façons qu'elle avait aussi vers les époques d'étrennes, lorsque la gourmandise d'Albert

— Ah bah ! ce sont les spectateurs qui te contrarient ?... Bêta, va !

puisait avec acharnement en un sac de marrons glacés ou de chocolats pralinés, et qu'elle s'autorisait à réclamer de ce que « cela, c'était pour elle qu'on l'avait donné, » à moitié rieuse, à moitié confuse dans ces affirmations d'un égoïsme comique et insignifiant.

« Que veux-tu, chéri? Je ne me rappelle pas! hasarda-t-elle.

— Cherchons : Trept te fait des compliments?... Oui, mais des compliments inconvenants, sans doute? acheva Mésigny sur un geste de Clotilde exprimant que les simples compliments étaient une monnaie de tous et sans valeur.

— Inconvenants? demanda-t-elle ingénument.

— Enfin, il veut te persuader qu'il est amoureux de toi, qu'il faut que tu l'aimes...

— Oh! il doit faire les mêmes confidences à bien d'autres femmes. Ça, mon cher, c'est une obligation à laquelle sont tenus les gens du monde. »

Le front d'Albert se rembrunit. Entre ses plis, c'était aisé d'y lire qu'il ressentait tout un froissement intérieur. Et Clotilde, devenant penaude, devant la preuve de ce que sa politique avait eu d'inconsidéré, songeait à profiter de cette leçon, et décidait en elle-même qu'on ne pouvait sincèrement confier des choses à un mari, même quand ces choses n'étaient pas seulement si sincères, déjà...

« Est-ce que ce monsieur daigne quelquefois te parler de moi, reprit

Matinée du Samedi 2 Septembre

A DEUX HEURES ET DEMIE PRÉCISES

Dans le Bocage de Tournezy

Trois tableaux vivants d'ACIS et GALATÉE

accompagnés de parties de musique inédite
de M. JONZAC

Galatée	Mmes MÉSIGNY
Une Néréide	NULLY-LÉVRIER
Cupidon	Mlle LILI BALBENTHAL
Acis	MM. TREPT
Polyphème	DES FRASSES
Un Sylvain, un Dieu marin	MAURICE BALBENTHAL
Un Triton	MARTIN DU TARN
Dauphins	FRANCIS & BENEDICT MAYER

Premier tableau (d'après un des Carrache)

Polypheme joue de la lyre pour charmer Galatée. Au fond le berger Acis garde ses agneaux, que lutine un Sylvain, au milieu des arbres

Deuxième tableau (d'après le groupe de la Fontaine Médicis)

Acis et Galatée, endormis au seuil d'une grotte, sont surpris par Polypheme.

T. S. V. P.

Mésigny... Ah!... qu'est-ce qu'il t'en dit?

— Tu admets bien, fit Clotilde après s'être recueillie durant quelques secondes, que je ne tolérerais aucune appréciation sur toi qui ne fût pas... Mais si tu veux la vérité, eh bien, M. Trept est convaincu que je suis folle de toi.

— Allons donc!... Et pourquoi?

— Parce que... parce qu'il reconnaît que tu es un type très... très machin..., enfin un type très chic?

— Moi, très chic... Celle-là, je la trouve bien bonne! Qu'est-ce que j'ai donc de si chic?

— ... Oh! que tu es brusque, animal? » protesta Clotilde, en déplaçant vivement son buste, et tandis qu'une rapide rougeur de mécontentement envahissait sa mine.

Albert venait de lui baiser le cou à pincettes, tout en haut du dog-cart, qu'il arrêtait maintenant devant la porte de leur villégiature, dans la petite rue ensoleillée et, heureusement, déserte à peu près, pour cette heure de midi.

. . . .

Quand, sous des velums d'azur, le vacarme comme il faut d'un parterre large et profond, impatient de voir enfin quelque chose, s'assoupit devant les préludes de l'orchestre dirigé par Jonzac, une extrême émotion s'empara de Mme Mésigny, dont l'aplomb en scène était pourtant notoire. Mais, cette fois, c'était que, pour elle, le succès n'allait plus être attaché à son talent de diseuse, de fine débiteuse d'ariettes, alors que l'ingéniosité des mouvements ou le secours d'une pièce spirituelle peuvent sauvegarder toute contenance. A présent,

l'unique rôle était de réussir par la valeur physique, de paraître admirablement faite, superbe, idéale même, rien qu'en imposant l'autorité matérielle de sa beauté. Aussi, en l'être de Clotilde, régnait le sentiment d'avoir à accomplir non pas un rite régulier des réjouissances mondaines, mais la fonction suprême de son organisme où tout devait se tendre, s'exacerber, reluire et faire la roue ; c'était un paroxysme interne auquel nul geste ni mot ne devait prêter d'épanchement, et les formes de ce corps généreux et frais, sous leur impatience d'ostentation, semblaient se perfectionner dans une plasticité nouvelle.

... Le rideau de feuillage s'ouvrit soudain ; et un brouhaha d'approbation courut aussitôt sur l'assistance, parmi laquelle beaucoup de personnes se soulevèrent, discrètement, en zigzag, un peu au-dessus de leurs chaises. On saluait la nymphe, debout, accoudée contre la mousse d'une roche artificielle, et sur laquelle un grand magnolia étendait le poids de ses fleurs.

Dans sa splendeur si blanche, c'était bien celle que la tradition qualifiait de Lactée. Les cheveux départagés sur le front et rassemblés derrière, par l'enrubannement argenté de l'anadème, en tresses qui couvraient le haut des oreilles, ses bras nus, la gorge très découverte selon sa licence de statue et son tempérament indulgent à l'impudeur des yeux s'il eût été farouche contre celle des mains, Clotilde respirait imperceptiblement, sous le lin laiteux d'une tunicule qui, décolletée de biais, ne suspendait sa chute que vers le point d'avoir livré tout le sein gauche à l'air. Des brodequins, à l'éclat de neige, étaient lacés sur un maillot à peine nuancé et visible depuis les jarrets. Et, à travers l'ombre des feuilles, l'or, qu'un radieux soleil versait goutte à goutte sur la scène, pâlissait aussitôt, au contact de la nymphe, et fondait dans la crème de son visage et dans le lait chaud de ses rondes épaules.

Avec une hautaine expression de visage, la fille des dieux ne daignait abaisser que le dédain de ses yeux et le dégoût de ses lèvres, vers Polyphème qui, enveloppé d'une peau d'ours, un genou à terre, sur l'autre une lyre dont ses doigts craintifs effleuraient les cordes, ses prunelles suppliantes, la bouche humble à travers toutes les forces de sa barbe prosternée, personnifiait la détresse des amours persistantes et méconnues.

Dans le premier vertige qui suit la fixation des pupilles, Clotilde vit tout à coup se retracer l'épisode de cette folle déclaration jusqu'au bout de laquelle, une fois, s'était aventuré Des Frasses ; dont elle n'avait plus, depuis lors, été regardée longuement, en face, comme voici qu'elle était regardée. Aujourd'hui, ce n'était pas dans la solitude de l'effarement d'un tête-à-tête qu'elle voyait monter vers elle l'aveu passionné de son contemplateur ; c'était sous le grand jour, avec la sécurité de ce qui est licite, aux applaudissements du monde. La nature prenait part à la cérémonie, en y répandant l'arome de ses prés et le cantique de ses abeilles. Et l'accompagnement de musique, touchant et sensuel, articulait la plainte de tous les arguments inarticulables et inimaginés.

La physionomie de la jeune femme, à son insu, se détendait, s'amollissait, sortait de l'attitude commandée ; peut-être grâce à sa fatigue de cette figuration qui s'éternisait, et peut-être aussi de ce que, dans sa vie même, la convention pareille qu'elle s'était mise à porter, lui eût pesé à l'avance. Jamais, auparavant, les bienséances n'avaient laissé ses rayons visuels se croiser avec ceux du jeune homme si résolument, si tenacement, si durablement, qu'au milieu de cette intrigue sculpturale, immobile et muette. Et sous une galvanisation de son cœur, sous cet hypnotisme d'un regard inévitable, à bout de raideur dans ses nerfs où elle sentait venir un spasme d'anormale lassitude, consumant à nourrir ses dernières forces toute sa volonté, dont le feu intérieur faisait trembler son visage, frémir ses muscles, craquer ses membres, Clotilde entendit pour la première fois l'instinct naturel de l'amour vagir en ses entrailles.

Soudain, au moment où le rideau se fermait enfin, les spectateurs purent encore la voir porter vivement la main sur sa poitrine nue, en poussant un cri perçant.

La voix de Des Frasses renseigna immédiatement l'auditoire le plus voisin, à travers la séparation de feuillage.

« Une guêpe, n'est-ce pas? s'écria-t-il... Oh! vous êtes bien piquée! Il faut de l'alcali, tout de suite. »

Et, de rangée de chaises en rangée de chaises, un tohu-bohu de gens levés et se dégourdissant les jambes, répétait, sans aucun égard pour les accords continués de la partition :

« C'est une guêpe... — Est-ce une guêpe?... — Oui, une guêpe! — Diable, une guêpe! »

Et ce petit mot, avec sa sonorité sourde et agressive, voltigeait de bouche en bouche, sous la vaste tenture à reflets de ciel sans nuages, bourdonnant comme un essaim et portant çà et là le petit frisson d'horreur contre les bobos détestés, parmi cette assemblée de fidèles au culte de jouir, dans ce temple provisoirement dressé à la joie riche et à la frivolité bien portante.

Pendant l'entr'acte, une partie des invités, suivant une tendance toujours inhérente à l'état même d'être spectateur, essayaient de se faufiler hypocritement vers le mystérieux harem des coulisses, se pressaient à l'entrée du hameau, qui, tapi au milieu de la ramée, abritait la toilette des artistes sous sa paysannerie charmante.

« Est-ce très enflé? faisaient les uns et les autres. — Des compresses d'eau-de-vie camphrée... — Oh! cela ne peut jamais être bien grave. — Non, mais sur le moment, tout de même... — Moi, il y a trois ans juste à cette époque-ci... — Comme c'est joliment arrangé, ce petit coin, n'est-ce pas?... »

Albert Mésigny, l'air important, devant l'agreste boudoir de sa femme, accueillait chaque question affable par des variantes presque contradictoires :

« Ça n'est rien... C'est à peu près passé... Ça ne sera rien... C'est passé... Dame, oui, ça se voit bien... Mais non, ça ne marquera pas... Seulement, au premier instant, ces petites bêtises-là, c'est très cruel! » répétait-il, en finissant par prendre à témoin des têtes inconnues, qui, à moitié détournées déjà, consentaient, dans un balancé indifférent. Des petits garçons frisés, des petites demoiselles, se plantant sous le nez du mari de la victime, le contemplaient, avec leur gravité fixe, sans avoir encore la notion des mines convenables à présenter.

Enfin, Mme Balbenthal, quittant Clotilde, reparut, l'éventail grand ouvert et fébrile en une main, dans l'autre son mouchoir et un coin de sa jupe qu'elle retroussait pour descendre des marches, tandis que, derrière elle, on refermait la porte de la loge. Son visage oriental, au teint d'or mat, et d'ordinaire implacable comme le luxe dans lequel il avait l'habitude d'être reflété, trahissait cette chaleur d'émotion, ce trouble puissant de responsabilité qui vient aux maîtres de maison, non de la chose arrivée, mais de ce que c'est chez eux que cela soit arrivé.

« Quelle alerte! fit-elle... Ah! monsieur Mésigny, que votre femme est donc courageuse! Cette belle mignonne exige que le spectacle reprenne immédiatement. Je la laisse avec l'habilleuse... »

Albert lui offrit son bras pour la reconduire à sa place, et tous deux, sur leur trajet, recommencèrent à distribuer les « Ce n'est rien », qu'on se repassait, de proche en proche, comme un mot d'ordre, avec les dernières grimaces de commisération s'effaçant.

Alors, M. Balbenthal s'empressa d'aller prévenir Jonzac que le spectacle allait pouvoir continuer. Il trouva le compositeur au centre de son orchestre, d'où il n'avait point bougé, y roulant les yeux mauvais de l'orgueil famélique, y mâchant ses joues creuses, vides de tout l'éloge dont on avait oublié de les garnir, en la préoccupation de l'accident.

« Ah! cher maître! avez-vous vu ce contre-temps? Vous n'en avez pas moins un succès colossal!... Mais comprenez-vous cet ostrogoth d'insecte? Vous savez bien, voyons cette maudite guêpe?...

— Eh bien, quoi, une guêpe? » répliqua Jonzac, en homme pour qui la vie est un sac plein de scorpions, d'aspics et de vipères, et dont toute la tenue ajoutait : « Est-ce que je me plains, moi? Est-ce que je m'évanouis, moi? »

Et, ayant promené ses doigts à travers ses cheveux de gitano dans une caresse d'apaisement, affectant (sous l'habit à queue qu'il avait cru devoir revêtir) une complaisance du plus pur high-life, il tapa son pupitre, pour avertir ses musiciens d'avoir à se tenir prêts.

Dès que Mme Mésigny se représenta en scène, galamment étendue auprès du berger Acis, dans l'anfractuosité de leur roche, une salve d'applaudissements éclata, sympathique, unanime. Puis, cet enthousiasme, à peine tombant, se releva encore, redoubla, se tripla.

« Bravo! bravo!! bravo!!! » criait-on à travers le fracas des mains. C'était l'hommage vengeur de tant de courtoisies assemblées, et la protestation solidaire de l'humanité qui s'amuse, contre la petite guêpe écrasée, contre l'incorrection commise par un destin gêneur.

Là-dessus, les acteurs effectuèrent un changement réglé à merveille. Trept et Clotilde se redressèrent subitement sur le coude, ayant aperçu le front de Polyphème, qui, en saillie du haut du roc, se penchait vers le couple, à l'inverse.

Toute la fureur de la passion jalouse et provoquée rugit alors dans l'orchestre. Mais la physionomie de Des Frasses, qu'en sa position l'assistance ne pouvait pas bien distinguer, était celle de la misère aimante, et non des rancunes cyclopéennes. Pourquoi Clotilde s'imagina-t-elle que deux larmes étaient sur le point d'en tomber? Dans quelle audace, vite chassée, eût-elle voulu recueillir ces compromettantes douceurs en son sein, dont la blessure délicate et maintenant rosée sous la poudre de riz, semblait avoir été faite par le plus petit dard de l'Amour, par une de ces flèches légères qui n'auraient eu que le flirt pour carquois, et que l'épiderme pour cible?...

... Enfin, le troisième tableau, tiré de la fresque de Raphaël, fut le triomphe de Mme Mésigny; drapée dans la pourpre, cambrant sa taille, rejetant son front en arrière, et droite à l'avant d'une conque dorée que traînaient deux dauphins, dirigés par Lili Balbenthal, c'est-à-dire Cupidon. L'argument du programme était ainsi rédigé : « Les yeux de Galatée se dirigent vers le ciel, foyer des nobles inclinations, et protestent ainsi, par un élan vers l'infini, contre la malice du dieu qui l'entraîne aux plaisirs d'ici-bas, et dont elle tente de modérer l'ardeur en pesant, d'une main, sur les rênes. »

Mais la beauté de Clotilde dut partager les honneurs de cette apothéose avec le charme pervers de Mme Nully-Lévrier, qui, — coiffée d'algues, en verdoyante Néréide, enveloppée par les vagues d'une mousseline couleur de mer, les yeux glauques et étincelants parmi ses autres célèbres joyaux d'émeraudes, les bras nus et leur maigre souplesse teintée d'une ombre de corruption sous tant de reflets verts, — se défendait, à droite du tableau, avec plus de coquetterie que de décision, contre l'enlacement d'un vigoureux triton (M. Martin du Tarn, lieutenant de hussards).

A gauche, Maurice Balbenthal, jeune dieu marin, monté sur un hippocampe de carton, essayait d'obtenir une ovation au comique, en soufflant dans une trompe de coquillages et en se gonflant si démesurément les joues, qu'au milieu d'elles son grand nez participait, pour la première fois, à une harmonie de formes.

... Ainsi se termina le spectacle dans une gloire d'acclamations, devant toute la compagnie déjà debout et empressée à reprendre, avec la liberté du mouvement, son choix d'attentions plus courtes et plus volontaires. De part et d'autre, on échangeait, sur le plaisir général qui venait d'être offert, les termes d'une extase d'autant plus reconnaissante que ce plaisir était fini ; et que chacun, ressaisissant son importance individuelle, pensait finalement s'adjuger une part satisfaisante de ce succès théâtral, au moyen de ce qu'il savait en dire ou en écouter.

Il était environ quatre heures ; et la grâce de la température faisait, de cet instant, le plus exquis de la journée.

Tandis que la majeure partie des invités se rendaient vers la grande salle du château, sous un gazouillis de voix, dans le piétinement délicat et flâneur des mondanités en plein air, çà et là, d'autres groupes, des petites coteries se disséminaient par les allées du parc. Dans les lointains, déjà, en l'arrière-plan de corbeilles fleuries et de massifs espacés, erraient de claires silhouettes. Des robes radieuses, des couleurs hardies d'uniformes stationnaient de place en place et s'agitaient, sous l'hospitalité de portiques à voûtes de chaume, où des tables étaient servies.

... Dès que Mme Mésigny, remise en toilette de ville, ouvrit la porte de sa loge, elle aperçut Trept qui, sur le pas de la sienne, ajustait une touffe de bleuets dans une boutonnière de sa jaquette.

« Brr! fit-elle... Je suis tout ankylosée! Si nous faisions un peu de pas gymnastique, voulez-vous?

— Hé! implora Polyphème à travers une cloison, attendez-moi, s'il vous plaît!... Ma perruque m'a déteint dans le cou... »

Un pouffement de rire lui répondit ; et Clotilde entraîna aussitôt Trept, lestement, sans bruit, par une envie plus impérieuse qu'elle n'en eût jamais ressenti de jouer un tour à Des Frasses, par ce besoin singulier et compensateur d'équité féminine qui fait infliger du tourment à ce que l'on est sûr, si l'on veut, de pouvoir rendre heureux.

Les deux compagnons, en leur train accéléré d'escapade, ne tardèrent pas à atteindre les rives du long étang rectangulaire. Et, dans ce lieu encore désert, des cygnes noirs cinglèrent aussitôt vers leurs visiteurs, rigides et fantastiquement prompts sur le calme plat des ondes qui réfléchissaient leurs becs roses.

« C'est égal! dit Trept cavalièrement,

TREPT AJUSTAIT UNE TOUFFE DE BLEUETS.

ça faisait bon, tout à l'heure, d'être côte à côte avec vous sur la mousse... Ah! j'ai eu chaud!...

— Tiens, tiens... Je ne m'en suis pas doutée.

— Parbleu, je me suis comporté en petit saint!... Avouez que j'ai été d'une réserve épatante?... J'en ai même été sot... Mais oui, j'aurais très bien pu m'aligner beaucoup plus près de vous, juste avant l'ouverture du rideau... Comme ça, zest! au moment où vous n'alliez plus pouvoir reculer ni même bouger...

— Oh bien, merci! vous m'auriez fait joliment arranger!... Vous n'avez donc pas remarqué combien mon mari est jaloux de vous?... L'autre matin, j'ai cru qu'il me défendrait définitivement d'être aujourd'hui votre Galatée... Une colère, mon cher!...

— Pas possible!... Mais, alors, il doit être jaloux de Des Frasses aussi?

— Beaucoup moins.

— De quoi cela peut-il donc dépendre? fit Trept crédule et fort émoustillé.

— Je ne sais! » murmura hypocritement Clotilde.

Et, comme elle avait accepté d'être aidée afin d'enjamber une rigole d'irrigation, Trept en profita pour garder dans sa main celle de la jeune femme.

« Voulez-vous bien me lâcher! fit-elle en se débattant... Vous êtes agaçant... On est parfaitement à même de nous apercevoir à travers ces arbres!... Et, d'abord, il y a des promeneurs partout...

— Ainsi, répliqua Trept en persistant à détenir sa prise, ce n'est que parce qu'il y a du monde par ici... Mais si nous étions mieux cachés, invisibles, dites?...

— Mon cher, je vais me fâcher pour de vrai... Voyons, quel plaisir cela peut-il vous faire de me tripoter la main...

— Ta ta ta!... Si vous ne deviniez pas qu'il y a là pour moi une sensation de plaisir très vif, votre vilain petit cœur ne jugerait pas urgent de m'en priver. »

Par une secousse révoltée, Clotilde réussit enfin à se dégager; et, désireuse de ne pas comprimer davantage ses goûts de flirt anodin avec Trept, elle lui demanda immédiatement, dans un sourire qui remettait leurs relations sur le pied léger où elles pouvaient se tenir confidentielles et badines :

« Une bonne fois, je serais ravie de connaître l'opinion, mais l'opinion complète, que vous vous faites de moi?... Enfin, quelle femme croyez-vous tout à fait que je sois?... Sans flatterie, par exemple!... »

Oh! Trept savait bien le ton qu'il convient de prendre pour faire passer par de mignonnes oreilles quelque propos très gros, et la licence que beaucoup de femmes accordent à cet égard quand ce propos, se présentant comme le résultat d'une méditation prolongée sur elles, est ainsi imbibée de l'huile parfumée d'un hommage.

Il tortilla ses moustaches raides, qui avaient le poli et l'éclat de fils en cuivre rouge; et, sans délai, amicalement, avec une autorité indulgente et semblant bien maîtresse du sujet :

« Je donnerais ma tête à couper, que vous avez un amant! »

L'émotion qui fit palpiter subitement

Clotilde, n'était ni d'une irritation ni d'une honte. Elle aurait dit qu'elle venait d'être grattée, d'une façon rude et cependant bienfaisante, dans les profondeurs de sa préoccupation d'elle-même, dans les replis les plus intimes de sa conscience où s'enveloppait une démangeaison indéterminée. Elle eut un éblouissement et un petit cri de stupéfaction, comme si, dans des méandres encore inexplorés de sa cervelle, un vol d'idées bizarres et chatoyantes se fût soudain levé, au bruit de ces paroles aventureuses.

« Qu'est-ce qui vous fait supposer cela ? » interrogea-t-elle, après un temps, les yeux fixés à terre, sa bouche crispée par une envie de rire involontaire son front oscillant dans une dénégation molle.

— Mon cher, je vais me fâcher pour de vrai.

Trept, avec mauvaise foi, s'empressa de fournir toutes les justifications convenables de son dire, qui surgirent en son esprit : à savoir l'indifférence visible de Mme Mésigny pour son mari, la bonne humeur constante de cette dernière qui, chez une femme si noble d'âme, si généreuse d'instincts, ne pouvait résulter, devant les banalités écœurantes de la galerie, que d'un sentiment contenté ailleurs.

« Et, par-dessus le marché, ajouta-t-il, je constate que, de jour en jour, vous embellissez... Non ! ceci n'est pas un compliment, c'est un argument, un système à moi. Laissez-moi vous expliquer : vous avez dû remarquer qu'en principe les jeunes filles prenaient une beauté spéciale à devenir femmes. Revoyez-en une, après l'événement, dont vous n'aurez été nullement informée, cela vous sautera pourtant aux yeux que le mariage a fait là dedans son œuvre, par un je ne sais quoi qui agrémente la nouvelle épouse d'un charme récent. Vous devinez qu'elle a reçu en sa nature quelque satisfaction profonde et nécessaire. Eh bien, quand, par une seconde métamorphose, la jeune fille, passée femme, s'élève au rang de maîtresse, un phénomène pareil s'impose à l'observation... C'est un éclat particulier du teint, ou l'élargissement du regard, ou l'aisance des manières, une plus grande urbanité... Bref, tout un perfectionnement dans les aspects physiques et moraux... »

Clotilde, hochant toujours la tête, écoutait ce théoricien des tolérances mondaines exposer l'adultère comme une loi naturelle de la croissance féminine, comme le complément social du sacrement de mariage.

« Aussi, conclut Trept, si je ne vous ai jamais harcelée de déclarations ni de prières, c'est que, par un scrupule d'artiste, j'attendais l'apogée de votre beauté... Je guettais cette minute, où je vous contemple aujourd'hui... Mais si, si, si ! Je vous garantis que vous en êtes là !... »

Clotilde haussa les épaules. Elle avait cueilli et mâchait négligemment une tige d'herbe folle.

Trept, enhardi encore, murmura d'une voix plus insinuante :

« Vous comprenez maintenant pourquoi j'ai dû souvent vous paraître maladroit, ou froid peut-être?... à vous qui, parfois, pourtant... Oh! ce n'est point fatuité de ma part : ne vous défendez pas d'avoir tant de grâce provocante. Vous voyez comme je suis franc, cynique même... En amour, n'est-ce pas, la plupart des hommes ne souhaitent pas d'être le mari?... Moi, je vais plus loin : je ne souhaite pas d'être le premier amant... Ni le seul amant. Ce n'est pas la femme simplement que j'aime, c'est aussi la femme aimée... Concevez-vous?

— Oui. »

Ils arrivaient au tournant d'une allée de tilleuls, dont l'extrémité aboutissait aux premières arcades du château de Tournezy. Un bruit de pas et de conversation approchait d'eux, lentement, sous les arbres. Trept pencha son visage en avant, et, le redressant un peu, de trois quarts, vers celui de sa compagne qui se détournait, et à laquelle il voulait faire sentir la séduction exigeante et corruptive de ses étranges prunelles :

« Ah! la maîtresse que vous devez être pour un autre! fit-il... Je l'adore... Montrez-moi vos yeux : je vous adore!...

... Voilà Mme Hobbinson! » interrompit Clotilde avec empressement, en tendant ses deux mains vers la nouvelle venue.

Déjà, pour rien au monde, elle ne se fût écriée : « Voilà M. Des Frasses » ; et pourtant c'était lui que, des deux arrivants, elle avait aperçu tout d'abord.

« Vous n'avez pas fait de vieux os en Bretagne! déclara Mme Mésigny en embrassant l'Américaine... On proclame que c'est superbe là-bas ; mais comme un enterrement ou plutôt un enocéanement de première classe. Et notre bonne Emilienne? parlez-moi donc de notre bonne Emilienne? acheva-t-elle avec ce petit ton de raillerie familière et sans but, à l'adresse de Mme de Prébois, auquel s'exposent les personnes d'un certain âge lorsqu'elles condescendent à une bonté de camaraderie envers des esprits beaucoup plus jeunes.

— Comment voulez-vous qu'on parle aujourd'hui d'une autre que vous? Allez entendre un peu là-haut, comme on chante votre succès de femme. C'est assourdissant!... Demandez à Des Frasses de vous répéter ce que nous étions en train de dire sur vous...

— Au fait, reprit Clotilde, j'ai un compte à régler avec vous, monsieur Des Frasses. Il faut que je vous accapare! »

Délibérément, elle emmena le jeune homme que troublaient très fort cette initiative imprévue et la bonne fortune de ce tête-à-tête, dont il avait perdu l'habitude et jusqu'à l'espérance. Elle se retourna, d'assez loin, vers Mme Hobbinson, et lui cria, en riant de ce rire affable et saccadé avec lequel tant de gens assaisonnent tout ce qu'ils servent d'un peu lourd à digérer pour soi et pour les autres :

— Remarquez que je vous laisse M. Trept en échange... Dites-lui de vous finir ce qu'il me racontait... Au revoir! Nous ne vous écoutons pas... »

Elle revint aussitôt à Des Frasses, d'une voix ironique, d'un œil dont la mutinerie s'alanguissait.

« Ah çà! fit-elle, qu'est-ce que vous aviez donc, tout à l'heure, pendant les tableaux vivants?... Oh si! vous étiez bien drôle! Vous étiez tout rouge!... C'était à croire que vous alliez vous mettre à pleurer... Est-ce qu'il vous est arrivé quelque chose, mon ami? »

Des Frasses, très ému, toussa, secoua sa carrure. Puis il dirigea vers Clotilde, pour la supplier de ne plus se moquer de lui, un regard brun, triste et velouté de chevreuil blessé à mort.

« Tenez! s'écria la jeune femme en battant des mains, voilà que vous recommencez...

— Madame, au nom du ciel!... »

Il fit signe qu'il étouffait, qu'il ne pouvait plus parler.

« Je suis fatiguée à présent, dit-elle avec une façon d'indifférence... Voulez-vous que nous nous reposions là-bas? »

Elle pinçait les lèvres, faisant vibrer les ailes de ses narines, et marchait avec des airs de reine, pour le conduire vers un banc de pierre sculpté qui était l'entablement d'une corniche choisie parmi les ruines des Tuileries. Les abords de cette retraite étaient décemment en vue, dans le fond d'une plate-forme dont la demi-lune était tracée suivant une haie concave d'arbrisseaux taillés. Au centre de la place, une statue de Diane, levant le pied sur son socle et caressant le museau pointu d'un lévrier, semblait courir vers le château dont on distinguait la terrasse et son fourmillement d'hôtes, par une large échappée dans la verdure.

Ils s'étaient assis, l'un près de l'autre : elle, carrément ; lui, de biais, effaré comme Cinna sans doute, le jour où ce coupable fut invité à prendre son fameux siège.

« Vous supposez que je vous en veux toujours? risqua enfin Clotilde en qui se répandait toute la volupté des clémences.

— Hélas! soupira-t-il.

— C'était bien mal, ce que vous vous êtes permis! Vous n'auriez jamais dû m'offenser ainsi... Allons! continua-t-elle talonnée par une impatience de générosité... ne vous faites plus de chagrin... Maintenant regardez-moi... (Elle le prit par le bras pour l'obliger à recevoir le flot de pitié qui débordait de ses paupières)... Puisque je vous promets que je vous pardonne!...

— Oh! soyez bénie!... J'ai enduré tant de tortures, depuis le jour que vous m'avez chassé..., car vous m'avez chassé!

— Chut! c'est effacé. »

Elle eut une petite contraction de douleur en touchant, comme sans y avoir pris garde, le point de sa piqûre.

« Mon Dieu! s'exclama Des Frasses, cela vous fait souffrir? »

Elle dit qu'elle ne souffrait pas, en tortillant assez un coin de sa bouche pour laisser, si l'on voulait, admettre qu'elle souffrît tout de même.

Il n'insista pas davantage, très attristé de ce qu'elle eût du mal, mais encore plus occupé de leur grande affaire.

« Au moins, vous n'avez pas oublié l'aveu qui m'a échappé dans un transport. Mon attachement n'a fait que se fortifier... Amie chérie, je vous aime mille fois plus, à présent...

— Chut! fit-elle encore.

— Mais si vous me pardonnez, sans que j'aie rien rétracté, c'est bien pour me permettre de vous aimer?...

— Je ne vous le défends pas.

— Et vous alors?... Dites, plus tard, quand vous daignerez, est-ce que vous m'aimerez aussi?

— Ce n'est pas impossible... Tâchez pour cela..., essayez le mieux... »

Des Frasses, étourdi d'une ivresse, éperdu, s'était machinalement rapproché d'elle. Incapable, à cet instant, d'en exprimer plus long, cherchant ce qui avait pu s'accomplir dans l'esprit de Clotilde pour l'avoir ainsi transfigurée, il était prêt à crier au miracle. Il n'était pas en état, pour lors, de comprendre qu'au contraire c'eût été le miracle si, dans cette après-midi de naguère, il avait fait, sous un seul rayonnement d'amour, naître la divine moisson. Aujourd'hui, c'était le temps révolu, où avait dû lever la graine mystérieuse, après l'action normale des semaines claires et des semaines noires : le limon humain, ayant reçu la semence, en un travail solitaire, y avait appliqué les fermentations de son sein, s'était amolli sous la pluie fine des ennuis et des longs devoirs, et maintenant craquait dans la poussée des germes, et s'entr'ouvrait sous la permanence voisine de son soleil.

« Cependant, je devrais bien aller un peu dans l'entourage de Mme Balbenthal..., fit gaiement Clotilde, ayant replié son âme, ayant déjà mis de côté leur rêverie à deux, ainsi qu'on range un ouvrage de longue haleine avec une patiente tranquillité, après sa tâche du jour.

— Mon bon trésor, supplia Des Frasses, ne me quittez pas avant de m'avoir au moins dit quand je vous reverrai?

— Mais bientôt, mon ami.

— A quel endroit? de quelle manière?... Convenons de nous retrouver dans la forêt, près de votre habitation... ou loin alors, si vous le préférez?

— Oh non! Pensez comme ce serait compromettant!... »

Malgré les instances de Des Frasses, sans trouver même de prétextes, elle faisait : « Non, non, pas maintenant.... » prise de peur et pourtant résolue, dans cette demi-bravoure qui accepte bien, pour l'avenir, d'en affronter les périls, mais qui, devant le présent, sent le besoin d'un délai afin de s'y retremper.

« Vous pouvez bien, murmura-t-elle, attendre mon retour à Paris ; j'y serai rentrée avant trois semaines...

— Trois semaines! trois semaines!!...

— Soyez raisonnable, soyez gentil... Ne me devez-vous pas quelque concession?

— Et comment vous rencontrerai-je?

— Où voulez-vous?

— Où vous voudrez. »

Aucun d'eux n'osait se prononcer, car le caractère de l'entrevue serait à l'avance subordonné, dans une certaine mesure, à la nature locale du rendez-vous choisi. Et, par un calcul sentimental de leurs deux intérêts contraires, dans leur commun désir d'une entente, l'un et l'autre subissaient l'anxiété pudibonde d'un marchandage, sous la crainte de ne pas offrir assez ou de demander trop.

« Reculez-vous un peu! chuchota soudain Clotilde, voici mon mari... D'après-demain en quinze, à quatre heures moins le quart...

— Mais où ça?

— A Saint-Pierre de... Non : au

musée du Trocadéro... Ah! c'est peut-être un jour où il est fermé?... Eh bien, dans l'intérieur de l'Arc de Triomphe, voulez-vous?... Oui, je l'ai visité une fois : il n'y a que des étrangers ou des individus en blouse... »

Albert s'avançait, apportant une écharpe pour protéger Clotilde contre les premières fraîcheurs du soir venant, avec cette prévoyance affectueuse et salubre, dont les maris les plus négligents donnent encore la leçon aux amants les plus passionnés, et qui résulte peut-être d'un scrupule instinctif à ceux auxquels il incomberait, le cas échéant, de soigner la malade.

« Tu es un peu pâlotte, » assura ce dernier à sa femme, tout en lui couvrant les épaules, après qu'elle se fut levée.

Et comme Des Frasses cheminait discrètement, de quelques pas en avant, Mésigny ajouta, à voix basse :

« On m'avait dit que tu étais partie en promenade avec Trept ; cela me désobligeait. »

Par ces mots, il entendait montrer à sa femme que sa jalousie n'était point bête ni tout d'une pièce, qu'il savait discerner entre les bons et mauvais tons du courtisement, entre les gens dont la cour était tolérable, quoique déjà risquée, et ceux dont il fallait absolument se défendre.

D'ailleurs, au point où Clotilde en était maintenant arrivée avec Des Frasses, elle et lui avaient désormais franchi le cap jusqu'auquel peuvent souffler les rigueurs du soupçon marital. Dorénavant, leurs rapports directs étant établis secrètement, ils n'auraient plus à se trahir, dans leurs contenances publiques, par aucune attitude ambiguë, par nul aparté intempestif. Le degré était maintenant gravi, à partir duquel un mari devient logiquement, infailliblement, bien plus content de sa femme ; parce que celle-ci se tient beaucoup mieux, cesse de folâtrer avec le tiers qui donnait ombrage et d'avoir à dire dans le monde quoi que ce soit de particulier à ce particulier.

« A propos, Des Frasses, interpella Mésigny, je vous avertis que, là-bas, toutes ces dames réclament leur beau Polyphème...

— Oh! mon cher, de grâce... »

Clotilde eut un charmant sourire, réjouie sans arrière-pensée de ce que son mari avait eu, à souhait, cette expression aimable ; et elle éprouvait une béatitude vague et humanitaire à voir la glace fondre un peu entre les deux hommes, à faire le rêve de leur sympathie en fleur.

Les trois personnages, revenant vers le château, croisèrent Agnès Hobbinson qu'escortait le jeune Maurice Balbenthal, en qui le dieu marin avait fait place, sous un veston exorbitamment quadrillé, à l'aspirant viveur, au dandy retoqué.

« N'avez-vous pas vu mère? » demanda la petite.

Sur un renseignement un peu aléatoire de Clotilde, les adolescents poursuivirent leurs investigations.

« ... On aura beau faire, continua Maurice, on ne trouvera tout de même rien pour remplacer le cheval... »

Agnès adhéra à cette conviction, indiquant par ses yeux grands ouverts qu'elle ne découvrait pas, effectivement, ce qu'on pourrait bien y substituer, surtout en matière d'équitation ; ce dont il s'agissait.

« Si cela vous amusait, hasarda Maurice, on sellerait les poneys, et nous ferions un tour dans le parc? »

Agnès remercia, en avouant que cela ne l'amuserait pas.

Le jeune garçon, dont les jambes un peu cagneuses au long de leur pantalon collant s'appliquaient à arpenter le sol aussi vite qu'elle, la considéra par-dessus son épaule, tout en marchant.

« Vous avez grandi, fit-il... Regardez un peu jusqu'où vous m'arrivez aujourd'hui... Attendez donc que nous nous mesurions...

— Ce n'est pas la peine, » répliqua Agnès pour qui, en sa pensée, sa taille ne devait avoir d'intérêt curieux et relatif

MAURICE BALBENTHAL LA DÉVISAGEA, SURPRIS...

qu'avec un rapport actuellement absent.

« Tiens, vous vous mettez des boucles d'oreilles!... Elles sont vissées, n'est-ce pas? Il n'y a pas de trou?... Laissez-moi voir un peu...

— Mais non! fit Agnès, en secouant son cou, vous n'avez pas besoin de voir... »

Maurice Balbenthal la dévisagea, surpris de cette sauvagerie, qui contrastait avec l'habituelle complaisance d'Agnès.

« Oh bien! décida-t-il brusquement et en rebroussant le pas, bonsoir! »

Il s'en retourna fâché, très digne et très résolu, dans l'indépendance de cet âge où

— Reculez-vous un peu, chuchota soudain Clotilde, voici mon mari.

l'on sent, en son for intérieur, que c'est bien fait pour l'autre que l'on soit fâché contre lui ; et Agnès continua sa recherche, seule, débarrassée, allégée en l'enfance pareille de son âme, dans cette touchante simplicité de jeunes moyens qui laissent respirer mieux après s'être brouillé enfin avec ce dont on était ennuyé, et ne fournissent même d'autre ressource pour débrouiller une situation.

De loin, Mme Hobbinson, ayant aperçu sa fille, essayait d'attirer son attention par des signes d'appel, faiblement ébauchés et intermittents.

« ... Bah ! ce n'est pas malin, objectait Trept... Je sais bien, parbleu ! ce qu'il faudrait que je fasse, ce qu'il vaudrait mieux que je vous dise. Je devrais aller vous voir trois ou quatre fois par semaine, ne vous parler qu'avec un tremblement dans la voix, avec des yeux de merlan frit... Oui, être toujours sur vos pas, vous jurer que je deviens fou, que jamais je n'ai aimé, que c'est la première fois que je comprends l'amour, que maintenant vous tenez mon cœur pour toute la vie...

Mme HOBBINSON EUT UN SOURIRE ÉQUIVOQUE.

— Hé ! ce ne serait déjà pas si mal, tout cela ! interrompit l'Américaine, dans un dodelinement, et en caressant, de la langue, ses lèvres souples.

— Bon ! Et j'en serais quitte pour me conduire, après, à la manière des vulgaires polissons... Au lieu de ces trucs connus, je vous parle franchement, sans duperie ni vanité, ainsi que quelqu'un qui s'est bien analysé. Je me présente comme l'amant qui ne veut ni pleurer ni faire couler de larmes, comme l'ami plutôt, sincère, durable, avec lequel une femme peut partager tous les soucis inévitables, toutes les joies possibles de la vie ordinaire, et, par-dessus le marché, le plaisir exceptionnel, dont l'amitié ne saurait se charger.

— Peuh ! En vérité !... Quel plaisir donc ?

— Comment ? Ah çà ! ma pauvre amie.. »

Mme Hobbinson eut un sourire équivoque. L'expression d'une saveur personnellement goûtée courut, à fleur de peau, sur ses traits fins ; et, d'un geste rassurant et coquet, ayant coupé court à l'apitoiement de Trept :

« Les femmes vous répondront toujours qu'elles veulent de l'amour, de l'amour, de l'amour ! Par cela, elles entendent que vous leur soyez voué, que vous leur apportiez toute votre pensée, toute votre liberté, que vous ne les trompiez pas, et, surtout, que vous leur défendiez de vous tromper... Les trois quarts du temps, votre plaisir exceptionnel ennuie celles-là mêmes qu'il amuse le plus... Oh ! comprenez-moi bien : cela ne déplaît jamais davantage que d'acquitter une dette, lorsqu'on est un très bon débiteur ; c'est, au pire, l'ennui compensé par le contentement, que l'on éprouve à ne plus rien devoir momentanément et à s'offrir la perspective que le créancier vous fera des avances nouvelles... Vous ne savez peut-être pas, vous, ce que c'est que d'avoir eu des dettes ?

— Précisément ! riposta Trept, dont le front se rembrunit, c'est parce que j'ai parfois des dettes, que je ne suis jamais certain de pouvoir consacrer à personne toutes mes heures, toute mon attention, toute ma volonté... »

Mme Hobbinson le regarda avec une commisération très vive ; et, lui serrant le poignet :

« Ah ! mon cher garçon, l'argent, voyez-vous ? l'argent !... »

Une subite mélancolie découlait d'elle. Le charme de ses fautes indubitables et ignorées, cette vertu qu'il y a dans l'immoralité modeste, une esclave douceur de songeries qui semblaient tenter en vain de prendre leur essor, parèrent délicieusement la délicatesse de son visage. Aussi, tandis qu'elle s'enquérait sur les affaires de Trept, d'une voix devenue naturellement maternelle, par son instinct de femme devant une souffrance sympathique, lui, il articula, avec sécheresse, avec un air très âpre :

« Voulez-vous ?

— Non, murmura-t-elle, dans une hésitation réfléchie... Non..., non... »

A cet instant, Agnès survenait. Elle serra cordialement la main de Trept, par un de ces shake-hands si vigoureux de sa si petite personne qu'ils en étaient presque comiques ; mais aussi c'est qu'on était vraiment son ami, lorsqu'on avait le bon accueil auprès de sa mère. Et quelqu'un, en compagnie amicale avec Mme Hobbinson, apparaissait vaguement, à l'innocence d'Agnès, comme un être à part, comme une sécurité dans la vie, comme un pilier soutenant le bien et le respect de la maison.

— Lequel de vous deux est le messager le plus sûr ? demanda Mme de Prébois.

VI

« Lequel de vous deux est le messager le plus sûr ? » demanda Mme de Prébois à Des Frasses et à Trept, qui, simultanément, protestèrent de leur diligence.

Leur pardessus endossé, leur chapeau à la main dans le rectangle extérieur de lumière qu'une porte du salon projetait sur le bas perron, ils prenaient congé d'elle, après son dîner hebdomadaire qu'elle venait de rouvrir à Saint-Germain, en petit comité et en fin de saison.

« Au revoir, chère madame, encore merci, et au revoir ! » répéta Mme Nully-Lévrier, fébrile du train à prendre, svelte en un manteau de bourre de soie rouge-chiné, encapuchonnée de dentelles blanches sous lesquelles un court catogan étalait massivement sa rousseur provocante et antiphysique.

Tandis que son mari choisissait un cigare dans la boîte tendue par M. de Prébois, Mme Nully-Lévrier, feignant de ne pas prendre garde au bras que lui offrait le président Marchepont, saisit celui de Jonzac, dont le talent et la notoriété, jusqu'alors méconnus d'elle, la frappaient d'une mise en évidence subite, grâce à quelques aperçus durant la conversation de ce soir-là, où le compositeur avait été particulièrement adulé. Cela fut fait par un de ces élans généreux, par un de ces empressements familiers vers l'idéal, qu'on peut observer, chez certaines femmes, au comble de leur prospérité galante, et à travers lesquels on prévoirait presque l'heure capricieuse que leur riche chevelure de pécheresse emploiera, avec un voluptueux prosternement, à chausser d'amour les pieds tourmentés et farouches de l'Art pauvre.

« ... Vous aurez largement le temps de les rattraper, assura Mme de Prébois aux deux amis, qui demeuraient à ses ordres... Je n'en ai que pour une minute à écrire. »

Elle courut vers un petit bureau, dans sa bibliothèque, et griffonna, sur la carte bleue d'un télégramme : « J'irai, mon bon amiral, vous demander à déjeuner demain, pour Roland et pour moi. Surtout, pas de cérémonies. J'ai tellement besoin de vous parler que j'en perds la crainte, vous le voyez, d'être indiscrète... » Puis, une rapide suscription à M. de Kerguel, 24, rue Rembrandt (parc Monceau).

Cela n'exigea guère de délai ; mais, pourtant, M. de Prébois y trouva le loisir de bougonner, dans cette rage que les gens ont de témoigner à autrui de l'intérêt gratis, aux dépens de ceux qui les touchent du plus près :

« Ma femme va vous faire manquer votre départ. Ces choses-là m'horripilent... Aussi, pourquoi ne jamais prendre ses mesures à l'avance?... Emilienne! sapristi, Emilienne! Tu vas mettre ces messieurs en retard !... »

Mme de Prébois confia sa dépêche à Trept ; et, s'adressant à Des Frasses :

« N'est-ce pas, vous êtes solidairement responsable de la mise à la boîte, dès que vous allez débarquer à Paris?... Maintenant, filez vite... Ah! dites-moi encore : c'est vrai que la machine des Balbenthal a été si réussie que ça.... parce que, pour mon compte, je ne m'en remets qu'à moitié aux enthousiasmes de Mme Nully-Lévrier. Elle, pourvu qu'on lui fournisse un lot de nouvelles connaissances à faire, et, par-ci par-là, quelqu'un pour la pincer, tout lui paraît sublime...

— Enfin, c'était pas mal, c'était bien..., fit Des Frasses en prodiguant ces brèves poignées de main d'adieu qui remplacent la qualité par leur quantité, et dont c'est plus vite fini d'en distribuer trois, qu'une seule ordinaire.

— Ma foi! conclut Mme de Prébois, se convainquant par ses propres paroles, je ne regrette tout de même point de ne pas avoir pu y assister. »

... Trept était déjà de quelques pas en avance. Son compagnon et lui n'avaient pas encore franchi une centaine de mètres, quand ils perçurent le coup de sifflet du chef de gare. Après un moment de galop inutile, ils s'arrêtèrent : le souffle de la locomotive, à présent en marche, ébranlait tout le sol de l'esplanade qui leur restait à parcourir.

« La satanée raseuse! grommela Des Frasses.

— Alors, constata Trept, nous en avons pour une heure à faire le pied de grue... »

Dans l'obscurité déserte de la soirée fraîche, ils allumèrent des cigares et se résignèrent au parti d'arpenter le trottoir du château, dont un reflet de bec de gaz éclairait, de place en place, la masse sombre.

« Est-ce que les Mésigny, interrogea Trept, ne vont pas bientôt revenir de Fontainebleau?

— Mais je ne sais trop... Je ne pourrais vous renseigner... »

La question avait contrarié Des Frasses. Bien entendu, il ne désirait pas répondre que, pour quatre jours plus tard, il avait un rendez-vous, en plein Paris, avec Clotilde ; et pourtant le jeune homme avait ressenti une bizarre humiliation, comme une diminution de sa valeur devant ses propres yeux, à nier sa science, à jouer le rôle d'un simple badaud, là où il avait su se tailler celui du héros.

« En tout cas, risqua-t-il par une concession à l'égard de sa vanité, d'après les intentions que Mme Mésigny m'a exprimées, l'autre fois, là-bas, sa rentrée doit être très prochaine... Mais, s'il vous plaît, continua Des Frasses, pour changer de sujet, qu'est-ce que vous manigancez donc avec Mme de Prébois? Il m'a semblé qu'elle vous chapitrait bien longuement, dans un coin...

— Vous ne devineriez jamais, fit enfin Trept, après avoir tiré plusieurs bouffées de son cigare, ce qu'elle s'est fourré dans la tête... Mon cher, elle veut me marier!... C'est à se tordre, hein?

— Comment, c'est une marieuse, Mme de Prébois? Oh! alors, mon cher, je vous plains et je me méfierai. Toutes ces bonnes dames qui pratiquent l'excitation des majeurs et des mineures au mariage, voyez-vous, quand elles se sont persuadées d'avoir bien tout assorti dans leur projet, elles prennent l'échec, la résistance et même les plus modestes objections, comme de la mauvaise volonté contre elles. Elles s'irritent des arguments et s'acharnent à démontrer, par des personnalités parfois blessantes, qu'on n'a pas tant de raisons déjà pour être si difficile...

— Le fait est, interrompit Trept en riant, que Mme de Prébois m'a laissé entendre que je n'étais plus tout jeune...

— C'est bien cela! Ces gaillardes aimeraient mieux qu'un mariage se réalisât, même lorsqu'on leur en a fait toucher du doigt le vice certain, plutôt que d'être réduites à déranger quelque chose, à changer quelqu'un de place dans le couvert des noces qu'elles ont, selon leurs convenances, apprêtées pour autrui.

— D'après ce langage, je dois vous classer parmi les adversaires absolus du mariage?

— Du moins, mon cher, je suis hostile à la façon dont cela se pratique généralement. Voici le raisonnement que je me fais : si toutes les filles de France qui sont à marier, au lieu que l'usage fût de les tenir chez elles cachées, étaient rangées dans une exposition permanente, avec des pancartes détaillant leur situation, leur caractère approximatif, etc., eh bien, neuf cent quatre-vingt-dix-neuf fois sur mille, chacun préférerait une fiancée autre que celle avec laquelle nous le verrons s'allier. Actuellement, tout célibataire, à moins de circonstances romanesques, est contraint à trouver l'âme sœur de la sienne parmi le petit groupe de ses relations, ou parmi les relations de ses relations. La future, prédestinée, est peut-être dans l'appartement à côté ou dans la maison en face. Lui, n'est pas en mesure de la voir ni d'en rien savoir... Aussi, en ce qui me concerne, je n'oserai sans doute jamais entrer en ménage, parce que, hanté de la pensée, non pas de la femme que j'aurais prise, mais de la femme que j'aurais manquée, il suffirait précisément d'être la mienne pour devenir moins que le reste, à mon sentiment...

— En effet, murmura Trept songeur, Mme de Prébois, à propos de la personne dont elle m'a parlé, n'a point eu à effectuer de grandes fouilles. Entre nous, c'est quelqu'un de son entourage, de son tout proche entourage... »

Des Frasses resta silencieux, discret, en homme correct qui, ayant un secret et le gardant pour lui, ne veut pas recevoir des confidences dont il ne rendra pas la politesse.

Mais Trept éprouvait une démangeaison de bavarder. Ses lèvres laissaient transpirer le trop fort arome d'un état fraîchement éclos dans son âme.

« Mon cher, ce que je vous raconte là, je n'ai pas besoin de vous recommander le plus strict...

— Oh ! mon cher !

— Il s'agit de la petite Hobbinson...

— Allons donc !

— N'est-ce pas, cela n'a pas l'air sérieux... au premier abord ?... Je dois cependant me sonder, avant de savoir si je ne pourrais rien faire de plus bête... »

A l'intonation de ces derniers mots, Des Frasses comprit soudain que l'idée matrimoniale se cristallisait déjà sous le crâne de Trept.

Ce dernier avait subi, tout à l'heure, en écoutant Mme de Prébois, l'ascendant qu'un vouloir bien réfléchi exerce fatalement sur l'indifférence étonnée. Ainsi que dans ce petit entraînement naïf où l'on est porté à revêtir, sans une minute de retard, la chose neuve qui vient de nous être livrée, l'esprit de Trept s'était immédiatement pris au plaisir de se représenter à soi-même sous une coupe de vie si nouvelle, et avec cette disposition qu'on a toujours de remarquer combien tout nous sied à merveille. Ah ! ces tempéraments d'aventuriers qui paraissent si mystérieux et si robustes, toute la science n'en est-elle pas de se laisser docilement emporter par les mouvements de l'existence, tandis que les autres hommes attendent, délibèrent, combinent et comparent ? Et, d'ailleurs, qui prouverait que ce ne soit pas la vraie sagesse que de s'abandonner à la simple puissance de vivre, à cette sorte de force centripète, invisible et brute, par quoi est conservé l'équilibre de tous ceux auxquels l'instinct en est venu ? Ils tournent, sans fatigue, sous le regard du monde, collés contre la croupe du sort, les bras croisés, la mine glorieuse, comme ces écuyers de cirque qu'un seul geste de volonté propre ferait aussitôt choir.

Oui, Trept, séance tenante, avait presque autorisé Mme de Prébois à tâter le terrain, à poursuivre le plan dont elle venait de feindre qu'elle se fût entichée par hasard, mais qu'elle élaborait, en somme, depuis son séjour à l'île d'Ys.

Et maintenant c'était seulement à s'entendre lui-même exposer la cause, quand il s'avisait d'avoir à la défendre, qu'il en sentait les défauts et une gêne un peu honteuse. A présenter devant son compagnon la physionomie de l'affaire, il en découvrait les imperfections, de même que nous n'apercevons tous les plissements et toutes les disproportions d'une figure que si, au lieu de l'envisager face à face, nous la considérons dans l'impassible rectitude d'un miroir. Trept s'efforça de grouper quelques raisons de tact philosophique, de mondanité décente :

« En définitive, mon bon Des Frasses, il y a des époques où l'on serait coupable envers soi, si l'on repoussait, de propos délibéré, l'occasion qui est offerte d'ajouter au roulement de ses affaires une somme après tout assez ronde.

— Dame ! c'est à vous d'apprécier... »

Trept aussi n'était pas de ces gens qui sollicitent ni même acceptent un conseil à l'égard d'une résolution qu'ils croient avoir naturellement conçue ; mais, d'autre part, il ne savait se passer de faire approuver sa manière de voir.

« Je gagne pas mal d'argent, continua-t-il. Vous en avez été quelquefois témoin. Mais c'est le plus souvent par saccades, par secousses de Bourse. Je n'ai pas le droit d'être malade ni de m'absenter pendant un mois. Ce que je mets de côté, par occasion, appartient à ma caisse de jeu et non à moi : demain sera mon créancier, dans le cas où je n'aurai pas réussi à en faire mon débi-

— IL S'AGIT DE LA PETITE HOBBINSON...

teur. Le mouvement perpétuel, quoi !... Ah ! quel repos pour moi, si je me savais, quelque part, une bonne poire pour la soif, tel qu'un capital dont, au besoin même, on m'aurait par contrat rendu incapable de disposer !... »

Les deux interlocuteurs marchaient côte à côte, dans l'ombre humide, sans discerner le visage l'un de l'autre. Devant eux, se confondaient les vapeurs blanchâtres de leur respiration et de leur fumée. Parfois ils s'entre-choquaient réciproquement, par des oscillations provenant d'une détente en leur *struggle for life*, ainsi que cela était normal dans cette inutilité qu'il y a de vivre tandis que l'on attend le suivant d'un train manqué, pendant ce temps à rayer de l'existence, jeté au néant.

« Vous m'objecterez, soupira Trept, qui ne s'était jamais autant ouvert à son ami, qu'à un marché de ce genre, je sacrifierais ma liberté. Au contraire, mon cher, ce serait peut-être l'acquérir. Un spéculateur, hardi comme moi, ayant toujours besoin d'aller de l'avant, n'a qu'une indépendance : être constamment résolu à régler son compte, au jour de déveine, en se faisant sauter le caisson. C'est être libre, soit ! Mais alors il n'y a jamais eu d'esclaves, il n'y a pas de forçats...

— La dot vous satisferait-elle ?

— Oh ! ce n'est pas gigantesque : quatre cent cinquante mille francs. »

Trept majorait le chiffre annoncé, presque sans y prendre garde, à peu près sans mauvaise foi, par une habitude de faiseur optimiste, chaque fois qu'il maniait les chiffres d'une société en formation. Mme de Prébois ne lui avait permis d'entrevoir positivement que trois cent mille francs et encore en y mettant un zèle de stimulation ; car elle se souvenait bien d'avoir appris de Mme Hobbinson, aux heures des confidences anciennes, qu'Agnès n'avait guère que douze mille livres de rente, du chef de son père.

« Franchement, demanda Trept, comment la trouvez-vous, la petite Hobbinson ?

— Je crois qu'elle deviendra très jolie... Du reste, elle l'est déjà.

— Je vous entends bien : c'est une gamine. Mais, en résumé, mon cher, elle aura bientôt dix-huit ans. Certes, elle ne paraît pas son âge. Eh bien, et moi, est-ce que je parais le mien ? Combien me donnez-vous, au juste ?... Non, j'aime mieux que vous ne me le disiez pas. Vous me donneriez probablement moins que je n'ai, mais sans doute plus encore que je ne désire représenter... »

Par le sens droit dont chacun dispose pour redresser les torts d'autrui, Des Frasses blâmait intérieurement l'écart des années qui séparerait ces deux conjoints possibles. Dans le même temps, il évoquait l'image épanouie de Mme Mésigny qu'en imagination il embrassait, sans avoir presque à se courber ; il appréciait le louable rapport de son âge à lui et de son âge à elle, avec la conscience au calme, avec une certaine fierté, comme si ce dont il rêvait fût incontestablement l'union bénie du Seigneur.

Trept laissa échapper dans la fanfaronnade d'un petit rire :

« Au cas où ça se ferait?... Mais nous n'en sommes pas là!... Oui, dans les premiers temps, ce me semblerait assez drôle d'appeler Mme Hobbinson : mère, maman... Je craindrais d'avoir l'air un peu godiche. Elle est peut-être plus jeune que moi, seulement?

— Elle a trente-cinq ou trente-six ans, à ce que m'a dit la mère Sorlin, qui ne la goûte pas assez pour la rajeunir. »

Des Frasses avait-il eu quelque intention malicieuse en faisant intervenir le nom de ce dernier personnage dans les réflexions de Trept? Celui ci fut-il conscient d'avoir un change à fournir sur ce qu'il aurait pu suspecter ou non?

« Au fait, dit-il d'un ton de roué, pourquoi n'épouserais-je pas plutôt la mère? C'est actuellement une des femmes qui me font le plus d'impression... Et pas facile! mon cher, je vous préviens. Ainsi, l'autre fois, chez les Balbenthal, je l'ai poussée jusque dans ses derniers retranchements.

— Et vous avez dû battre en retraite?...

— C'est-à-dire... Enfin la femme est intéressante, un type curieux. Estimez-vous qu'elle ait quelqu'un?

— Qu'est-ce que vous me chantez là? répliqua prudemment Des Frasses, jugeant que son bon ami Trept lui avait déjà trop conté de choses pour que celui-ci ne dût pas l'en prendre éventuellement en grippe, plus tard... Nous ferions bien, proposa-t-il, si nous ne voulons pas coucher à Saint-Germain, de nous diriger vers le chemin de fer... »

Et, sur le seuil de la gare, il s'effaça, par une manière de plaisanterie, cédant le pas en sa qualité inférieure de simple célibataire.

— Oh! fit Trept en frisant sa moustache...

« Oh! fit Trept en frisant sa moustache insolente et en fronçant un peu ses beaux sourcils fauves, je ne suis pas encore pris. Mais on peut toujours examiner de quoi il retourne; cela n'engage à rien! » conclut-il, par une phrase qu'il s'assimilait textuellement et sous la méditation de laquelle Mme de Prébois avait naguère laissé en plan son catéchumène.

Le lendemain matin, vers midi, Mme de Prébois et son fils furent reçus, à bras ouverts, par M. de Kerguel.

« Pourquoi votre mère ne vous a-t-elle pas accompagnée? » demanda-t-il affectueusement, et un peu aussi avec la fourberie d'une politesse banale; car, en un demi-siècle d'intimités auprès de Mme Sorlin, il avait pu constater que celle-ci, malgré les exigences de tendresse parfois terribles dont elle avait été animée, dont elle s'animait encore à ses heures, ne se fût jamais invitée à le venir voir, par une dignité discrète d'éducation, par un respect bourgeois de ce principe qui fait chacun maître chez soi.

Pendant le déjeuner, Mme de Prébois, dont le mari allait sous peu remplir en Egypte une mission financière du gouvernement français, pria l'amiral de joindre son autorité aux efforts qu'elle avait déjà tentés pour convaincre Roland de s'associer à ce beau voyage.

« Vous qui savez mieux que tout autre ce que la jeunesse gagne à parcourir du pays, je vous en conjure, faites entendre raison à cette tête de mulet !... M. de Prébois quitte Paris le 1er octobre, et il ne doute pas de pouvoir être revenu vers le 15 janvier. Et encore, en flânant partout où il y aura, à droite ou à gauche, quelque chose à visiter...

— Comment, petit malheureux, s'écria M. de Kerguel, ta fougue ne pétille pas rien qu'au souffle de ces noms : Damiette, Aboukir, le Nil, les Pyramides, la mer Rouge?... Mais, moi-même, à mon âge, après tout ce que j'ai vu et revu... »

Roland interrompit doucement, avec une manière résolue et modeste :

« Les cours de ma première année de droit commencent en novembre.

— Ton droit ! protesta Mme de Prébois, tu le retrouveras au retour, ton droit !... Avouez, amiral, que le droit n'est pas habitué à inspirer d'aussi vives passions? »

Roland pinçait les lèvres, ne répondant plus au ton de raillerie où se complaisait maintenant sa mère. A la fin du repas, celle-ci, lasse de combattre et de ne pas être secondée autant qu'elle l'eût souhaité, engagea son fils à aller prendre l'air.

« Tu me trouveras au train de quatre heures et demie... Tâche de ne pas faire trop de bêtises... Et ton foulard? Tu l'as encore oublié !... Oh ! oui, tu es bien gentil, va ! C'est bien la peine de m'embrasser !... A quoi emploieras-tu ton temps?

— Un tour à la salle d'armes... J'irai aussi sans doute chez Lucien...

— Ce n'est peut-être pas très sain d'entrer dans la chambre de ton cousin?

— Voyons, il a des clous !... »

Roland dissimulait son plan. Dès qu'il fut dehors, il eut pour premier soin de se rendre chez les Hobbinson qu'il n'avait point revues (et qui d'ailleurs n'avaient pas été réinvitées à Saint-Germain) depuis les incidents de l'île d'Ys. Et pourtant Roland avait naturellement le caractère franc. Mais quelque chose, qu'il était incapable de définir, le mettait à présent en défiance contre celle qui jadis personnifiait pour lui cette force maternellement divine, auprès de laquelle l'enfant choyé s'imagine être à l'abri de tous les fléaux. Et le jeune homme était en train d'acquérir une notion des insécurités sociales et humaines, par la seule façon que le regard de sa mère avait récemment adoptée de s'arrêter parfois sur lui, avec l'expression de quelqu'un qui a la crainte et l'envie de faire du mal. Cette expression émouvante et bizarre, Roland la reconnaissait pour en avoir un jour déjà subi l'intensité, alors que, petit, malade, la tête et les mains contenues par son père, il avait dû se laisser appliquer, derrière l'oreille, des sangsues dont était armée la sollicitude de Mme de Prébois.

... M. de Kerguel avait avancé deux sièges vers l'embrasure d'une fenêtre de son salon en rotonde qui, au premier au-dessus d'un entresol, avait vue sur le parc Monceau. Avec une gravité lente de patriarche et une maladresse un peu tremblotante, il accrocha sous des embrasses les rideaux blancs des carreaux, afin que Mme de Prébois pût jouir du paysage où circulaient des nourrices et des bonnes, où des bébés étoffés, chaussés, gantés, chapeautés à l'instar des grandes personnes, jouaient dans le sable comme des petits chiens.

« Ne devinez-vous pas, commença-t-elle d'une voix sourde, après quelques instants de recueillement, le motif qui me vaut cette sotte résistance de Roland?

— Le motif? Il y a un motif?... Ma foi, chère amie, je ne m'en doutais guère. »

L'amiral avait répondu nonchalamment. Tout ce qui était l'entourage de Mme Sorlin, et non elle-même, pouvait gronder sans l'émouvoir par avance. Il vivait, chez lui, dans cette sorte d'attachement paisible que les indigènes du Vésuve trouvent à une certaine distance du cratère.

« Ce qui retient mon fils, c'est qu'il s'est amouraché de cette petite Agnès... Oui, la fille de votre délicieuse Mme Hobbinson...

— Pour l'amour de Dieu, Emilienne, ne prenez pas ce ton. C'est chez vous que j'ai eu le plaisir de faire connaissance avec Mme Hobbinson. Elle est donc votre amie avant d'être la mienne... Maintenant permettez-moi de vous demander si vous êtes bien sûre de ne pas vous égarer dans une supposition?

— Non, je ne me trompe pas. J'ai observé Roland, à bien des reprises. Ma conviction s'est faite lentement, mais solidement.

— Que dit de cela M. de Prébois? objecta l'amiral, par un moyen dilatoire.

— Oh ! M. de Prébois !... Il me dit que je n'ai pas le sens commun. D'abord, je crois qu'il aime autant ne pas emmener son fils. Cela le gênerait sans doute, pour les conquêtes d'almées qu'il doit se promettre.

— Réfléchissez que, de la part d'un garçon qui n'a pas encore dix-huit ans, le péril ne peut pas être en la demeure !...

— C'est justement pour cela qu'il est l'heure d'agir. Je n'entends point laisser traîner l'état où est Roland, comme ces mauvaises maladies qui n'ont l'air de rien d'abord, qui n'en finissent pas de se déclarer ; et puis, quand elles éclatent, c'est trop tard pour les guérir !... Je ne veux pas que la cervelle de mon fils se prenne davantage. Si je n'y mets bon ordre, dans quelque temps, j'aurai sur les bras un grand animal bête de garçon, qui me montrera une mine de papier mâché, qui ne desserrera plus les dents chez moi, à moins que ce ne soit pour me menacer de se tuer ! Et ce train de vie nous mènerait, par Dieu sait quelles transes, jusqu'au jour où je recevrais mes sommations...

— Ah ! voilà bien les femmes ! Tout de suite la fin du monde, n'est-ce pas ?... Mais comptez donc seulement sur vos doigts ! Vous avez, devant vous, sept années encore de souveraineté légale...

— Bon. Et si, durant cet intervalle, un beau matin, les jeunes gens s'enlevaient mutuellement ?... Permettez : il faut bien qu'il y ait les cœurs qui prévoient tout, à côté de ceux pour qui tout est bien égal !... Aussi ma combinaison était d'éloigner Roland et de régler, en son absence, l'affaire de la petite.

— Comment cela ?

— En la mariant. Un mari la gardera mieux qu'une mère souvent sortie ; et s'il ne la garde pas, en définitive... Allons ! ne vous scandalisez pas : ce que je fais ici, c'est de la morale pratique, et non une pratique de morale... Mais, puisque Roland se refuse à partir, tant pis pour lui, il assistera à la cérémonie ! »

Elle avait si douloureusement murmuré cette phrase cruelle, qu'on pouvait apprécier de quel droit la pitié n'y figurait pas plus que dans la célèbre réponse de Guatimozin à son ministre.

M. de Kerguel était abasourdi de cette initiative maternelle, de cet égoïsme actif qui, pour s'affranchir d'un souci plus ou moins fondé, mettait si impudemment la main sur le destin des autres.

« Votre concours me serait précieux, reprit Mme de Prébois. Le projet dont j'attends ma tranquillité a besoin d'être approuvé par Mme Hobbinson. Or, elle prendra votre conseil... Mais si ! cela n'est pas douteux ! Parmi ses relations, personne ne possède l'autorité de votre caractère... Me serez-vous favorable ?

— Mon enfant, je suis à votre dévotion. Les sentiments que j'ai pour vous et pour les vôtres... »

L'amiral s'arrêta, gêné des réflexions que certainement il éveillait. En même temps il voyait poindre une responsabilité pour lui ; il prévoyait les peines inhérentes à sa situation de tampon, entre deux instincts machinalement lancés à la rencontre par la nature. Il hasarda :

« Excusez-moi de vous demander pourquoi ce petit roman — au cas où il existerait — vous choque, au lieu de vous toucher ? »

Mme de Prébois, dans un mouvement d'indignation, croisa ses bras sur sa poitrine, avec une énergie un peu grossière, presque insolente :

« Admettriez-vous, je vous prie, que Mme Hobbinson soit la grand'mère que je doive accepter, à mon égal, pour mes petits-enfants ?

— Pardon, chère amie ! Mais, à la façon aimable dont vous la recevez, dont je vous ai toujours vue être pour elle... »

Un peu interloquée de l'aplomb inaccoutumé qu'elle rencontrait chez l'amiral, Mme de Prébois s'avoua, avec un certain dépit, que l'argument secret par lequel, au cours de maints débats, elle avait trouvé chez le même interlocuteur une tout autre docilité, une soumission parfaite, n'eût jamais été que la présence de sa mère. Ah ! si Mme Sorlin avait pu être là ! Alors, certes, M. de Kerguel ne se fût pas carré dans son fauteuil ; il n'aurait pas affecté de mirer son nez tout contre le poli de ses ongles, en répétant :

« Quand on soupçonne les gens de quelque tare, on ne leur fait point fête, que diable !

— Je reçois Mme Hobbinson, c'est vrai... Mais renseignez-vous un peu sur ce que pensent d'elle les Maisnil, les Balbenthal, les Buzicourt ou les Flercamps qui, pourtant, ne lui font pas moins fête, dans leur intimité !... C'est-à-dire qu'au commencement de chaque hiver, chacun se demande s'il va continuer. Mais qu'une de ces maisons seulement se décide à lui être fermée, et vous verrez si les autres manquent d'énergie pour suivre l'exemple ! Est-ce qu'on sait d'où elle sort, Mme Hobbinson ? Elle s'est arrangée pour m'être présentée, il

— Comment, petit malheureux !

y a trois ou quatre ans, dans l'atelier de Van Haffel. D'abord, qu'est-ce qu'elle y faisait chez Van Haffel? Ah! oui. Eh bien, à la première occasion, je prierai Mme Buzicourt de vous raconter ce qu'elle m'a déjà conté là-dessus.

— Ces potinages, répliqua l'amiral piqué au vif, ne sont pas dignes de vous. C'est mal de s'en faire l'écho, à la légère...

— En vérité, c'est vous qui n'agissez pas bien. Vous me voyez bourrelée, presque affolée... Soit! c'est ma faute, j'y consens! Mais vous, le vieil ami de ma famille, vous ne me répondez rien de ce qu'il me faudrait. Vous prolongez mon angoisse... Au nom du ciel! ménagez-moi. Je ne sais plus quel appel vous adresser ; je ne sais plus ce que je finirai par arriver à dire!... »

Mme de Prébois avait prononcé rapidement cette dernière proposition, avec ce ton de traîtrise que prennent des mots offensifs, lorsque préparés très à l'avance, la charge en est impatiemment, intempestivement, tirée sur l'adversaire.

L'amiral la regarda en face et conçut aussitôt ce sentiment de lâcheté qui vient aux êtres raisonnables, quelles que soient leur bravoure et leur vigueur, devant les prunelles énigmatiques d'une chatte gardant son petit. Car, dans l'ombre cérébrale, au delà de cette double lueur, on sait qu'une loi farouche de la nature règne, incorrigible, irrésistible et mystérieuse.

« Ce mariage dont vous parliez tout à l'heure, insinua-t-il, comporte au moins un candidat. Vous seriez-vous donc déjà pourvue?

— J'ai des ouvertures à présenter au nom de Trept... »

M. de Kerguel eut un soubresaut de mécontentement découragé.

« Comment espérez-vous que Mme Hobbinson?... Ce serait un meurtre! Une enfant d'une jeunesse si mignonne, si naïve..., et ce viveur mûr, blasé!... N'éprouvez-vous pas quelque scrupule vous-même?

— Mon bon ami, j'offre ce que j'ai trouvé... Entre parenthèses, permettez-moi de constater que la fille de Mme Hobbinson semble vous intéresser davantage que mon fils. »

Et, dans l'amertume de sa voix, on aurait pu croire qu'elle allait invoquer des droits sacrés, encore plus sacrés que ceux de la longue amitié, comme si les liens qui unissaient sa mère avec l'amiral eussent été de ceux par lesquels on est constitué membre d'une même famille.

Mais une révolte de son interlocuteur ne lui en aurait pas laissé le loisir.

— Ah ! voilà bien les femmes.

« A la fin, Emilienne, vous êtes par trop injuste. Vous me persécutez avec une acrimonie, avec un manque de conscience !... Vous oubliez que je vous ai connue toute petite fille, et que si je n'ai jamais eu de droits sur vous, vous avez toujours obtenu de ma part une tendresse plus dévouée que le devoir. Vous êtes coupable, très coupable à mon égard ! »

Interdite, Mme de Prébois considérait M. de Kerguel. Puis, le cœur gros, la respiration entrecoupée, elle proféra :

« Pardonnez-moi, amiral, je suis ingrate... Mais si vous pouviez mesurer combien j'aime mon Roland !... Vous m'avez peut-être souvent jugée frivole, amie du monde. Allez, ce ne sont là que des apparences, car toute ma vie est à mon fils, au cher fils que j'ai pu conserver !... »

Un flot de larmes souleva sa poitrine, lui monta aux paupières, et se répandit sur ses joues grasses, avec cette expression un peu grotesque et tout à fait poignante qu'ont à pleurer ces physionomies, dont l'âge fait déjà tourner les traits vers leur propre caricature.

« J'en suis souvent bête et méchante, je ne dis pas non ! Mais ma pensée se consacre constamment à lui... Quand il est dehors, il y a des jours où tout d'un coup je m'imagine..., cela vient de ce qu'il traverse les chaussées si imprudemment !... Enfin, les garçons sont ainsi !... Eh bien, je m'imagine qu'on va me le rapporter écrasé !... Alors, comment voudriez-vous que je fusse calme ou même équitable, lorsque j'entrevois que tout son avenir est en jeu ?... Je vous en supplie, excusez-moi, mon ami, mon bon amiral !... »

Pour un peu, elle aurait soupiré : « ... Mon père !... » Car, à certaines heures, des méditations la prenaient, d'où il lui restait l'anxiété profonde d'avoir à toujours douter de qui elle fût la fille.

M. de Kerguel s'était levé pour lui baiser paternellement le front.

« Dites, balbutia-t-elle encore, dites si vous estimez que je puisse courir, sans inconvénient, le risque d'avoir un jour à donner Mme Hobbinson pour belle-mère à Roland ?... Dites-le et je vous crois ! Je me confie absolument à vous... »

Elle faisait, ainsi, abnégation de tout ce qu'elle pouvait avoir appris ou deviné, par une de ces virevoltes de l'âme qui, cessant de se confier à soi-même, accepte de s'être trompée, veut s'être trompée. Elle insista :

« Jurez-moi que Mme Hobbinson est une femme d'honneur !

— Comment voulez-vous qu'on prête le serment sur une pareille chose. On suppose, on pense, on croit, mais on n'affirme pas.

— Alors, jurez-moi que vous ne savez pas que ce ne soit point une femme d'honneur ? »

L'amiral, embarrassé, marmotta la

question, comme s'il ne l'eût pas tout de suite comprise :

« ... Que je ne sais pas que ce n'est pas... »

Mme de Prébois l'examinait attentivement, soudain amusée d'avoir été conduite à cette formule par le hasard de la discussion, et momentanément tout entière à la curiosité malsaine de tenir sous la fixité de ses yeux, d'attirer à elle, le secret fasciné de l'amiral.

« Ah ! vous voyez bien, s'écria-t-elle, que vous ne jurez de rien ! »

M. de Kerguel, baissant ses cils longs et blancs, étendit solennellement un bras, dans lequel tout son sang breton frémissait du geste sacrilège. Mais, dès qu'il eut accompli son chevaleresque sacrifice, et ainsi que par un empressement à se racheter de la damnation, il développa, de bonne foi, ces considérations réparatrices :

« Ecoutez, Emilienne, faites ce que vous jugerez le mieux. Je serais désolé de vous avoir influencée, et de vous déterminer à vivre sous le coup de méfiances ou d'alertes, qui seront toujours au fond de votre nature. Votre projet est probablement bon, après tout ! »

C'était une autre forme de la gentilhommerie, la loyauté du marin, qui maintenant s'exprimaient ainsi chez l'amiral. Au surplus, on ne peut point avoir, pendant plus de quarante ans, servi de mari à la femme d'un ami mort en cette suite, sans avoir contracté l'obligation de protéger la fille de ce dernier, surtout quand on en est peut-être soi-même le père, selon un des desseins insondables de la Providence.

... Sur ces entrefaites, un roulement de voiture s'était arrêté au bas de la maison ; puis le timbre de l'appartement avait retenti. Mme de Prébois, les oreilles en éveil et les yeux toujours actifs, avait entendu le pas d'un domestique marcher vers l'antichambre, et, personne n'ayant été introduit, elle s'était aperçue que M. de Kerguel réprimait un mouvement, comme celui de sonner ou d'aller voir.

« Je vous en prie, fit-elle, ne vous gênez pas de ma présence, faites vos affaires.

— Oh ! je n'ai aucun rendez-vous... A moins que ce ne soit l'architecte ? » murmura l'amiral, en sortant de la pièce, vaguement timoré comme ceux que la permanence d'un remords, même inconscient, tient toujours dans une attente, envers quelque chose d'indéfini et qui pourtant leur importe.

Demeurée seule, Mme de Prébois ouvrit, sans arrière-pensée, une croisée pour donner de l'air à son visage que cette demi-querelle, durant la digestion, avait congestionné. Une fois accoudée sur la balustrade de pierre, ayant discerné le fiacre qui stationnait devant la porte cochère, elle s'avisa soudain de se hausser jusqu'au bout de ses pointes, afin que son regard tombât à pic sur l'étroit trottoir, où quelqu'un ne pouvait plus ressortir sans qu'elle n'en saisît le passage.

M. de Kerguel, par son retour à l'improviste, la surprit dans cette attitude d'indiscrétion cynique, dans un empiétement sur sa vie contre lequel il n'aurait pas manqué de belle morgue pour protester, ni de sourires finement pincés, ni de fiers redressements en son buste, si la fatalité ne l'eût pas réduit à se manifester tout au contraire. L'aspect d'assurance, qu'il s'était composé pour prétendre qu'il venait de renvoyer au lendemain la discussion d'un mémoire, s'évapora aussitôt. Il domina le premier instinct qu'il avait eu de se jeter à bras-le-corps sur la taille robuste de Mme de Prébois, pour l'arracher de son observatoire ; mais, dans un trouble hâtif où il courait au bénéfice de se livrer avant d'avoir été pris, se rendant presque à merci :

« Croiriez-vous, fit-il, que c'était précisément Madame Hobbinson ?... Elle s'adressait à moi... Vous savez qu'elle est dame patronnesse ? Elle s'est chargée d'une quête pour des pauvres de Passy...

— Pourquoi n'est-elle pas entrée ?

— Elle s'imagine que vous êtes fâchée contre elle... Vous ne lui auriez pas répondu, paraît-il, à une lettre déjà ancienne ?

— Oh ! mais quelle idée ! C'est stupide !... Faites-la donc rappeler !... Encore mieux, je vais la héler moi-même... Hep, hep ! » cria-t-elle, penchée en dehors sur l'appui de la fenêtre et agitant son mouchoir.

Mme Hobbinson, dont tous les sens en servitude savaient docilement et gracieusement obéir, n'hésita pas à se reconnaître pour destinataire de ces interjections. Elle leva, sans retard, son minois poudré, plissant la peau vibrante de ses narines, clignant de ses yeux au clair azur, faisant flotter en arrière, par un souple torticolis, la grande plume noire qui serpentait sur les bords de son large chapeau. Elle relança, du bout de son gant, le bonjour qu'on lui jetait, et comprit qu'il lui fallait remonter.

Bientôt, elle fut dans le salon, saluant Mme de Prébois avec l'inaltérable affabilité de son visage, caractérisant sa démarche par ce qu'il y convenait tout juste de crânerie, grâce à un petit air peut-être venu un peu d'une veste en léger drap cuivre, dont les broderies et les passementeries avaient une façon de zouave ou de Figaro.

« Je parie, dit-elle à tout hasard et pour reprendre en main la sauvegarde de sa réputation dont la mine déconfite de M. de Kerguel trahissait le médiocre défenseur, je parie que l'amiral vous aura dissimulé la vraie raison de ma visite?

— Non pas, chère amie! repartit Mme de Prébois, en l'embrassant avec la bonhomie nécessaire pour conserver à la triple situation des personnes présentes une dignité de bon ton... Et mon concours est également acquis à l'œuvre que vous assistez. D'ailleurs, vous ne pouviez arriver plus à propos : nous causions de vous. »

Mme Hobbinson accueillit cette nouvelle par un rire de remerciements aimable et perlé. Au fond, une inquiétude l'oppressait, non plus tant déjà d'avoir été prise en flagrant délit de visite chez le vieux célibataire, mais d'entendre qu'on y était en train de s'occuper d'elle. Elle n'aimait pas qu'on parlât d'elle, surtout sans qu'elle fût là. Et puis, pourquoi les paupières de Mme de Prébois étaient-elles rougies?

Quant à M. de Kerguel, il se multipliait en empressements serviables, approchant des sièges, reculant une table, s'ingéniant à ce que ces dames fussent bien et tout à fait chez elles. Il voulait s'attribuer le rôle de celui qui fournit simplement son local, pour une entrevue dont l'issue ne le concerne point. Et, d'autre part, s'il eût eu du goût pour les imaginations funèbres, il aurait pu se représenter quelle rivalité de possession future et mobilière animait peut-être, même à leur insu, celles qu'il installait, vis-à-vis, dans ses bonnes causeuses en tapisserie de Beauvais.

« Voilà, entreprit Mme de Prébois en observant successivement ses deux auditeurs à travers sa face à main, j'échangeais avec l'amiral des idées sur le bien que nous souhaitons à votre gentille Agnès. Je lui communiquais un projet..., un projet d'établissement. »

L'Américaine eut un imperceptible tressaillement. Ainsi, c'était à sa fille que l'on en avait. A quel propos, sa fille?... Certes, elle avait bien eu jadis l'intuition d'un inconvénient, quand elle avait engagé Agnès à éviter les tête-à-tête avec Roland. Ensuite, enhardie par le temps qui n'avait rien amené de fâcheux, ne s'était-elle pas un peu trop risquée à caresser une chimère? Les chimères ont une gueule féroce, et la queue qu'elles dardent est empoisonnée. Mme Hobbinson avait jeté un coup d'œil de côté, et deviné aussitôt qu'elle n'avait aucun secours à attendre de l'amiral, bien trop absorbé par la contemplation de ses doigts croisés sur ses genoux croisés.

« Un projet d'établissement pour Agnès! s'exclama-t-elle, un mariage, alors? »

Et elle éclata d'un nouveau rire, mais dont elle n'avait pas davantage envie. Deux fossettes restèrent creusées dans ses joues, qui semblaient rire encore, sous une anxiété redevenue silencieuse.

« Mon Dieu, oui! Un mariage... N'aviez-vous donc jamais prévu le moment où cette mignonne vous serait demandée?

— Mais non, madame, certes non!... Comment! cette gringalette au bras d'un mari, d'un vrai homme!

— Enfin, la gringalette a inspiré le cœur d'un vrai homme qui a bien voulu me choisir, sachant l'amitié que je vous porte, pour conduire auprès de vous la négociation.

— Marier Agnès!... Mais pas avant trois ou quatre ans au moins, madame!... Ai-je besoin de vous assurer qu'on ne pouvait m'adresser une plus sympathique ambassadrice?... Et, bien entendu, votre amour-propre, chère madame, ne saurait être engagé dans la question.

— Bien entendu, chère amie, vous êtes libre. »

Cette phrase avait été prononcée d'un petit ton sec sous le sourire, bref et sifflant comme une menace. Mme Hobbinson en augura que son interlocutrice arrivait maintenant au point d'abuser de la position intenable dans laquelle elle-même s'était aventurée par une venue inopportune, non annoncée, de pur extra.

« Pour mieux vous prouver, tenta-t-elle encore, combien mes raisons sont impérieuses, je n'aurai même pas la curiosité de vous demander de qui il s'agit... Non, je vous en prie, je préfère l'ignorer...

— Vous avez tort. Vous ne devriez pas, sans examen, refuser ce parti, que, l'amiral et moi, nous vous garantissons très convenable, très favorablement connu de vous. »

Un espoir invraisemblable, qu'elle avait tout d'abord écarté, l'éclair d'une folle hypothèse traversèrent l'émoi de l'Américaine. Pendant une seconde, elle admit qu'on voulût peut-être lui offrir Roland de Prébois pour plus tard, qu'on eût délibéré sur un plan à échéance lointaine, qu'on en fût même à lui imposer des règles de conduite afin de préparer cet avenir. D'avance, elle se soumettait à tout ; elle sentait battre de joie son second cœur, celui qu'une mère a dans le cœur de son enfant.

Mme de Prébois articula, du bout des dents, sa face à main remise contre ses yeux :

« A moins que, auquel cas ce serait superflu d'insister, vous n'ayez déjà quelqu'un en vue?... »

L'intention spécialement hostile de cette réflexion n'échappa point à l'Américaine.

« Oh! madame, je vous certifie que je n'ai rien du tout en vue! » s'empressa-t-elle de déclarer avec une modestie mélancolique.

La conversation entre les deux femmes, qui naguère s'était toujours pratiquée dans le ton de l'égalité sociale, prenait peu à peu les tons de l'inégalité, sans qu'aucune d'elles s'en rendît un compte positif, par une sorte de conscience tacite et réciproque de ce qui subordonne les conditions équivoques aux conditions relativement irréprochables. Mme de Prébois avait gardé l'attitude et le langage d'une dame dont la position est tout à fait indépendante ; et l'autre se comportait à la manière d'une dame bien éduquée aussi et menant bon train de maison, mais qui « fait quelque chose pour vivre. » à la manière par exemple d'une couturière très comme il faut, ou d'une modiste honorablement née, élégante et sachant bien se tenir, à la ville, sous un chapeau.

« Le candidat que j'avais à vous soumettre, reprit Mme de Prébois, est un homme distingué, très bien reçu partout, familier de ma maison... N'est-ce pas, amiral? »

Mme Hobbinson, sous l'humiliation dont rougissait toute sa chair pourtant si impassible ordinairement, tourna encore une fois son visage endolori vers M. de Kerguel. Elle y rencontra cette expression d'encouragement à céder, de promesse exigeante que mieux que personne elle lui connaissait : l'air d'égoïste bonté, particulièrement persuasif sur cette physionomie vénérable, qu'on montre aux êtres dont cela dépend de contenter votre désir, quel qu'il soit... Oh! comme elle lui ferait expier, songeait-elle, sa lâche complicité! comme elle le contraindrait, demain, tout à l'heure, le plus tôt possible enfin, à se traîner sur ses vieux genoux, à cogner de son vieux front le parquet dur et sourd!

« La considération est évidemment secondaire, continua Mme de Prébois, mais votre refus va me causer une véritable gêne, pour cette vie intime, où l'on se plaît chez moi, entre tous nos amis. Comment ferai-je pour réunir avec vous et votre fille, de gaieté de cœur, sans scrupule de ce qu'il devra en souffrir, un garçon charmant, que je sais épris, très épris?... »

Le sens de cette insinuation était clair. Elle annonçait l'expulsion définitive de chez les Prébois, après cette mise à l'écart récemment inaugurée déjà. C'était tout l'édifice de sa situation mondaine, construit avec

— Oh ! je n'ai aucun rendez-vous.

tant de soins par Mme Hobbinson, qui brusquement allait être sapé ; c'était toute la façade, aux fenêtres de laquelle elle avait réussi à mettre en belle apparence ses restes de bonne renommée et du moins l'innocence d'Agnès, qui menaçait d'être renversée d'un seul coup de pied de ce pied un peu boursouflé sous les boutons de la bottine et assez pointu du bout, que Mme de Prébois, assise à la renverse, agitait en dehors de ses jupes, impatiemment. Cette dernière attendait implacable dans sa piété maternelle, et peut-être acharnée aussi dans sa piété filiale où, par une étrange compromission de sentiment, elle se flattait d'être à venger sa mère.

Le drame bourgeois, en son invisible âpreté, s'était solidement noué. Les deux actrices, fidèles à leur rôle de bonne compagnie, devaient jusqu'au dénouement conserver la voix douce, ne rien dire de ce qu'elles auraient eu à se dire, et ravaler avec un sourire toutes les baves dont leur langue se chargeait pour être naturellement crachées à la face adverse.

« En vérité, dit Mme Hobbinson, je serais désolée d'être la moindre cause d'embarras pour vous, ou de peine pour un de vos amis... A présent, je veux être sérieuse. De qui s'agit-il, je vous prie ! Vous dites que je connais la personne ? Je ne la devine pas, non, ma parole !... »

Tandis que son interlocutrice faisait maintenant des cérémonies pour répondre, l'Américaine insistait mollement, distraite par l'idée du peu d'attaches que malgré tout elle s'était assurées dans le monde. Elle maudissait l'honnêteté relative qu'elle s'était imposée, songeant à ce qu'eût été sa force, par quels liens, durs à user les dents et les ongles de Mme de Prébois, elle se fût accrochée à la vie des salons, si dernièrement encore elle n'avait pas repoussé le frère aîné de Mme Maisnil ni le mari de son amie Mme de Flercamps ? Ah ! si elle avait pu prévoir !...

Mme de Prébois se décida enfin à produire l'effet inévitable du nom attendu :

« La main de votre fille est demandée par M. Trept.

— Quoi, c'est Trept, c'est Trept ! se récria Mme Hobbinson, avec une telle surprise que l'amiral en dressa la tête, et qu'elle, découvrant cette jalousie éveillée en lui, se régala de ce qu'elle pouvait impunément l'en faire souffrir... Comment, c'est Trept !... Ha ! là là !... Voilà bien le dernier auquel j'eusse pensé. Certes, il ne s'était jamais présenté à moi sous l'aspect d'un gendre ! Ah ! mais non !

— Trept est bien posé, murmura Mme de Prébois en fronçant légèrement les sourcils... Il a une superbe clientèle de Bourse, dans toute la noblesse israélite. Quant à sa personne...

L'Américaine fit signe qu'elle n'avait aucune critique à en faire, loin de là, au contraire.

« Alors, chère amie, vos répugnances premières...

— Je ne saurais exprimer d'opinion avant d'avoir consulté Agnès.

— Oh ! quand une mère a distingué où était l'intérêt de son enfant, cela lui donne bien de l'éloquence, bien de l'autorité !...

— Cependant, si ma fille m'opposait une aversion insurmontable ? ou même si elle m'avait caché, jusqu'à présent, une inclination très chère ?... Peut-on jamais savoir ?... Mais, vous-même, madame, admettez un instant que ce soit votre enfant qui soit en cause : auriez-vous le courage, même pour ce que vous croiriez son bien, de lui broyer le cœur ? Ah ! soyez convaincue qu'on ne saurait trop ménager la tendresse de ces jeunes âmes !... »

Cette agression suprême et hardie fit perdre un peu contenance à Mme de Prébois. Qu'est-ce que Roland avait à faire là-dedans ? Comment vouloir qu'il inspirât des considérations sur ce point, à son âge ? N'était-il pas, Dieu merci ! trop jeune ?... Oui, en effet, Roland n'était guère plus âgé qu'Agnès ; mais, lui, il avait héréditairement le droit d'être jeune, d'être trop jeune, et de folâtrer encore longtemps à son aise, comme un libre poulain, loin des tattersalls où se traitent les affaires humaines, où se règlent les comptes sociaux.

« En résumé, interrogea Mme de Prébois, je puis rapporter quelque espérance à notre ami Trept ?...

— Au nom du ciel, accordez-moi un peu de répit ! » supplia Mme Hobbinson en s'enfermant le front dans les mains.

Les choses qu'on s'est promis de ne point commettre, les objets sacrés qu'on s'est juré, quoi qu'il arrivât, de ne pas vendre ni mettre en gage, il ne faudrait jamais être à l'heure de la faillite pour conserver l'illusion de ce que l'on vaut et de l'abnégation qu'on leur a.

... A cet endroit, M. de Kerguel, ragaillardi d'avoir échappé aux chocs qu'il appréhendait, jugea opportun d'intervenir, en une de ces marques d'attention affectueuse qui font dire de soi : « Oh ! il a été très bien ! vraiment, il a été très bien ! »

Ayant roulé son siège vers la table, qui était à proximité des trois personnages, il y posa ses coudes pour demander :

« Qu'est-ce que Trept gagne en moyenne par an ? Quel est au juste son capital ? Comment pourrait-on contrôler ses assertions ? Précisons, Emilienne... »

Mme de Prébois, appuyant à son tour ses bras sur la table, sembla se recueillir, tandis qu'elle remuait ses pouces, comme pour y dévider un écheveau de renseignements.

Mme Hobbinson, par un mouvement d'imitation, se rapprocha aussi, les yeux troubles encore, la bouche déjà recomposée, l'air obligeant ; toute son âme étant faite pour les circonstances, comme est faite, pour les récipients, l'eau qui en adopte les transparences, les colorations et les formes simples ou compliquées, coquettes ou abjectes.

Et, autour du tapis de cette conférence, là comme partout, les intérêts des faibles allaient être réglés, en dehors d'eux, selon la commodité des forts, dans des termes hypocrites de bienveillance, au gré de motifs personnels, inavoués et divers.

Pendant ce temps, Roland de Prébois avait fait diligence vers le square Beauséjour, qui débouchait perpendiculairement à la voie ferrée entre Passy et Auteuil.

L'hôtel en brique, habité par Mme Hobbinson, formait le fond de l'impasse. Pour y parvenir, on passait, à droite et à gauche de l'allée entre deux rangs de petits hôtels, également de brique, et qui, situés en arrière d'étroits jardinets, montraient leurs physionomies identiques que décorait çà et là l'écriteau jaune des locations provisoires. L'installation de Mme Hobbinson en cet endroit remontait à une époque où elle ignorait encore si elle ne retournerait pas en Amérique ; et ce n'avait été que plus tard, par l'acquisition d'un ameublement somptueux, qu'elle avait transformé sa résidence en un domicile. Mais, alentour, continuait à régner l'odeur du « meublé, » s'échappant à travers les persiennes des demeures voisines, ou par leurs fenêtres béantes qui, souvent, jusqu'à quatre heures de l'après-midi, laissaient comme des langues pendre des descentes de lit poussiéreuses, en même temps que s'envolaient des cris d'enfants sans cesse variés et des voix de griffons, de loulous, de mâtins dont on entendait tour à tour, pendant un mois ou deux, les accents écossais, poméraniens ou danois.

Roland avait dû appuyer, une seconde fois, sur un timbre à demi caché par le lierre de la grille, avant qu'aucun signe de vie ne lui vînt de la villa. Les jalousies du haut étaient baissées ; et le premier étage ainsi que le rez-de-chaussée disparaissaient derrière un berceau que formait, au-dessus d'un massif de sureaux et d'un massif de lilas, le panache touffu d'un sorbier.

Enfin, des pas craquèrent vivement sur le gravier, et Roland vit accourir une Mariette inconnue, remplaçante de la bonne congédiée sans doute après l'esclandre d'Ys, et qui, une fleurette entre les dents, des frisons sur les tempes, avait encore un de ces physiques avec lesquels les maîtres peuvent avoir la certitude que deux valets de chambre d'à côté, plutôt qu'un, seront toujours là, complaisants à prêter la main s'il s'agit jamais d'un ouvrage trop gros, par hasard, trop haut ou trop fort pour le service féminin.

« Mme Hobbinson est sortie, fit-elle.

— Et Mademoiselle ?

— Je ne sais pas..., je vais voir... »

Ayant pris le nom du jeune de Prébois qu'elle laissait se morfondre à la porte, la soubrette n'eut pas à rebrousser longtemps chemin. Sur le seuil entre-bâillé de l'habitation, Agnès, constamment aux aguets de tout ce qui pouvait survenir, faisait signe d'introduire celui qu'elle avait écouté se nommer.

« C'est mon ami Roland ! » dit-elle à une personne d'une cinquantaine d'années environ, venue sur ses talons curieusement aussi, sorte de femme de charge ayant, à son corsage noir, une brochette d'aiguilles enfilées.

Puis, au galop, Agnès se précipita dans un petit salon, y tira des rideaux de serge destinés à protéger des tentures neuves de soie bouton d'or ancien ; et cela si vite, qu'un cordon lui resta au poing. Elle ouvrit le piano, s'assit devant, posa dessus une sonate qu'elle affecta de déchiffrer dare-dare, ayant à peine pris le temps de faire bouffer, avec de petits tapotis, le derrière historié de sa robe greenavay du matin, sur lesquels ses cheveux, noués d'un ruban rose tout près de la nuque, s'épanouissaient comme un bouquet blond suspendu par la queue.

L'instant d'après, dès que Roland entra, le petit corps d'Agnès fit volte-face, juvénilement pointu sur le tabouret à pivot ; et, se levant et battant des mains :

« Ce n'est pas dommage, à la fin ! Que deveniez-vous donc ?

Pendant ce temps Roland du...

— Bonjour, Agnès... Je ne vous dérange pas?

— Au contraire... Vous voyez, j'étudiais mon piano! fit-elle gravement et en refermant la boîte, tandis que, de l'autre main, elle rajustait une de ses jolies savates, ou plutôt une espèce de soulier à la poulaine en velours grenat avec des crevés autour des chevilles, qu'elle avait un peu déplacée dans sa hâte à la poser sur la pédale.

— Ah! vous étudiiez, répliqua Roland, qui hocha affectueusement la tête... A la sourdine, alors? Car, il y a une seconde, on ne vous entendait pas... Et, tenez, votre partition est à l'envers... »

Agnès lui arracha le cahier de musique, avec la rougeur d'un peu de confusion et de vivacité.

« Laissez cela, s'il vous plaît : ce n'est pas à vous... Savez-vous que mère est en course? Elle a dû aller au Louvre.

— C'est de la chance qu'au moins vous soyez ici!

— Oh! mère ne veut jamais m'emmener dans les grands magasins, à cause de la foule.

— Si Mme Hobbinson vous laisse aussi souvent seule, je me ferais bien du plaisir à venir vous tenir compagnie.

— Je ne demanderais pas mieux!... Mère aime vraiment trop les boutiques de nouveautés ; il y a des semaines où elle y va deux et trois fois.

— Enfin, tout cela ne m'explique pas pourquoi vous mettez vos notes la tête en bas, pour les lire?

— Mon Dieu, que vous êtes donc taquin!... Ne m'est-il pas permis de savoir mes morceaux par cœur?

— Parfaitement si!... Est-ce aussi une méthode de votre professeur de piano qui vous oblige à vous tremper le bout des doigts dans du bleu et dans du vermillon, avant de les poser sur les touches? »

Agnès avait subitement porté le regard sur sa main droite dont elle se prit à lécher les extrémités, avec la dignité consciencieuse et la langue pourpre d'un jeune animal.

« Ce serait plutôt, murmura-t-elle, la leçon de ma maîtresse de miniature.

— Peut-on voir ce que vous peignez en ce moment? »

La petite haussa les épaules ; et, avec une dénégation faible et un peu penaude :

« Non, c'est trop laid ; vous vous moqueriez de moi.

— Voilà une pensée très vilaine. Moi, je suis certain que vous faites quelque chose de ravissant...

— En tout cas, c'était quelque chose pour vous. Oui, monsieur! Et mère m'a tellement ridiculisée, que je n'ose plus travailler à cela qu'en son absence... Oh! elle ne m'a pas défendu de continuer ; seulement, c'est peut-être parce qu'elle croit que je ne continue pas?...

— Vous êtes trop gentille! Vraiment, c'est pour moi? Qu'est-ce que ça peut bien être?

— Me laisserez-vous tranquille quand je vous l'aurai dit?... J'étais en train de colorier ma photographie ; mais elle est bien cachée à présent.

— Que j'y jette un coup d'œil au moins... Puisque vous me la destinez.

— Non, Roland, non. D'ailleurs, je crains bien que mère m'empêche de vous la donner, même si elle est réussie... Mais ne parlons plus de ça. Racontez-moi plutôt pourquoi on a été si longtemps ici sans avoir des nouvelles de chez vous. Tous les jours je répétais à mère : « N'est-ce pas malhonnête que nous n'allions pas faire de visite à Saint-Germain? » Continuellement aussi, je demandais si on n'aurait pas dû écrire à Mme de Prébois pour avoir un peu de ses nouvelles?... Ça n'a fini que par un bon savon que j'ai reçu.

— Pauvre Agnès! Comment avez-vous été savonnée?

— Mère m'a répondu que je n'avais aucun usage, qu'elle m'était on ne peut plus reconnaissante de mes conseils, qu'elle me remerciait infiniment, et que si je continuais ainsi à l'assommer, elle me ferait dîner dans ma chambre. Oh! elle était très en colère! « Si c'est possible, une fille de cet âge-là qui devrait savoir me consoler de tous mes ennuis !... » Mère m'a déclaré encore que j'étais stupide, que je n'avais pas de cœur. Et puis, elle s'est mise à pleurer ; alors, j'ai pleuré aussi. Elle m'a embrassée ; elle m'a dit que nous devrions aller vivre à la campagne, dans un petit coin, dans un de ces villages de Bretagne que nous avions aperçus en revenant d'Ys... »

Et Agnès ajouta, d'un air bien renseigné, très malin, qui retroussait, presque contre le bout de son nez, la bordure de sa lèvre supérieure :

« Elle dit ça ; mais elle ne pourrait pas s'y résigner. Mère a besoin d'être toujours à se distraire, d'avoir à s'habiller, de se trouver avec du monde. Dès que nous sommes seules, elle a une mine de malade...

— Dites-moi, Agnès, votre mère ne vous a point paru fâchée contre la mienne ?

— Pas du tout. Une fois seulement, elle a fait la remarque que la vie en commun n'était pas bonne pour les relations, et qu'on ne la repincerait plus dans l'île de l'amiral. N'oubliez pas, Roland, que je vous parle en confidence. Et vous savez, elle dit encore ça, et si l'amiral la réinvite, elle ne refusera pas... Ce n'est pas bien malin à moi de le deviner : elle aime tellement l'amiral ! Mais, votre mère, à vous, est-ce qu'elle serait indisposée contre nous ? Non, n'est-ce pas ? Ce serait si affreux ! Je vous questionne seulement, parce que, avant-hier, j'ai entendu que l'amiral chuchotait à mère, pour que je ne l'entende pas : « Reposez-vous-en sur moi. Tout cela s'arrangera. Mme de Prébois est un cœur d'or. » Comprenez-vous ce que cela signifie, Roland ?

— Où donc avez-vous vu l'amiral ? Nous avons tout à l'heure déjeuné chez lui, il ne nous a pas parlé de vous.

— Bon ! je fais encore une indiscrétion ! C'est vrai, on m'avait recommandé de ne pas dire que l'amiral avait dîné ici, parce que, justement, il s'était excusé chez vous, en écrivant qu'il était souffrant. Du reste, j'y perds la tête : chaque fois qu'il vient, l'amiral, c'est presque toujours une histoire de ce genre-là.

— Pour avant-hier ?... C'est une erreur. Maman n'avait pas pu l'inviter : nous étions à Chatou. »

Un silence s'établit entre les deux camarades. Cet imbroglio inexplicable les réjouissait. Ils se dévisageaient avec des sourires, enchantés d'avoir ainsi surpris en la faute de mensonge leurs grands aînés dans l'existence, ceux dont les observations courantes leur semblaient constituer comme les préceptes infaillibles d'une grammaire pour la vie. Et leurs imaginations novices furetaient en silence, jouaient avec ces enchevêtrements d'intrigues pourtant si redoutables pour eux, ainsi que de jeunes chiens mordillent follettement aux nœuds d'un fouet de chasse.

Tout à coup, Agnès reprit, agitée d'une irrésistible envie :

« Cela vous fera-t-il bien, bien plaisir que je vous la montre ?

— Quoi ?

— Ma photographie peinte.

— Parbleu ! Allez vite la chercher. »

La petite monta quatre à quatre au premier étage, redescendit de même ; et, tendant une carte-album à Roland :

« J'aurais tant préféré ne pas vous la montrer ! » murmura-t-elle en se jetant dans un grand fauteuil, tout de son long, et en se voilant des mains le visage, par un adorable instinct de honte physique à livrer ainsi la pudeur à nu de son travail intime.

Quelque désir qu'il en eût, Roland ne réussit pas à s'enthousiasmer immédiatement à l'égard de ce coloriage. Pour chercher des éloges possibles, il scrutait le portrait où le pinceau de la jeune fille n'avait, à proprement parler, fait que des taches : sur les joues, deux fards d'un rouge conventionnel ; deux taies bleues sur les yeux à travers lesquelles la limpidité de l'âme ne transparaissait plus. Le boa, en poils de chèvre thibétaine, avait gondolé plutôt que blanchi davantage.

Petit à petit, Agnès avait écarté ses doigts pour laisser percer l'anxiété de son vrai regard, si doux en bleu vrai.

« Hein ? quelle abomination ! s'écria-t-elle en s'efforçant de rire.

— Voulez-vous bien vous taire !... C'est très habilement fait, très intéressant !

— Quoi ? fit-elle crédule aussitôt, vous trouvez cela joli, sans craque ?... Oui, mais vous ne remarquez point comme la couleur a débordé autour des cheveux ?

— Oh ! les cheveux ! Les cheveux ne sont qu'un détail. »

A présent, debout derrière Roland et appuyée sur le dossier du siège où celui-ci éloignait et rapprochait alternativement l'image pour l'apprécier au point, elle marmotta dans une contemplation devenue complaisante envers son œuvre :

« Alors, sûr de sûr, vous ne pensez pas que ce soit trop mal ?

— C'est-à-dire que c'est très bien !

— Vous le voyez, Roland : j'ai maintenant un métier ; je saurais me tirer d'affaire, si les révolutions m'obligeaient à gagner mon pain. »

Elle disait : « les révolutions, » avec un ton mystique, ne s'en représentant pas plus les aspects que ceux du déluge ; mais déjà prête à accepter le bouleversement du monde, depuis que, au milieu des ruines universelles, elle se voyait peignant des photographies sur la commande de tous ses amis et connaissances, restés tout de même riches, sans doute.

« Et moi qui n'ai pas de métier, riposta Roland, qu'est-ce que je deviendrais ? »

Agnès eut la mine bravette de pouvoir suffire à tout.

« Ah ! fit-il, si mes parents voulaient me permettre de suivre ma vocation !... Mais ce n'est même point la peine que je leur en parle !

— Et à moi, vous ne m'en aviez non plus jamais parlé. Quelle vocation ?

— J'aurais aimé à être acteur. »

Agnès réfléchit un instant, pesa la valeur de cette idée, et pensivement :

« Acteur !... Il faut avoir un fameux aplomb, vous savez !... Oh ! ça ne doit pas être une existence monotone... Vous voudriez être acteur à Paris, ou bien à l'étranger ?

— Surtout à Paris. Quand j'aurais des engagements à l'étranger, j'irais. »

Elle concevait Roland, drapé ou cuirassé, selon les travestissements des héros dont elle se souvenait, parmi les pièces peu nombreuses auxquelles elle avait été conduite.

« Ne dit-on pas, hasarda-t-elle, que beaucoup d'acteurs rendent leur femme très malheureuse ?

— A quel propos, donc ?

— Je ne sais pas... D'abord, ils ne peuvent rentrer chez eux, tous les soirs, que tard, très tard...

— Eh bien ! leur femme n'a qu'à les aller voir jouer !

— Oui, mais on n'est tout de même pas ensemble... Tiens, au fait, pourquoi ne vous donne-t-on pas de rôle, quand on organise la comédie chez votre mère ?

— C'était à cause de mon bachot. Mais, cet hiver, maman m'a promis que je serais de la première représentation. Je réciterai aussi des pièces de vers, des monologues. J'en pioche déjà. Voulez-vous un échantillon ? »

Dans son consentement empressé, Agnès ne se borna pas à se rasseoir : elle prit place. De modeste interlocutrice, voilà qu'elle était déjà transformée en assistance, le front silencieux, l'œil brillant, la bouche prête à se détendre, à s'émouvoir ou à blâmer.

ROLAND COMMENÇA PAR DÉCLAMER.

Roland commença par déclamer un morceau en prose inconnu d'Agnès, quoiqu'il fût célèbre dans les soirées où l'on amène des jeunes filles ; puis il débita un morceau en vers, également destiné aux habitués des bals blancs. L'un était l'histoire d'un hanneton qui, s'étant indiscrètement introduit sous les bretelles d'un valseur, le réduit à ne plus être qu'un sans-culotte au moment où l'orchestre le rappelle au salon. L'autre était l'apologie d'une mouche de mairie qui fait rater un mariage, en se posant, avec insistance, sur le nez du fiancé.

Aux passages que l'interprète soulignait par un éclat de voix ou par un redoublement de gestes, *l'auditoire* applaudissait ou se tordait de rire. Etaient-ce les expressions d'un émerveillement bien réel devant ces facéties entomologiques, plutôt que les éclats expansifs d'une bonne humeur attendrie et constante? Quoi qu'il en fût, Agnès rendit en belle monnaie, claire et sonore, toute la somme des compliments qu'elle avait précédemment reçus.

Roland était heureux de lui et heureux d'elle. Tous deux goûtaient l'infinie joie de se trouver d'accord en tout. Il lui prit le poignet qu'il baisa longuement. Elle ne se défendit point, calme et ravie. Q'aurait-elle fait, s'il lui eût baisé le front, baisé les joues? Rien, sans doute. Certainement rien. Les lèvres de son ami lui avaient infiltré jusqu'au sang une chaleur délicieuse que, longtemps après leur retrait, elle sentait encore courir dans la paix de sa conscience, comme son oreille tendue continuait d'écouter, bien que la sonnerie en eût cessé, les vibrations d'une heure qu'elle ne voulait point finir d'entendre.

« Diable! fit Roland, je n'ai plus que trente-cinq minutes pour être au train. Je me sauve!... Il faudra que vous veniez, au moins une fois, à Saint-Germain, avant notre rentrée. Si maman n'y pensait pas, je la prierais de vous inviter.

— J'ai tant de bonheur à dîner chez vous!

— A bientôt, Agnès. Présentez mes respects à Mme Hobbinson.

— Au revoir, Roland... Ah çà, vous emportez ma photographie? Non, vous ne devriez pas!... Au moins, ne la laissez apercevoir à personne!... »

Le jeune homme, qui fuyait déjà, talonné par la crainte d'arriver en retard au rendez-vous fixé par Mme de Prébois, se retourna et posa la main contre la poche intérieure de sa jaquette. Son geste éloquent disait que la chère image était là, sur son cœur, comme un reflet de son cœur, et que personne au monde ne pouvait, n'est-ce pas? en deviner la secrète présence.

— N'EST-CE PAS PLUS PRATIQUE DE CONCEVOIR AINSI L'EXISTENCE ?

VII

Cette après-midi-là, Des Frasses avait effectué, un quart d'heure en avance, l'ascension du colossal édifice élevé à l'amour de la gloire, et qu'un caprice de femme affectait provisoirement à la gloire de l'amour. Maintenant, Mme Mésigny allait avoir un quart d'heure de retard. C'était donc pour elle juste le temps d'atteindre à la région escarpée et bizarre que, par mesure de sécurité, elle avait choisie comme lieu de rencontre ; et alors les proportions respectives d'inexactitudes masculine et féminine, qui constituent l'exactitude galante, se trouveraient, de part et d'autre, avoir été rigoureusement observées.

Après s'être accoudé quelques instants sur une des barrières qui lui interdisaient d'errer dans la grande nef du monument, Des Frasses, se convainquant que ce n'étaient plus les suites de la montée qui faisaient cabrioler son cœur, se mit à arpenter le bas côté au niveau duquel le long serpent des étages ouvrait son étroit et noir orifice.

L'endroit désert, où les pas sonores du jeune homme semblaient effarer un essaim de vents coulis, avait l'aspect d'une sombre voûte de cloître, du corridor d'un de ces monastères convertis en geôle et modernisés au moyen de lanternes à gaz crasseuses et mornes. Mais, malgré l'âpreté de l'atmosphère locale et la mélancolie suintant de murs entre lesquels l'amoureux se sentait prisonnier de quelque irrésistible pouvoir, une sorte d'ivresse réconfortait son corps. Cela lui venait par l'esprit de « premier rendez-vous », par cette puissante mixture qui remet d'être las, empêche d'avoir froid, assouplit les nerfs, et donne presque de voir clair dans l'obscurité à la prunelle des hommes.

Des Frasses avait le sentiment très net qu'il lui incomberait bientôt de prononcer des paroles nombreuses et de présenter des idées décisives ; et, en dehors des phrases de gratitude et de dévouement, son imagination ne réussissait à l'approvisionner d'aucune formule spécialement créée pour une situation nouvelle, de rien qui fût à la fois pratique et noble, inédit et progressif. Puis, en le léger vertige d'attendre, en la bonne paresse de se reposer devant le labeur d'autrui, il préférait rêver à ce que Clotilde, de son côté, pourrait bien avoir médité de lui dire.

Déjà, il avait une notion des premiers rendez-vous, par une double expérience, sans suites, auprès de femmes comme il faut. Son début dans cette carrière était de quatre ou cinq ans auparavant, au Cours-la-Reine, par une pluie battante, avec la fille de son président de chasse, chasseresse elle-même et remariée en deuxièmes noces, qu'il avait crue aussitôt, quand elle lui eut affirmé, si bien ! que jamais sa pudeur ne saurait s'immoler à deux hommes, du moins vivants. Le second premier rendez-vous, à la sortie du concert Colonne, avait mis Des Frasses en présence d'une cantatrice du monde, séparée judiciairement et titrée, qu'il n'avait guère contemplée jusqu'alors qu'à la lumière des bougies, et encore de cet œil tolérant qui contemple les êtres ou les objets en eux-mêmes et non par rapport à soi. Celle-là, il ne l'avait point crue, lorsque, durant le court délai d'une reconduite en coupé, elle avait jugé convenable de lui déclarer que son intérêt envers lui, si vif que cela pût devenir, resterait infailliblement platonique ; mais il l'avait prise au mot, et s'était retiré, saluant très bas, balbutiant les excuses troubles et hâtives de ceux auxquels il est advenu de prendre une personne pour une autre.

Selon ces exemples, Des Frasses ne doutait point que Mme Mésigny ne commençât par une profession de foi très chaste. Mais devant la sincérité même la plus évidente, il était bien résolu, aujourd'hui, à ne pas se rebuter. Cependant, pourquoi la jeune femme n'arrivait-elle pas? Voici qu'il était quatre heures dix... Et si, par hasard, elle allait ne point venir, par oubli, ou pour s'être ravisée?... Oh! cela serait un peu fort! Dans cette hypothèse, Des Frasses fouilla par toute l'étendue de sa cervelle, au tas des reproches dont il irait accabler la bien-aimée, chez elle, dès le lendemain ; et les apostrophes indignées, les plaintes récriminatoires se mirent silencieusement et d'abondance à rouler en sa gorge, à gonfler ses lèvres demeurées si longtemps vides, tant qu'il n'avait cherché, pour les pourvoir, que le langage de l'adoration.

Soudain, Mme Mésigny apparut, essoufflée, presque furieuse d'avoir eu tant de marches à gravir, insuffisamment retenue de se fâcher par la considération de devoir toute sa peine à sa propre fantaisie. Elle était en tenue d'intérieur d'Arc de Triomphe, c'est-à-dire dans une toilette gris souris que, du haut, seule une voilette éclairait, blanche comme un soupirail et répandant alentour un jour faible. Le visage restait invisible, sous une enveloppe d'ombre parfumée.

« Le gardien d'en bas m'a drôlement regardée! fit-elle pour tout bonjour... Oh! pendant que je grimpais dans cet horrible colimaçon d'escalier, j'ai eu presque tout le temps, sur les talons, les béquilles d'un pauvre qui criait : « Hou! hou!... » Qu'est-ce qu'il pouvait donc avoir contre moi?... Dites, pourquoi le gardien m'a-t-il regardée comme cela? implora-t-elle encore, près de pleurer et vite exigeant une rassurance dont elle n'était point disposée pourtant à se contenter.

— Voyons, chère petite amie, ne vous énervez pas ainsi. Laissez-moi vous remercier, vous exprimer mon bonheur tout bas!... »

Il lui prit tendrement une main ; mais la peau du gant, inerte et glacée, glissa sans s'arrêter et lui échappa.

Clotilde montrait une gêne et une mobilité douloureuses en son allure. Le vagabondage de ses pensées venait de la jeter, pour la première fois de sa vie, devant la crainte de la police ; et elle subissait profondément, telle que sa peur des fantômes quand elle était petite, cette sensation d'ignominie pour laquelle n'ont point été faites les personnes de sa caste, et qui d'ordinaire demeure inconnue et inconcevable à la bourgeoisie aisée.

Le gardien d'en bas m'a drolement regardée.

« Je vous préviens, reprit-elle d'une voix tremblée, que je ne puis pas rester. Je devrais déjà être chez ma belle-mère ; elle ne reçoit que jusqu'à quatre heures et demie...

— Oh bien, vraiment, votre belle-mère, non, vous savez, flûte!

— S'il vous plaît, mon cher, ne commencez pas à vous moquer des gens! sinon... »

Et, selon la manière dont elle hochait, en bouderie, son cou flexible, après avoir marqué une susceptibilité si prompte, on aurait pu deviner qu'elle songeait : « Aujourd'hui, c'est ma belle-mère ; demain, ce serait le tour de mon mari à être tourné en ridicule.... » et qu'elle se jurait bien, avant tout, de ne point tolérer un semblable ton.

« Par grâce, relevez votre voile!... que je vous regarde un peu être si jolie, pendant que je vous écoute, de tout près, sans témoins.

— Là, êtes-vous satisfait? » répondit-elle en retroussant la dentelle qui retomba aussitôt pour s'accrocher au bout rose du nez.

Les yeux continuèrent à être cachés, embusqués dans le noir; mais la bouche découverte exhalait librement son haleine émue et fraîche.

En cet instant, le souci dominant de Clotilde était d'avoir sans doute déchu dans la considération de son meilleur ami, par suite de la démarche qu'elle accomplissait pour l'amour de lui. Combien les femmes, en pareil cas, seraient allégées envers un scrupule d'humilité aussi fausse, si elles voulaient bien s'avouer qu'il se réfère au seul risque dont peut-être elles ne soient point menacées! Quand donc admettront-elles que les plus respectueux de leurs courtisans ne se les sont jamais figurées, même en rêve, surtout en rêve, sur ce piédestal imaginaire, hors la portée des mains, d'où elles redoutent tant d'être destituées?

« Ma conduite, soupira-t-elle, doit vous donner une très mauvaise opinion de moi?

— C'est vous, au contraire, qui me jugez bien mal pour m'accuser ainsi de sacrilège!... Je voudrais qu'il me fût possible de ne vous parler qu'à genoux, de vous...

— Oui, vous dites cela par générosité. Mais je vous en veux tout de même d'être venu à ce rendez-vous! Si vous m'aviez estimée, vous n'auriez pas dû croire que c'était sérieux...

— Clotilde, je vous estime, je vous aime. Soyez juste envers vous et envers moi.

— Seriez-vous flatté que votre sœur, celle qui est mariée et dont vous me causez souvent, se conduisît avec quelqu'un comme je me conduis avec vous?

— Ma sœur ne s'occupe pas de nous, ne nous occupons pas d'elle... N'évoquez pas tous ces préjugés, tous ces principes de vertu rigide qu'ont inventés les gens sans cœur! Ce n'est guère compliqué ni intéressant d'être vertueux, à leur façon : ils n'ont qu'à ne rien faire et à se ressembler tous!... Mais la valeur vraie pour les êtres, ce qui permet à certains de se distinguer de la foule, de constituer une élite, c'est leur belle sensibilité, l'énergie qu'il leur faut pour être faibles et tendres, c'est leur générosité, l'infinité des émotions qu'ils peuvent donner, ressentir, partager... N'est-ce pas mieux, chérie, n'est-ce pas plus poétique de concevoir ainsi l'existence? »

Là-dessus, un bruit précipité, comme de maillets battant la pierre, intervint au faîte de l'escalier; et, débouchant par la porte, au milieu d'une famille d'Anglais dont le chef portait une jumelle en sautoir, un gamin fit brusquement son apparition loqueteuse et difforme.

« Tenez, murmura Clotilde, voilà le béquillard qui m'agaçait tout à l'heure... Ne lui dites rien; mais je ne veux pas le voir... »

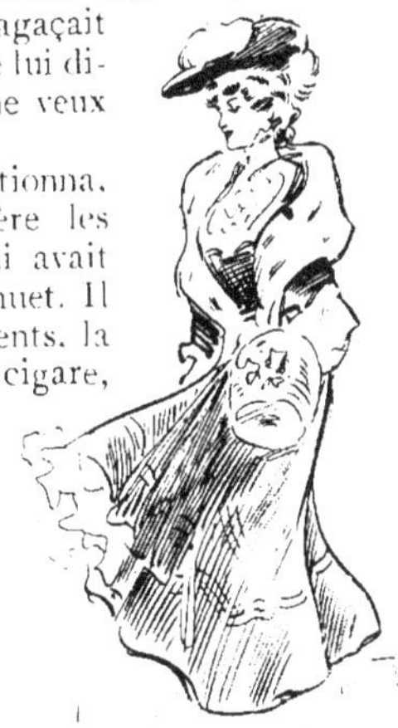

L'estropié stationna, un instant, derrière les deux dos que lui avait tournés le couple muet. Il remua, entre ses dents, la chique d'un bout de cigare, cherchant à émettre quelque gavrochade de circonstance, qui ne vint pas. Puis, il se décida à passer outre, avec un rictus d'où éclata le grincement d'une scie, accompagné par le martelage des rapides pieds de bois sur les dalles retentissantes.

« Adieu, il faut que je m'en aille! » déclara Mme Mésigny, reprise d'un oppressant malaise.

Elle fit un pas de départ furtif, hésitant, comme si elle se fût désobéie à elle-même.

« Je vous en supplie, quelques instants encore... Ce n'est plus vivre que ne plus être avec vous. Ah! si vous pouviez être en moi, apercevoir seulement un peu en moi!... L'amour qu'on éprouve, on ne peut pas l'expliquer, on a l'air idiot : et on pourrait, on devrait être si touchant!

— Ainsi, c'est sûr que vous m'aimez, que vous m'aimez tout à fait?... d'un vrai amour? de l'amour très vrai?... de l'amour qui... Enfin, je ne sais pas!... de l'amour que je veux, enfin?

— Oh oui! »

Clotilde ayant inventé une hypothèse invraisemblable, éprouva le besoin d'en faire déterminer aussitôt les conséquences pratiques :

« Et si les circonstances, par exemple maintenant, nous séparaient pour toujours, continueriez-vous à m'aimer tout de même? Est-ce que vous supporteriez de ne plus me voir jamais? »

Des Frasses ne se prononça pas immédiatement, un peu incertain sur le sens de la question, et sur la réponse que son interlocutrice souhaitait de préférence. Il essaya, en s'en rapprochant, de lire dans ces yeux, dont, par instant, les étincelles, mais non les expressions, traversaient le voile.

« Ne plus vous voir! risqua-t-il à tout hasard... Certes, je ne pourrais point le supporter. »

Ce fut le tour de la jeune femme à soupeser ce que valaient ces paroles, avant de décider si elles faisaient bien son compte.

« Alors, observa-t-elle, ce n'est pas avec votre cœur que vous m'aimez!

— Je vous jure que si! »

Elle eut un geste de dénégation mutine, et poursuivit :

« Je veux que vous m'aimiez avec votre cœur, avec votre tête...

— Mais vous, bien chère femme, ne m'accorderez-vous pas un mot de tendresse? ne verserez-vous pas, en moi, quelques gouttes de votre âme si pure, pour désaltérer un peu ma soif d'amour?

— Moi, je me sens bien auprès de vous, mon ami... Mieux que partout, allez!... Ça me fait très plaisir, quand nous causons ensemble... »

Clotilde sondait en même temps le regard de Des Frasses pour s'assurer si sa phrase contenait assez de concessions; si son interlocuteur s'en satisfaisait. Et jugeant nécessaire d'être tout de suite gentille davantage, elle confessa sa confusion d'avoir ignoré jusque-là le prénom du jeune homme et son impatience de l'apprendre.

Cette pensée, en effet, était une de celles dont, selon ses prévisions d'avoir à octroyer quelques largesses de sentiment, elle s'était prémunie pour sa part, avant de venir, quand elle était encore chez elle, et tout en déjeunant avec son mari : c'était comme des os à ronger qu'elle avait emportés de la table conjugale pour les offrir en pâture à un appétit que, sans vouloir le catégoriser, elle devinait tout de même bien avoir quelque chose d'un peu cynique.

« Dieudonné..., répéta-t-elle avec la même mine que si elle eût dégusté un bonbon, c'est un nom original et de très bon goût... Et mon petit nom, à moi, est-ce qu'il vous plaît?

— Beaucoup!... Et, justement, sainte Clotilde est la patronne de ma paroisse.

— Comme c'est drôle, hein? »

Et la jeune femme, tout émerveillée de la coïncidence, reprit :

« Décidément, il faut que je m'en aille.

— Oh! pas avant que vous ne m'ayez montré vos yeux!

— Etes-vous exigeant!... Pourquoi vouloir cela? En serez-vous donc tellement plus heureux? »

Et comme, dans l'absence momentanée de tout visiteur aux environs, les doigts entreprenants de Des Frasses s'étaient avancés pour lever complètement le blanc tissu, elle fit un pas en arrière, effarouchée par cette expression matérielle d'un désir; mais, ne se défendant pas toutefois de céder, elle accorda, du moins, ce suprême ménagement à la pudicité de toutes ses fibres, de vouloir elle-même dévêtir son regard, en un geste hâtif, frémissant, soumis, les coudes posés avec modestie contre sa taille. Puis, elle baissa les paupières et serra les dents très fort derrière ses lèvres entre-bâillées, trahissant à demi, par cette moitié de sourire, la joie de femme qu'elle avait à se sentir ainsi contemplée et l'enfantine supercherie qui lui faisait feindre de n'en rien savoir.

« Oh! mignonne! murmura Des Frasses, je ne vous ai pas encore dit le premier mot de tout ce que j'ai à vous dire!... Ne me quittez pas ainsi, sans que je vous aie confié un peu du grand secret de mon tourment!... Hélas! ce serait si terrible de vous fâcher! »

La figure de Mme Mésigny s'embellit encore d'un amical étonnement.

« Cela ne va-t-il pas vous sembler abominable, Clotilde? Cet aveu d'un petit rien d'amour que j'implore de vous, moi qui vous aime à en perdre la raison, eh bien! si je l'obtenais, je ne serais pas encore heureux!... Non, au contraire, peut-être. Mon délire en deviendrait aussitôt plus insupportable : je n'aurais plus une seconde de sommeil, de repos, de calme..., ni même de découragement, ce qui souvent devient un bien... Vous n'avez pas besoin de vous cacher, c'est moi maintenant qui me détourne. Mais écoutez toujours; vous entendez comme ma voix frissonne, comme je parle bas, tout bas... »

La bouche du jeune homme vint presque frôler une oreille qu'il eut le bonheur inespéré de ne point faire fuir.

« Ce que ma folie ose souhaiter de votre miséricorde, ma bien-aimée, je ne peux l'exprimer..., je ne peux seulement pas avoir envie que vous le sachiez tout à fait... J'ai même peur que vous deviniez!... Clotilde, l'ambition de mon amour est effrénée; elle ne connaît aucune borne, aucune! Elle va loin, loin, loin..., oh! allez, bien plus loin sans doute que vous ne le croyez!... »

Et tandis qu'elle ne protestait point, gardant une telle immobilité et un tel silence que cela ressemblait presque à de la distraction de sa part, Des Frasses la dévisagea résolument, en face ; et il ajouta d'un ton plus ferme :

« Enfin, mes vœux vont on ne peut plus loin..., au delà de tout, de tout !... »

Alors Clotilde remua presque imperceptiblement, et longtemps, sa jolie tête dans un sens d'affirmation triste, oh ! si triste !... Elle fit signe qu'elle comprenait bien ce que tout cela signifiait, que ce n'était pas la peine d'insister davantage, que nulle chance ne restait plus de s'y méprendre, que cette perspective n'était pas à l'infini odieuse pour son imagination ni tout à fait inattendue, mais mélancolique, brumeuse, perdue en des profondeurs dès à présent invisibles : loin, loin, bien plus loin sans doute qu'il ne le croyait..., enfin, on ne peut plus loin, au delà de tout, de tout !...

« Clotilde, au nom du ciel !... Clotilde, pourquoi vous taisez-vous ?

— Que vous dirais-je, mon ami ? Je suis bien malheureuse ! Vous me demandez là de décider de toute ma vie... »

Celle-là aussi, imbue d'une sorte de cabale devant le chiffre 2, appréciait que la seconde concession de soi-même, à un autre après son mari, fût décidément le maximum de ce que pût se permettre une femme honnête, et, par un de ces égards que l'instinct commande aux créatures envers leur avenir, elle appréhendait vaguement de dépenser, coup sur coup, son double droit à se donner, et d'avoir ainsi prodigué, presque au début de sa vie, ce qui était comme la dernière réserve de ses biens dotaux.

« Pour vous, continua-t-elle, il ne s'agit peut-être que d'un passe-temps ?... Oh, je ne mets pas votre loyauté en doute ! Mais si vous vous trompiez, mon cher, si vous n'obéissiez qu'à un caprice !...

— Vilaine !... Comment pouvez-vous ?... Non, je ne m'abuse pas ! Moi aussi, c'est toute ma vie que je vous offre...

— Et puis, franchement, êtes-vous bien certain que *cela* soit si utile ? il faudrait que cela fût tellement, tellement utile !... »

Des Frasses eut de la solennité pour jurer que cela était très utile, tout ce qu'il y avait de plus utile.

D'un coup d'œil, soudain aigu et brillant, Mme Mésigny avait fixement plongé dans les yeux du jeune homme. Celui-ci, soutenant le choc, secoua plusieurs fois la tête énergiquement ; et son air de probité confidentielle, sans mot dire, concluait : « Oui, n'insistons pas ; nous sommes bien tacitement d'accord : rien ne me reste, ni attachement coutumier, ni regret, ni souvenir même d'un misérable passé dont je ne veux pas savoir ce qu'on aura pu vous conter. Bannissez cette injuste méfiance, et cette répugnance peut-être. Est-ce que vous devriez vous être jamais rappelé des histoires pareilles ! est-ce que cela existe seulement, ces choses-là ? Pour moi, il n'y a que vous, il n'y a eu que vous, il n'y aura que vous ! »

« Laissez-moi partir, mon cher, je vous en prie. Ma belle-mère doit être en train de me préparer un nez long comme ça ; je la connais... Ah ! sapristi, voilà encore du monde qui monte !

— Je vous reverrai demain ?

— Non, pas demain !... Exigez-vous que je vous explique pourquoi ? fit-elle avec une familiarité coquette... Eh bien ! c'est que je dois essayer... un corset à une heure qui n'est pas encore définitive ; je suis à la merci d'une dépêche... Et convenez que l'obligation est sacrée !... Avez-vous remarqué, au moins, combien j'ai encore fondu depuis que vous m'aviez déjà trouvée si maigrie chez les Balbenthal ?

— En effet, s'empressa de répliquer le soupirant, au contraire de ce qu'aurait sans doute soutenu le mari de Clotilde (et n'est-ce pas en ce simple contraste avec les Mésigny que réside à peu près toute la raison que les Des Frasses ont éternellement d'être ?)... C'est qu'après-demain, objecta-t-il, je ne serai pas libre ; je voudrais assister à la réception de l'Académie... »

Ce deuxième empêchement à se retrouver ensemble, quoique ne venant pas d'elle, fut bien accueilli par la jeune femme. A vrai dire, son intrigue était déjà devenue pour elle un attrait impérieux, une distraction puissante ; mais maintenant qu'elle en sentait le secret vivre et prendre du corps dans ses entrailles, elle était favorable à tout délai qui ne dérangeât point trop ses petites habitudes et qui lui permît d'y préparer la place à une existence nouvelle.

Et ni lui ni elle n'aurait pas plus songé à s'indigner qu'à s'amuser de cette opposition entre la frivolité des obligations auxquelles l'un et l'autre estimaient pour deux jours se devoir, et le sacrifice absolu et permanent de tout, qu'ils achevaient réciproquement de se promettre jusqu'à la mort.

« Nous tombons ensuite sur le dimanche, observa Des Frasses... Alors, lundi, cela vous va-t-il ?... Où ça ?... Voulez-vous au

thé de War? à la même heure qu'aujourd'hui? Ce sera assez tôt pour qu'il n'y ait encore personne dans l'établissement ; et puis, après tout, on a toujours le droit d'avoir eu faim ou soif et de s'être rencontré là par hasard...

— Soit! c'est convenu... Ici, par exemple, vous ne m'y feriez plus remettre les pieds! »

Elle promena un regard circulaire sur les arcades noires et sales, sur les murs lugubrement éclairés, qu'emplissait un fracas de gros souliers. Et, tout d'un coup, cédant à une préoccupation mauvaise et choquante qu'elle avait dû déjà plusieurs fois écarter :

« Je m'imagine, je ne sais pas pourquoi... C'est bien bête, ce que je vais vous dire!... Je me représente que ça doit être comme ça.... Saint-Lazare. Oh! ne vous offensez pas! Je vous demande pardon... J'ai souvent des idées folles! Vous voyez bien que je ris... »

Et elle se sauva sans laisser à Des Frasses le loisir final de répéter qu'il l'aimait, de la remercier ni de lui jurer à nouveau qu'il serait à elle constamment, toujours, à perpétuité, chaque fois, en un mot, qu'il n'aurait pas de billet pour l'Académie. Elle se retourna, avant de disparaître, les joues rouges encore d'un ricanement un peu honteux et forcé ; et ses grands yeux de sainte-nitouche lancèrent une courte lueur de défi à l'univers, une de ces flammes de vices issues d'on ne sait quels abîmes d'atavisme et que possèdent, à leur insu, à l'état latent, les âmes même les plus innocentes de celles qui, depuis six mille ans de création, sont les filles des filles des femmes.

Rue Saint-Florentin, presque au bord de la place de la Concorde, trois lettres d'or cursives inscrivent le nom de War dans le fronton d'une boutique dont la façade est toute de marbre acajou. Sur la glace de la porte si luisante qu'on ne discerne pas au travers, et au centre de panneaux que, à l'intérieur, des stores écrus plaquent d'aussi près que des feuilles de tain, encore la signature de War. Rien de plus n'indique le commerce de ce dernier — ou de cette dernière. Mais quiconque mène la vie élégante connaît au moins de réputation, sinon pour y avoir goûté, ce tranquille salon dans lequel, sans manquer au bon ton, les femmes du monde peuvent entrer seules ou se régaler entre amies ; tandis que celles du demi-monde ne se risquent jamais là que sous la responsabilité d'un cavalier.

Dès que Mme Mésigny eut franchi le seuil de l'établissement désert, elle reconnut la barbe de Des Frasses à l'entrée d'une des retraites ménagées à chaque bout de la salle commune, comme des grottes en boiserie d'ébène poncée, où le velours grenat des portières, évasé du haut et du bas, ne laissait pénétrer le regard, grâce à une mollesse des embrasses, que par un étroit losange.

Une sorte de demoiselle d'honneur en tablier noir, miss des thés et des pâtisseries, gouvernante des chocolats, qui s'était portée à la rencontre de la cliente, s'arrêta avec le tact des zèles complices, en constatant que celle-ci avait découvert son but, et traversait lestement les espaces de tables et de chaises encore inoccupées sans que le discret parquet de liège révélât aucun bruit de ses pas.

« Non! répondit Clotilde à demi-voix tandis que Des Frasses s'était levé en lui offrant un siège à côté de lui, je ne veux pas m'asseoir ici ; nous aurions trop l'air d'avoir choisi une cachette. »

Elle opta, dans la grande pièce, pour une petite table d'angle, et s'installa d'abord sur la banquette contre la cymaise ; puis, elle préféra changer sa place avec celle de son compagnon, afin de ne plus faire face au dehors. Néanmoins, en ce jour, Mme Mésigny se comportait d'une façon placide, aisée même, à peu près sereine ; elle s'était évidemment fait toute la morale dont est susceptible une femme qui se respecte, quand l'effronterie devient pour elle une question de convenance.

Elle se refusa à prendre rien de ce qui nourrit, désaltère, et... engraisse ; mais, devant une coupe de drops, elle ne résista pas au plaisir de se déganter et de pêcher, comme à un jeu de honchets, avec ses ongles adroits à ne point se poisser, sur les bords du cristal plein des sucreries aromatisées.

« Suis-je très en retard? fit-elle en consultant une petite montre enchâssée de vieil argent sur la pomme de son en-tout-cas... C'est la faute d'Albert!... pour une dispute dont vous n'avez pas idée... Mon Dieu! que les maris sont donc souvent stupides! S'ils savaient le tort qu'ils se font!... Oh! ne cherchez pas midi à quatorze heures : c'était

Elle se refusait à prendre rien de ce qui nourrit, désaltère et... engraisse.

un rien, une bête de chose dont je ne vous ennuierai pas !...

— Est-ce que tout ce qui vous arrive ne m'intéresse pas autant et plus que mes propres affaires ?

— Oui, mais si Albert apprenait jamais que je vous ai raconté cela, il m'en voudrait à mort !... Pour commencer, il faut que vous sachiez que c'est moi qui tiens les fonds du ménage : mon mari me trouve meilleure économe que lui ; et, là-dessus, je l'approuve... Car je m'entends très bien à tenir une maison, mon cher, sans que vous vous en doutiez peut-être ?...

— J'en suis parfaitement convaincu.

— Enfin, j'ai l'habitude de serrer les billets de banque dans un grand sachet de satin, où je mettais autrefois des coussins de verveine ; et je place le tout, dans une commode, sous mon linge de corps... J'aime bien tous ces détails de famille ! Vous ne devez pas les trouver très palpitants, hein ? »

Des Frasses répondit par un long clignement des paupières qui tendait à concentrer, entre ses cils, la plus ardente et la plus fascinante des expressions.

« Bref, reprit Clotilde, tout à l'heure, au moment de m'habiller, je m'aperçois qu'on a farfouillé là-dedans. On ne peut pas avoir touché à mes tiroirs sans que je m'en aperçoive, du premier coup d'œil !... L'idée me vient de faire ma caisse : cinq cents francs manquaient. Aussitôt, je cours demander à Albert : « Est-ce que tu nous as pris de « l'argent ? — Non ! me répond-il tranquil- « lement. — Ça ne peut être que toi ou la « femme de chambre... » Et, quant à ma femme de chambre, je suis sûre d'elle ; j'en aurais mis ma main au feu. Comme Albert voit que je vais sonner, il me dit, d'un air encore plus tranquille : « Eh bien, oui, j'ai « pris trois cents francs. — Pardon ! tu en « as pris cinq cents ! » Alors, pendant plus d'une heure, il s'est entêté à me soutenir que c'était moi qui me trompais dans mon compte !... Comprenez-vous qu'on soit menteur comme ça ? Et puis, les façons sournoises, rien ne m'horripile plus !... Lorsqu'il a besoin d'argent, il n'a qu'à m'en demander : je suis la première à savoir qu'il joue, qu'il perd... « Ah çà ! lui ai-je à la fin « jeté au nez, tu veux donc que je t'accuse « de t'amuser avec des femmes ?... » Vrai, j'en avais mal au cœur de discuter ; j'en ai encore des tiraillements d'estomac... Mais, pourtant, j'ai eu la patience de ne pas céder, et de ne pas partir avant qu'il ne m'eût fait des excuses !... Voilà pourquoi je n'ai pas pu être plus tôt ici. Penseriez-vous que j'aie eu tort ? »

Des Frasses avait écouté tout ce récit avec une affectueuse attention, pris en même temps d'une curiosité malsaine, d'une espèce de lasciveté indiscrète à être ainsi introduit dans les coins les plus intimes d'un intérieur d'autrui, à descendre, en quelques secondes, sous la conduite d'une main traîtreusement alliée, jusqu'aux dessous profonds d'une existence conjugale dont, en bien des années d'amitié normale auprès de la jeune femme, il n'aurait sans doute exploré que la surface. Et combien de maris, en effet, ne seraient pas contents s'ils découvraient avec quelle confiante promptitude, avec quel abandon bavard leur femme édifie parfois, sur certaines de leurs petites infirmités morales ou physiques, quelqu'un dont celle-ci peut même n'être pas encore la maîtresse !

« Vous avez eu raison de tenir bon, répliqua Des Frasses. On ne doit jamais transiger, surtout entre époux... Et, dites-moi, après cette querelle, Albert n'a pas remarqué que vous étiez pressée de sortir ? il ne vous a pas demandé où vous alliez ? »

Des Frasses s'était un peu étonné lui-même à s'entendre appeler, en une aussi courte façon, le mari, qu'il connaissait à peine, de Mme Mésigny. Mais il avait la sensation d'être maintenant presque familiarisé avec ce dernier. Et puis, donner du monsieur par-ci et du monsieur par-là à celui dont la femme que l'on aime porte le nom, n'est-ce pas comme jeter de continuels petits morceaux de glace sur son cœur à elle et sur son cœur à soi ?

« Il était parti avant moi, répondit Clotilde. D'ailleurs, je ne lui inspire plus aucune jalousie pour l'instant. Depuis quelque temps, il ne se méfiait que de Trept ; et, à présent qu'il sait... Mais oui, au fait, je ne vous en parlais pas !... Trept est venu me voir hier. Il avait des manières si mystérieuses que j'ai cru d'abord qu'il s'apprêtait à me faire une déclaration. Ma parole !... Heureusement que c'est un garçon bien plus convenable que vous... Vilain, allez ! Quand j'y repense, je ne peux pas me représenter que c'était vous ni que c'était moi...

— Clotilde !

— Voyez-vous, fit-elle étourdiment et avec une canaillerie d'âme attendrissante à force de sincérité, c'est bien dommage qu'on ne sache pas faire, à l'avance !... Certainement, monsieur. Vous ne devriez encore en être qu'à la veille de votre déclaration... »

Devant le sourire un peu niais de fatuité

que ne put réprimer Des Frasses, elle hocha le front et pointa une dent contre la lèvre inférieure, en personne qu'on ne ferait point démordre de son observation.

« Enfin, continua-t-elle, j'ai retourné et retourné notre Trept, jusqu'à ce qu'il m'eût avoué son cas, sous le sceau du secret. Figurez-vous qu'il va se marier...

— Avec Agnès Hobbinson?

— Comment, il vous a fait part aussi!... Moi qui avais failli me gêner pour ne pas vous causer de ça ; j'étais bonne.

— Il m'a mis au courant de toute l'affaire, le soir même où Mme de Prébois lui en a touché un mot pour la première fois.

A présent, la demande est faite et agréée... Mais Trept m'a juré ses grands dieux... ça, du reste, j'ignore pourquoi, car ça m'était bien égal... qu'il n'était pas amoureux du tout. Ainsi, vous, les hommes, vous pouvez prendre une femme sans en être amoureux?

— Eh bien, et vous, ma chère amie, aimiez-vous donc celui que vous avez épousé? Non, n'est-ce pas?

— Permettez!... C'est-à-dire... D'abord, la position des jeunes filles ne peut se comparer à celle des hommes, qui ont le droit de faire tout ce qu'ils veulent, sans avoir besoin de s'être mariés... En outre, qu'est-ce que vous entendez par être amoureux?... »

Les prunelles de Des Frasses étaient en train de répondre tendrement et de percer le vague ombrage que la tournure de ces considérations semblait commencer à étendre devant l'esprit de Clotilde, quand, l'un et l'autre, ils furent dérangés par l'entrée chez War d'une famille en deuil.

C'était une mère, avec ses trois filles : deux de celles-ci étaient déjà grandes, à peu près de même taille ; et la dernière, âgée de sept à huit ans environ. Cette compagnie demeura quelque temps debout, au milieu de la salle, lente, et, comme timide à se décider pour une place, avec des mouvements gauches dans l'autorité et dans l'obéissance : « ... Laisse cette chaise... Prends cette chaise... » La mère commanda deux chocolats qui devaient, par la suite, être équitablement divisés ; et, cela fait, elle resta grave, indifférente, l'œil fixé dans l'espace, tenant son châle noir croisé sur ses genoux. Les aînées, assises de profil par rapport au couple flirteur, lui décochaient, à la dérobée, des œillades investigatrices. Quant à la petite, elle se retournait souvent, à demi : tête, bras et buste, pour contempler indéfiniment le seul « monde » qu'il y eût là, comme installée à sa lucarne, entre les barreaux du dossier de son siège.

Après un temps de distraction, — ainsi que nous en accordons toujours, même dans nos états de préoccupations les plus chères, à la vie des autres lorsqu'elle se rappelle à nous et que ces phénomènes nous approchent par les actes les plus négligeables même d'inconnus, quels qu'ils soient, — après un silence donc, Mme Mésigny murmura d'une voix diminuée :

« Une question que j'ai eu bien des fois envie de vous poser... Mais il va falloir être très franc!... M'épouseriez-vous, si j'étais libre?

— Parbleu! cela va de soi... Est-ce que ça peut se demander!

— Et le voudriez-vous du fond du cœur, que je fusse libre?... Bien! Je vous remercie... Qui sait, après tout, si un beau jour?... »

Elle n'acheva pas, doucement pensive dans un rêve fugitif où elle se sentait libre en un avenir arrivé, mais sans avoir subi divorce ni veuvage, sans qu'aucun autre sort se fût modifié que le sien, après rien qui eût été gênant ou cruel : libre, libre, par un enchantement.

Puis, contente d'avoir réglé ce point, d'être garantie que ce qui ne devait pas se passer se passerait tout de même à son gré, ayant bien arrangé derrière sa tête cet oreiller de l'invraisemblable pour y dormir désormais sur ses deux oreilles, elle voulut que Des Frasses inventoriât avec elle leurs modestes acquêts de souvenirs communs. Et, chuchotante, soigneuse de cacher le son de ses paroles à la famille en noir :

« N'avez-vous pas oublié la date de votre déclaration? Ah! j'en aurais fait le pari! Eh bien, moi, je l'ai retenue : c'était le 11 juin. Est-ce qu'il y avait longtemps que vous m'aimiez ?... Depuis quand cela durait-il ?

— Je crois bien que mon premier sentiment d'amour remonte à l'après-midi où nous avons eu notre dernière répétition de *l'Ane et le Ruisseau*, chez Mme Kerzenschein.

— Attendez, c'était le 21..., non, le

... CE QUE VOUS M'AVEZ RÉPONDU, PRÈS DU PIANO...

22 décembre... Oh, il n'y avait pas cinq mois et demi que vous étiez amoureux de moi sans le dire ! Ce serait trop beau, je ne peux pas l'admettre.

— Allons, allons, il y avait beau temps que vous aviez deviné ce qui se passait en moi !

— Non, je n'en étais pas certaine... Sur l'honneur !... Quelquefois, il me semblait bien... Ainsi, à la matinée de musique de Mme de Flercamps..., je ne me rappelle plus ce que vous m'avez répondu, près du piano, à propos de je ne sais quoi. Je m'étais dit : « Bon, ça y est !... » D'autres fois, je me disais : « Non, ça n'est pas ça, le moins du monde ! » De plus, je vous pensais occupé de plusieurs côtés. Ma cousine m'avait raconté que vous lui faisiez la cour, à elle et à Mme de Flercamps, mais plutôt à elle... »

Des Frasses se borna à hausser les épaules.

« Alors, vous ne m'aimez que depuis... Additionnons : cinq mois et demi, plus : juillet, août, septembre... Alors, vous ne m'aimez que depuis près de... Mettons : neuf mois... Songez qu'il y aura bientôt deux ans que vous me connaissez !... Ainsi, vous ne m'avez pas du tout aimée un peu avant le 22 décembre dernier ?

— Dame ! en réfléchissant bien... La vérité est que j'ai été très frappé, dès qu'on m'a eu présenté à vous.

— Ne vous contredisez donc pas ! Tout à l'heure, ça n'avait commencé, d'après vous, que chez Mme Kerzenschein. Il faut avoir plus de suite dans les idées, mon camarade !

— A votre tour, chère petite amie chérie, convenez que vous ne m'aimiez guère quand vous étiez à faire comme ceci : « Vous m'avez insultée, je vous chasse, je ne vous recevrai plus... » Et patatis et patatas...

— Vous imitez à merveille... C'est très gracieux, n'est-ce pas, de me tourner en ridicule ?

— Oh ! ne vous fâchez pas ! Je plaisantais parce que je vous sais aussi intelligente que belle, que bonne. Je vous adore !... Clotilde, par pitié, regardez-moi !... Je vous adore... Parlez un peu, tout de suite. Expliquez-moi, seulement, ce qui s'est accompli en vous, depuis le 11 juin, jusqu'à cette représentation du 2 septembre, après laquelle vous avez subitement transformé ma désolation en le plus inespéré des espoirs. S'il vous plaît, dites ?...

— Ah, voilà !

— Non, dites, mon adorée, dites ?... J'ai une telle hâte qu'il me vienne de vous un mot de sympathie plus particulier que les autres ; un mot chaleureux, si c'est possible ?... Jusqu'à présent, vous vous tenez devant moi, pour ainsi dire, sur le « qui-vive... » Dites-moi de l'amour, enfin..., ou quelque chose qui promette l'amour !... »

Mme Mésigny, les lèvres rebelles à choisir les termes d'une réponse complaisante parmi la gêne de phrases qui, toutes, lui semblaient bêtes, déploya du moins vers Des Frasses les larges rayons de pupilles dilatées par le plaisir, la confiance, la cordiale entente, l'envie d'être agréable ; c'était un arc-en-ciel vivant de sentiments parallèles, harmonieux, doucement nuancés.

Il insista tendrement :

« Faites : « Je vous aime », rien qu'en remuant les lèvres, sans paroles... Comme ça, voyez-vous : je vous aime... »

A cet instant, la mère et les trois filles s'étaient levées et avaient gagné la porte, que leur tenait ouverte une demoiselle du salon War. Mais toute la famille eut à se garer, modestement, pour céder le passage à une femme mince, élégante, blonde, fardée aux lèvres et aux yeux autant qu'une actrice en scène. Elle avait la toque, tout l'attifement même, d'un genre polonais. Un terrier noir sous le bras, elle riait aux éclats, montrait des traits marqués et le profil aquilin de son nez encore dirigé vers la rue, d'où la poussait cavalièrement un jeune homme ayant le teint olivâtre, le gardenia à la boutonnière, le monocle à l'œil, et une épaisseur de moustaches charbonneuses qui se conciliait mal avec la juvénilité de sa face et de sa taille chétive.

Intriguée par ce tapage, Clotilde s'était retournée pour en considérer les auteurs. Mais, dès qu'elle se fut dédaigneusement détournée de cet examen insignifiant, elle aperçut Des Frasses si pâle, si instantanément pâle, qu'elle comprit aussitôt, à n'en pouvoir douter, qui était la nouvelle venue et quelle menace de scandale venait de se répandre dans l'air. Au fait, oui, c'était bien la figure plâtrée de Mme Olgar, sa tête de ville à peine différente de ce qu'elle paraissait dans les verres de lorgnettes ou dans les photographies multiples chez les papetiers.

A son tour, en une rapide inspection du lieu, l'actrice reconnut son amant de la veille ; mais elle n'en décela rien d'autre qu'un bref ralentissement dans la circulation de son vert regard, dont la nature était, d'ailleurs, de lancer des œillades, même aux choses inanimées, plutôt que de s'attacher à quoi que ce fût. Toutefois, tendant l'index de telle façon que Des Frasses aurait pu s'en croire désigné, elle proposa au têtard de rastaquouère dont elle était accompagnée, une table stratégiquement placée à mi-chemin entre l'issue et les assiégés.

Mme Mésigny (qui, par sa position, tournait le dos à Olgar, et ne savait quoi précisément redouter d'un être auquel elle en venait, dans son ignorance, à attribuer une force et une méchanceté fantastiques) était trop éperdue pour songer à s'enfuir, pour oser même remuer plus qu'une souris sentant derrière elle la chatte. Elle retenait sa respiration par cet instinct animal qui, souvent, n'invente point de meilleure défense que l'immobilité.

Un temps s'écoula sans que, de nulle

C'ÉTAIT BIEN LA FIGURE DE Mlle OLGAR.

part, à peu près, rien ne fût dit ni fait. Olgar se taisait ; et son compagnon, étant de ceux chez qui tout ce qu'ils auraient à raconter semble s'égarer dans les moustaches, tordait sa verve en silence. Seul, un bruit de griffes, grattant les grelots d'un collier, retentissait parfois, entremêlé de : « Tout beau, Bobby ! » lorsque le petit terrier manifestait une velléité de sauter vers Des Frasses, pour renouveler sans doute une vieille connaissance.

Néanmoins la honte effarée de Clotilde ne faisait que croître, à s'imaginer l'attention hostile qui devait peser sur ses épaules, courir au long de sa taille, lui toucher toutes les formes. Elle frissonnait, à ne pouvoir que le deviner, sous ce regard de son sexe, dont une femme a conscience d'être déshabillée de corps et d'âme, et d'être plus impudemment profanée que par celui d'un homme, parce qu'aucune ivresse des sens n'en trouble la puissance naturelle ni qu'aucun scrupule de pudeur n'en adoucit l'acuité.

Des Frasses, assez au fait des bons et des mauvais côtés que présentait le caractère de l'actrice, estimait maintenant que rien n'était plus à craindre de tout ce qui aurait pu se produire au premier abord. Mais à découvrir le douloureux effroi dont était empourpré le beau visage de sa Clotilde, à recevoir la prière qui, de l'humiliation de ces yeux magnifiques, s'élevait vers lui comme vers le maître de toute protection, comme le souverain dispensateur du salut, ce fut à Des Frasses de concevoir pieusement, en retour, l'infinie vénération qu'il devait à cette chère lâcheté, à cette adorable misère. Le sentiment lui traversa l'âme avec la vivacité d'un éclair ; mais il était peut-être le premier d'amour purement idéal à resplendir en lui, sur ce simple fond de désir physique, parmi ces besoins de possession avilissante ou ces bestiales fureurs de proie, dont chacun déguise aux autres, et se déguise à soi-même, la sauvagerie, sous la décence des moyens civilisés, dans la langue moderne des hommages. Et, si imparfaite, si imprudente, si condamnable même, que pût être Clotilde devant la morale officielle des hommes, du moins, celui qui était vis-à-vis d'elle baissa humblement le front, en recevant le baptême de cette religion fraternelle que l'on doit à la créature à qui on a valu de souffrir, dans n'importe laquelle de ses pauvres sensibilités.

Au surplus, le séjour d'Olgar ne se prolongea pas démesurément. Un peu avant de partir toutefois, elle émit cette question, de manière à être généralement entendue :

« Pourquoi n'avez-vous point votre couronne sur aucune de vos bagues ? ni sur vos harnais, il me semble ?... »

Les grosses moustaches se soulevèrent, pour laisser une voix rauque et un accent guttural proférer :

« Je pourte soulement sour mes cartes... Et le chapelier oussi, il m'y met ma couroune... Parce qu'on couroune le nom, on couroune oune tête ; on ne couroune pas son doigt, on ne couroune pas oun cheval. »

Je pourte soulement sour mes cartes...

Olgar acheva de boire le contenu d'une aiguière à sirop de lemon.

« Et le pauvre Bobby que j'oubliais ! ajouta-t-elle en se levant et en versant dans une soucoupe quelques gouttes d'une carafe... Vous rappelez-vous le jour où j'ai été le chercher chez vous ? Était-il assez petit ?... Au fait, est-ce déjà trois ans ou deux ans qu'il va avoir ? »

Ceci, c'était à l'intention de Des Frasses, auquel Bobby avait toujours été présenté comme un chien d'origine avouable, venu régulièrement avec ses papiers de famille de chez une tante à M. Olgar.

Quelque réminiscence mit, sous les grosses moustaches, un sourire vainqueur.

« Soulement dix-houit bons mois !... Il ne deviendra pas plous grosse. La mère, il est plous grosse ; mais le père, il est moins grosse.

— Oh ! répliqua l'actrice, il pourra devenir comme il voudra : cela m'est égal. C'est gentil d'avoir les chiens tout jeunes, quand ils sont folichons, caressants, avec un petit museau bien frais. Mais quand on les a dressés à tout, ils ne m'intéressent plus : je les donne, à qui veut les prendre. »

Cela, c'était plus spécialement destiné, en flèche du Parthe, à Mme Mésigny, qui, d'ailleurs, grâce à une espèce d'anesthésie où elle avait fini par être plongée, ne sentit point la piqûre.

Et tandis que son petit jeune homme étranger commandait pour elle à la caisse un envoi de thé, Olgar, comme en une attitude de désœuvrement, se haussa un peu sur ses pointes pour se mirer, à distance, dans la glace au-dessous de laquelle était assis Des Frasses, qui courba vivement le front afin d'être garé contre la trajectoire de ce coup d'œil. L'actrice cambra son torse, pour l'admirer de profil ; puis, de face, serrant sa taille entre les doigts, elle renversa légèrement l'occiput, arqua les sourcils et gonfla les narines, de même qu'en sa loge de théâtre, si elle eût, une dernière fois, devant sa psyché au pied de laquelle aurait traîné quelque défroque d'un acte précédent, repassé la nouvelle mine de Fée Marraine ou de Junon qu'elle allait superbement rapporter à la scène.

... Quand la porte retombée eut enfin mis le danger dehors. Des Frasses et Clotilde se contemplèrent alors avec le soulagement momentané et la détresse ahurie de deux naufragés qui, sauvegardés de la noyade, se retrouvent cependant sur une côte aride, inexplorée, où l'inconnu menace de toutes parts.

« Chère Clotilde ! » supplia Des Frasses.

Elle fit signe de ne pas causer encore ; elle montra que son cœur restait trop gros, pour lui permettre de répondre si tôt, et même d'écouter. Mais il n'avait plus la patience de se taire.

« A présent, peut-être que vous me détestez ? »

Elle secoua tristement la tête, d'un air raisonnable et généreux qui disait : « Pourquoi ?... Est-ce que vous ne devez pas être bien plus malheureux que moi !... »

« Dites, ma Clotilde, vous ne refuserez pas de me revoir ? »

Elle laissa comprendre qu'elle ne refuserait pas, en baissant avec modestie les paupières.

« Mais bientôt, très bientôt ? »

Elle murmura : « oui », faiblement, dans un souffle étouffé.

« Mon Dieu ! que je vous aime donc !... Cent fois, mille fois plus qu'*avant!*

— Seulement, soupira-t-elle, je ne reviendrai plus dans des conditions pareilles... où l'on s'expose à de ces rencontres !... C'est trop terrible ! »

Ce fut son unique récrimination. Et ni l'un ni l'autre ne s'expliqua davantage sur les émotions récentes qui l'avaient si violemment ballotté.

« La prochaine fois, aventura Des Frasses, daignerez-vous alors venir chez moi ? »

Clotilde garda le silence.

« Vous pourriez faire cela, continua-t-il, sans courir le moindre risque. Mon quartier est habité par assez de gens de votre connaissance pour que, au besoin, vous ayez les meilleurs prétextes d'y avoir été aperçue. Et ma rue est déserte, toujours déserte... Vous ne vous adresseriez pas au concierge. J'habite au rez-de-chaussée, à gauche sous la porte cochère. D'ailleurs, je guetterais votre arrivée, pour vous ouvrir moi-même. Inutile d'ajouter, n'est-ce pas ? que je n'aurais point de domestique à la maison... Voyons, quel inconvénient reprocheriez-vous à ce projet ? Tout n'y est-il pas assez sagement prévu, bien réalisable ? »

Il poursuivait sa tentative passionnée sous un calme hypocrite, parlant à la jeune femme de venir chez lui, gravement, fermement, dignement, presque ainsi que d'une visite de convenance à faire. Et, elle, sans rien objecter qui lui donnât l'air d'envisager la démarche sollicitée, autrement que comme un petit devoir d'amitié à remplir, s'en défendait pourtant avec les tressaillements de tout le corps, avec l'égarement des yeux et le visage crispé d'une vertu mourante, en la fleur de son âge.

Des Frasses ayant cessé ses implorations vaines, Clotilde se rasséréna. Mais devant la figure lamentable du compagnon, un élan de pitié emporta ce cœur féminin.

« Auriez-vous donc tant de plaisir décidément, interrogea-t-elle, si j'allais vous voir ?

— Seigneur ! » fit-il, déjà tout transfiguré.

L'épreuve, un peu louche quant à la qualité sociale, que Mme Mésigny avait précédemment subie, détériorait sa pure volonté et mêlait quelque nouvel agent de trouble aux suprêmes limpidités de son âme. Et, après avoir si longtemps mordillé en jouant à l'appât de l'amour, maintenant, elle commençait à se sentir ferrée, et elle s'abandonnait à suivre l'hameçon, pour que celui-ci ne lui fît pas mal.

« Profitons d'un avertissement ! insinua Des Frasses... Il y a tant de passants qui pourraient nous surprendre ici ou ailleurs en public, et faire des potins !

— Oh, je sais bien !

— Tandis que chez moi...

— Je sais bien.

— Et puis, pouvoir ne pas s'étrangler à retenir la moitié de ses mots, ne plus être soumis à l'espionnage d'un tas d'imbéciles malveillants... Voyez plutôt, là-bas, si les filles de cet établissement ne sont pas à jaser contre nous, de ce que notre conversation se prolonge au delà de leur permission probablement...

— Je sais bien.

— Alors, vous viendrez ?

— Qu'est-ce qui me garantit que vous ne m'en feriez pas repentir ?... Montrez-moi comment vous seriez... Oui, enfin, dites-moi tout ce que vous me diriez, que je juge si je dois, si je peux...

— Je vous dirai : ma Clotilde, je vous aime, je vous aime, je vous aime !

— Cela vous ferait vraiment tant, tant de plaisir ?

— Venez demain.

— Oh non !

— Ah ! je suis bien naïf de vouloir me persuader que vous m'aimerez jamais !... Vous ne tenez même pas à mon amour ; vous vous en amusez, voilà tout !

— Vous êtes méchant. Vous me faites beaucoup de peine, de la méchante peine. .

— Venez demain.

— Non... non... Attendez : je veux bien jeudi... ou vendredi.

— Jeudi, jeudi ! Vous me le promettez ?

— Oui. A quatre heures... Mais vous me donnez votre parole que mon honneur sera autant en sécurité que chez moi ? Vous vous comporterez, comme si vous aviez peur que je puisse appeler, en gentilhomme enfin ?... Bon ! »

« *Monsieur Dieudonné Des Frasses*
« *16 bis, rue Las Cases, Paris.*

« Mon meilleur ami,

« Je suis, je vous jure, trop souffrante aujourd'hui pour aller vous faire la petite visite que je vous avais annoncée. Ce sera pour une autre fois. Je suis désolée. Je regrette ce retard, car j'étais très curieuse de connaître votre installation qui doit être si originale. Vous êtes un caractère tellement à part, mon cher, sans compliment, que vous ne devez aimer rien de ce qui est banal ni de ce qu'il y a chez les autres. Vous supposez bien, du reste, que je n'ai jamais visité aucun appartement de garçon.

« Je suis, hélas ! bien convaincue que vous allez être un peu mécontent contre moi. Mais pourtant est-ce ma faute si je ne suis pas en état de me montrer à personne, pour quelques jours, tant je suis laide à force d'être indisposée ? Je vous écris sur le coin de ma toilette, et j'ai bien mal à la tête. Il faut que je me dépêche ; *on* est à côté, et *on* pourrait, d'un moment à l'autre, frapper à ma porte pour savoir comment je vais. C'est pour cela que mon écriture est si bien gribouillée ; ne faites pas attention. D'ailleurs vous brûlerez ma lettre, n'est-ce pas ? dès que vous l'aurez lue. Je sais bien que cette recommandation est superflue. Mais, si je vous supplie tout de même, encore une fois, de brûler ces lignes (pas de les déchirer), c'est que je manque en votre faveur à ma ferme résolution de ne pas me compromettre par écrit.

« Je n'ose pas entrer dans plus de détails sur mes regrets de ce que vous m'attendiez inutilement ; quoiqu'il y en ait assez déjà sur ce papier pour me perdre. Le monde est si mauvais ! Mais ne devinez-vous pas tout ce qui peut se passer en moi ? J'ai besoin de savoir, le plus tôt possible, si vous n'aurez pas été trop fâché. Je suis certainement encore plus fâchée que vous d'être patraque au point de ne pas tenir mon engagement ; n'en doutez point, s. v. p. Je ne vous demande pas de venir me voir, par prudence pour l'avenir. *On* est si drôle en ce moment ; pas contre vous, mais en général. Après tout, c'est peut-être moi qui suis devenue un peu chose et qui ne sais plus bien juger les autres.

« Adressez-moi une réponse à la poste restante de la place Victor-Hugo, aux initiales

C. E. M. Y.

(qui sont les premières et dernières lettres de mes noms). Je pense que cette façon est une de celles que l'on peut prendre pour correspondre secrètement. Ne signez pas. Vous me direz que vous n'êtes pas changé, pas changé du tout ; et que vous avez sincèrement plaint votre pauvre malade. Vous pourrez même m'écrire toutes les bonnes inspirations qui vous viendront en tête, puisque rien ne trahira qui vous êtes ni qui je suis.

« Votre amie bien affectionnée et bien souffrante.

« Clo.

« *Jeudi, une heure et demie.*

« P.-S. — La vérité est que je ne suis pas souffrante. Hier, j'étais encore très décidée à ne pas vous faire faux bond ; mais, depuis ce matin, je ne sais comment, j'ai perdu tout mon courage.

« De quoi ai-je peur ? Ce n'est pas de mon mari ; ni de vous non plus, car je vous considère comme mon meilleur ami, en qui j'ai toute confiance. Alors, de quoi ? Grondez-moi.. Prouvez que j'ai tort, que je suis stupide : cela me fera beaucoup de bien.

« J'espère que *on* va bientôt descendre pour aller où bon lui semblera. Aussitôt, je dégringolerai, pour chercher un commissionnaire. Je lui recommanderai de se dépêcher, de manière à ce que vous ayez mon mot à temps, et que vous ne perdiez pas toute votre journée à m'attendre. Je ne connais, en effet, rien de grotesque comme de faire poser les gens. J'espère surtout que vous n'aviez pas eu à renoncer, pour notre rendez-vous raté, à quelque chose d'important. Je m'en voudrais encore plus.

« Peut-être que c'est tout de même la présence de *on* qui me rend lâche. Dès qu'il ne sera plus là, je suis capable de retrouver mon énergie. En ce cas, la présente lettre serait vite détruite par moi-même, et ce serait, au lieu d'elle, ma personne que vous recevriez tout à l'heure. Mais je vous signale cet espoir, sans trop compter sur une réussite, rien que pour vous prouver ma bonne volonté, en passant.

« Je réfléchis aussi que

C. E. M. Y.

cela compose un mot ; et qu'il peut parfaitement exister une dame Cemy quelconque, qui emploie la poste restante de mon quartier. Pour éviter toute confusion, je vous prie donc de mettre

Y. E. M. C.

ce sera plus raisonnable. Je réfléchis encore que je connais, à un coin de la place Victor-Hugo, une vieille douairière qui est toujours postée derrière ses carreaux pour voir passer les omnibus. Si cela ne vous fait rien, j'aime mieux avoir affaire au bureau de l'avenue Marceau.

« Répondez-moi à temps pour que votre lettre soit parvenue demain. De cette manière, je serai sûre de la trouver après-demain matin samedi. Je me contiendrai jusque-là, quoique je sois bien pressée de vous lire ; mais pensez comme je serais piteuse si, par suite de quelque retard dans le service, j'étais réduite à avoir fait ma course pour rien. C'est déjà trop, n'est-il pas vrai ? d'une anicroche, comme celle d'aujourd'hui, entre nous.

« Une très longue lettre, s. v. p., avec tout ce qu'il vous sera possible pour m'être le plus agréable, dedans.

« Voulant vous épargner la peine de brûler mes pattes de mouche, je vous prie de me les renvoyer tout uniment aux initiales et au bureau que je vous ai indiqués, en dernier. »

Madame

Y. E. M. C.

« *A la poste restante du bureau de l'avenue Marceau.*

« *Jeudi, trois heures un quart.*

« Depuis un instant, votre lettre est là qui me dit que vous ne viendrez pas, qu'il faut que je croie que vous ne viendrez pas ; et je ne puis me résoudre à n'en plus douter, à le savoir. On doit éprouver ce que j'éprouve quand on va mourir. L'heure bénie qu'il allait être et pour laquelle je comptais toutes les secondes m'en rapprochant, l'heure suprême jusqu'où j'eusse encore à vous attendre après tant de ses pareilles qui pourtant ne lui ressemblaient guère, cette heure est mort-née, elle s'est dissipée à l'avance ; il me semble que je ne l'entendrai pas vivre, que je ne la verrai pas exister. Et toutes ces fleurs qui m'entourent, que j'embrassais en les remerciant de si bien s'épanouir pour vous, à présent, je les mordrais, je les piétinerais si j'en avais la force. Mais à quoi bon ? Ne paraissent-elles pas déjà près d'éteindre, d'elles-mêmes, leur éclat et leur parfum dans ce coin de ma demeure, si mélancolique jadis, si funèbre désormais, qu'elles avaient su transformer en un virginal asile, et qui pour jamais restera fermé, comme la tombe du plus beau de mes rêves, comme le sanctuaire de la fiancée perdue !

« Ci-joint votre lettre, que vous avez cru devoir me redemander. Je n'aurais eu, hélas ! aucun désir de la conserver. Elle aurait dû être encadrée de noir, tant il en est émané de deuil. Je la recouvre dès maintenant de l'enveloppe, car mes yeux ne veulent plus, ne peuvent plus la voir.

« Je vous pardonne tout le chagrin que vous m'avez causé, et dont vous n'aviez pas besoin de vous excuser si longuement. Vous n'auriez eu qu'à m'écrire, mon amie, que vous m'aimiez seulement pour de rire. Oh ! cela eût été aussi clair, pas autrement cruel, et plus franc. Je ne me serais pas plaint davantage. D'abord, remarquez que je ne me plains pas. Si mon cœur se remet de cette abominable secousse, j'espère même que ce sera presque une consolation pour lui de se dire que sa première immense déception soit résultée de sa foi en vous. Etes-vous satisfaite, et estimez-vous que je vous témoigne, dans mon martyre, assez de générosité ? Sinon, je vous répète, une seconde fois, que votre droit de ne point m'aimer est indiscutable. Seulement, pourquoi m'avoir laissé rêver du contraire? pourquoi ces faux semblants, alors?

« Je vous baise respectueusement et douloureusement la main.

D.

« *P.-S.* En relisant votre lettre, je m'aperçois que vous voulez bien prétendre que ce sera pour un autre jour. Quoi? quel autre jour? Il n'y a pas d'autre jour! C'était jeudi, mon jeudi, il n'existait plus que jeudi au monde! Comment, en votre pleine liberté, sans que rien vous y contraignît, vous jetez négligemment dans l'âme d'un homme qui vous aime ce petit mot de jeudi! Jeudi! Et vous n'avez pas aussitôt compris que dorénavant jeudi allait tout signifier, tout résumer pour cet homme, dans l'avenir, dans le présent ensuite et dans le passé enfin, que pour lui Jeudi deviendrait le jour unique, le Jour, et que, comme Dieu, vous aviez choisi celui qui serait le vôtre, parmi les sept de la semaine! Vous, il paraît que vous auriez aussi bien fixé le vendredi ou le samedi ; pour ce que cela vous importait, en vérité, c'était bien simple. Et moi, en quelque lieu que je fusse, quoi qu'il me fallût écouter, une seule pensée, un seul souvenir, un seul espoir bourdonnait sans trêve à mes oreilles : « Jeudi! Elle viendra jeudi! » Et jeudi retentissait, apparaissait, pour moi, aussi sublime que le dimanche de la Résurrection annoncée aux Apôtres. Ah! je pleure, je pleure! Mais ne vous apitoyez pas, madame, car ce sont des larmes mauvaises, des larmes qui pleurent contre ma sottise. Adieu, mon amie, je suis le plus malheureux des êtres.

« Un mot encore. Samedi matin, donc, vous aurez lu ces faibles expressions du tourment que j'endure. Je n'implore rien, je n'espère plus rien. Cependant, toute la journée de samedi, je ne bougerai point de ma retraite, je serai chez moi, seul, tout seul, prêt à devenir fou. Décidez alors, vous-même, si ce sera de tristesse ou de joie.

« Celui qui vous aime quand même et qui vous aimera toujours.

« D. »

« *Monsieur Dieudonné Des Frasses*

« *16 bis, rue Las Cases, Paris.*

« *Samedi, tout de suite en rentrant.*

« J'ai enfin votre réponse, mon bien cher ami ; et cela n'a pas été sans peine. J'ai dû attendre près d'une demi-heure, devant un guichet, au milieu d'un tas de bonnes et de valets de chambre qui faisaient je ne sais quels trafics d'argent et que, successivement, j'ai pensé reconnaître tous pour m'avoir ouvert la porte ou passé des plateaux, quelque part. Je suis persuadée aussi que cet affreux petit frisé de la poste restante s'amusait de me faire poser ; de plus, il a été tout juste poli, jugeant bien que je ne me frotterais pas à réclamer à son directeur. De sorte que tous mes nerfs avaient été mis en cadence. Vous supposez bien que votre lettre n'était guère propre à me remettre.

« Vous avez été un grand enfant. Est-ce qu'on doit se bouleverser ainsi pour un contre-temps? Comment me déciderai-je à jamais reprendre l'engagement d'un autre rendez-vous, si je n'ai pas la latitude de me dégager au dernier moment? Ce serait dans le cas de me rendre malade, pour de vrai. Je ne suis en repos que lorsque j'ai la garantie de ne pas être tenue de faire ce que je ne voudrai pas ; cela n'empêche pas que je puisse vouloir ce que l'on voudra : c'est même très possible. Mais, au moins, que rien ne soit irrésistiblement réglé d'avance!

« Toute la journée passée, j'avais le remords de ce que vous étiez peut-être irrité, à cause de ce que je vous avais fait, la veille. Et *on* a été si disgracieux, pendant le déjeuner, à propos d'une soirée en robe montante où je voulais aller, le soir, que j'en étais encore plus furieuse contre moi de vous avoir peiné. Est-ce gentil, au moins, ce que je vous dis là?

« Oui, mon cher, hier, il s'en est fallu de moins que rien qu'aussitôt sortie de table j'aille vous surprendre. Je n'ai été dominée que par la crainte d'un patatras, vous n'étant pas prévenu. Trouvez-moi bizarre, je vous l'accorde. J'ai été exactement la même pour manquer aux séances convenues avec le dentiste ; et puis, un beau matin, je me suis sentie toute brave, et crac ! ma dent de sagesse. Ceci, sans comparaison, et seulement pour vous bien expliquer que je suis la femme des résolutions subites. Mais mon énergie ne peut jamais attendre ni être commandée à heure fixe.

« Pour lors, me résignant à ne pas me rendre chez vous à l'improviste, je me promis que ce serait, du moins, sans faute, pour le nouveau jour dont je soupçonnais bien que vous me parleriez dans votre réponse. Et je m'en fus promener mon agitation d'un côté où j'avais quelque chance d'entendre peut-être prononcer un peu votre nom. Ah ! ouiche ! Mme H*** n'a plus d'autre idée en tête que le mariage de sa fille avec notre ami T***. A l'écouter, on n'aurait jamais vu de futur faire une cour aussi aimable ni aussi constante. Elle a tant insisté sur les prévenances de T***, que je me disais en moi-même : « Ce n'est pas possible qu'elle « s'imagine que tout ça soit arrivé ! » D'autant que je tenais, du sieur T*** en personne, qu'il n'était pas le moins du monde emballé. Mais j'avais beau me répéter intérieurement que Mme H*** voulait m'en faire accroire pour se justifier sans doute de colloquer si vite sa fille à un monsieur, malgré moi, je n'échappais pas à l'impression que cette gamine de petite A. H*** fût bien heureuse à posséder ainsi, presque du matin au soir, la société empressée de celui qui doit bientôt l'obtenir. C'est probablement très mesquin de ma part ; mais, mon cher, j'étais triste, archi-triste au dedans de moi. Je ne pouvais me défendre de comparer le sort de cette jeune fille au mien, tandis qu'ils en sont tous deux à se décider. Est-ce que je ne la vaux pas? Cependant pour elle, avant son mariage — et pourtant celui-là peut être rangé parmi les mariages bâclés, — six semaines d'assiduités et de préparations de toutes sortes vont s'écouler encore. Durant six semaines — et déjà c'est aussi en train depuis du temps, tout de même — elle va partout être accompagnée de T***, choyée, exaucée dans ses mille et un caprices, conseillée et stimulée par les bonnes paroles de celui-ci ou de celle-là, regardée sans interruption d'un regard qui l'encouragera à dire définitivement oui. Mais moi, dont le cœur isolé doit se cacher de tous, moi, dont la vie s'écoule tout à fait séparée de vous, c'est par minutes, par toutes petites minutes qu'il me faut compter ce que vous avez consacré de temps à me gagner à vous. Et cela vous indigne que je frémisse, que je recule au seuil de votre porte derrière laquelle je ne sais seulement pas si vous allez me croire encore votre amie ou déjà tout de suite votre femme !

« Au nom du ciel, mon cher, laissez-moi me retrouver un peu, reconnaître à quel point j'en suis au juste de moi-même. Profitez aussi du délai que je réclame pour vous demander, une dernière fois, si c'est une action grave, et non une légèreté, que vous êtes disposé à commettre. Je vous supplie de concéder à mes sensibilités, à toutes mes émotions que vous devez bien comprendre, à mes faiblesses si vous voulez, le répit de six semaines sur lequel ce futur époux de notre connaissance — qui vous est moralement si inférieur — aurait néanmoins honte de marchander et ne pourrait, sans être un misérable, vouloir anticiper.

« Vous êtes un homme trop délicat pour vous étonner que je compare ma situation à celle d'une innocente. Merci, à propos, d'avoir appelé « virginal asile » la pièce que vous aviez été bien bon de faire si belle pour m'y recevoir. En effet, depuis que je pense à vous, je ne retrouve en moi que de la sauvagerie jeune et des besoins tout d'un coup de me confier ; je suis toute bête, avec des envies de toujours pleurer et de toujours rire.

« Ecrivez-moi pour chaque matin ; mais au bureau de l'avenue Friedland jusqu'à nouvel avis. Je vous répondrai, sans faute. Et puis vous pourrez très bien venir à la maison me faire trois ou quatre visites. Soyez complaisant, et je vous aimerai tout à fait ; je vous aime. Faites-moi doucement la cour.

« CLO.

« Brûlez ma lettre. »

Ce soir-là, dans l'allée silencieuse du square Beauséjour...

VIII

Ce soir-là, dans l'allée silencieuse du square Beauséjour et encore déserte vers neuf heures et demie, un tapis de neige conduisait à l'hôtel de Mme Hobbinson où le luminaire d'une soirée dansante, en contraste avec les lividités de l'extérieur, jetait, par les fenêtres, des éclats de fournaise, des tons de flamme ardente.

C'était, en réalité, pour avoir le plus de monde possible à cette fête que la célébration du mariage (maintenant imminente) avait été retardée jusque vers le milieu de décembre, sous prétexte de formalités dont Agnès aurait eu à subir les lenteurs dans sa conversion au catholicisme.

A travers leur rez-de-chaussée, dont la solitude allait bientôt se peupler, la jeune fille et sa mère inspectaient l'ordre des préparatifs, dans l'antichambre, dans le petit salon d'accès, dans le grand salon qui communiquait avec le buffet déjà tout dressé et dans la lingerie assez vaste, tendue d'une andrinople au long de laquelle plusieurs hauts palmiers cachaient l'empreinte d'armoires démontées. L'une et l'autre s'assuraient, çà et là, que les gens de service eussent bien remonté une lampe ou épousseté quelque surface ; et, de place en place, elles tâtaient la température pour apprécier s'il convenait de fermer dès lors les bouches du calorifère.

Puis les deux femmes, cherchant encore du regard quelque chose à faire, s'arrêtèrent enfin face à face, dans un repos momentané du corps qui leur permit de sentir en leurs reins fourmiller la fatigue ; et alors, debout sur le luisant des parquets, au centre de l'enceinte dorée que formaient des chaises volantes, tandis qu'on achevait d'allumer autour d'elles les dernières bougies, elles commencèrent à mettre gravement les premiers boutons de gants qui allaient leur monter jusqu'au bord des épaules.

« Décidément, observa Mme Hobbinson, ta robe va beaucoup mieux que la mienne... D'ici surtout..., et peut-être un peu aussi de là !...

— Qu'est-ce que cela peut te faire ? Tu es tellement plus jolie que moi ! »

Par un raffinement de coquetterie, la mère portait, en tulle noir, une toilette identique à celle, en tulle blanc, de sa fille. Chaque jupe était enguirlandée d'une branche de roses ; les corsages, tenus à droite par un simple nœud de ruban assorti avec le tulle, étaient tenus à gauche par une semblable épaulette de roses. Et les bas, tant de soie noire que de soie blanche, se montraient brodés de minuscules roses-mousse. Aucun bijou, nul artifice de parure, chez l'une ou chez l'autre, ne risquait d'accrocher âprement, parmi les pâleurs de leur cou ni de leur chevelure blonde, si peu que ce fût de la bienveillante attention à laquelle s'adressait tout ce qui était visible de leur charnelle essence. Le même printemps, qui les fleurissait partout où elles disparaissaient sous le costume, semblait, à travers deux voiles symboliques, plonger ses racines jusqu'au cœur invisible de leurs êtres foncièrement si disparates et glorifier, par un épanouissement égal, la beauté de ce qui est noir et la beauté de ce qui est blanc.

« Répète-moi, une dernière fois, que ce mariage ne te déplaît pas, qu'il te plaît? reprit Mme Hobbinson en lançant vers sa fille un coup d'œil à la dérobée et tout en continuant de se ganter par une succession d'efforts dont le mécanisme la crispait tout entière, des coins de sa bouche au bout de ses orteils... Tiens, fit-elle encore en tendant le bras, arrange-moi ça, ces boutonnières m'agacent! »

Agnès, le front courbé par sa besogne, répliqua que sa satisfaction était complète; avec ce ton pourtant naturel, mais qui ne paraît suffisamment affirmatif que si l'on n'a point eu l'ombre d'un doute en posant la question.

« Comme tu me réponds! protesta la mère... Ce n'est pas cela. Il faut que tu me dises que tu es tout à fait contente.

— Je suis tout à fait contente. Vrai, je te promets!

— Non, tu n'es pas contente autant que j'ai besoin que tu le sois. Je veux te voir plus contente encore, plus que contente... »

Mme Hobbinson éprouvait ce suprême désir de la volonté que l'obéissance n'assouvit pas en restant passive, et qui s'ingénie à ce que cette dernière prenne une forme active, ressente et exprime du plaisir.

Au reste, lorsque, après une préparation savante et un exposé adroit de leur situation, elle avait développé devant sa fille son envie solide de l'unir avec Trept, elle n'avait rencontré qu'une faible portion des résistances appréhendées. C'avait été plutôt, chez Agnès, une surprise complaisante de curiosité enfantine, un enjouement de fillette qui se récrie, toute flattée d'avoir été prise au sérieux, d'être ainsi discernée et recherchée. A l'aspect pratique de ce mariage immédiatement offert, par une poussée instinctive vers son développement social, par la loi du progrès individuel, elle avait subi l'influence magnétique d'adhésion au fait qui, autant que l'esprit de contradiction à l'idée, est un des plus irrationnels parmi les mobiles humains. Certes, sa prédilection pour Roland de Prébois, loin d'y être abolie, régnait autour d'elle comme un cher mirage dans le passé, le présent et l'avenir; mais une réalité, en toute sa force, était venue s'interposer devant l'irréel de tant de songes. Dans le mignon théâtre de son âme, Agnès gardait soigneusement tout le romanesque vécu et rêvé au milieu des mises en scène et des charmants décors, mais le rideau, en quelque sorte, était tombé sur un premier acte; et la jeune fille avait trouvé une détente de l'imagination et presque un bien-être à se sentir agissante dans l'existence véritable: ainsi que les soirs où elle allait au théâtre, elle goûtait soudain, durant les entr'actes, la sensation de se reprendre dans la salle du spectacle, avec la joie de vivre et que la galerie la regardât vivre.

« ... Tu comprends, poursuivit Mme Hobbinson, que si tu ne croyais pas trouver le bonheur avec Trept, je ne me consolerais pas de t'avoir laissée l'épouser... D'ailleurs, il est encore temps... Seras-tu heureuse? es-tu heureuse?

— Oh! fit Agnès — de cet air entendu qui semble toujours comique chez les adolescents et qui cependant, lorsqu'il accompagne les mêmes paroles, avec le même hochement du front, devient tout de suite tragique chez les gens d'expérience, — je dois avoir été créé pour être plutôt malheureuse.

— Allons, bon!... Et qu'est-ce qu'il te faudrait pour être heureuse?

— Rien... Non, rien, je t'assure. Je ne sais pas!... »

La petite montra, en faisant un regard de poule, par ses yeux futilement pensifs et désintéressés en leur extrême coin des paupières, que, en effet, elle ne savait pas.

« Par exemple, conclut-elle, j'aurais eu beaucoup de chagrin si Roland se fût entêté à ne pas venir ce soir. »

Jamais elle n'avait exprimé à sa mère, sous forme d'espoir ou de regret, un intérêt quelconque à l'égard du jeune Prébois. Et, sur ces derniers mots, elle s'éloigna vivement pour ne pas agiter le sujet davantage.

Mme de Prébois ayant à l'avance prévenu que son fils, auquel pour cette année encore elle ne voulait pas faire faire d'habit, refusait de se présenter sous un autre accoutrement, Agnès avait aussitôt écrit à son ami une lettre d'invitation longue, exigeante, chaleureuse, où elle rappelait leurs souvenirs communs, les choses de leur naïve intimité, et prenait comme argument contre la défection de Roland tout ce qui eût justifié précisément cette défection. Là-dessus, celui-ci, après un certain délai, avait répondu cérémonieusement (et à Mme Hobbinson) que, son père étant absent, il accompagnerait sa mère pour la soirée.

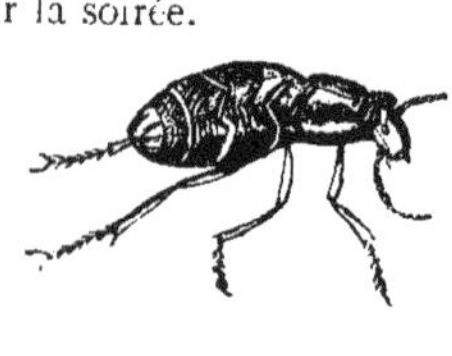

— QU'EST-CE QUE CELA PEUT TE FAIRE ? TU ES TELLEMENT PLUS JOLIE QUE MOI.

« Non, amiral, vous m'avez trop gâtée ! s'exclamait Agnès dans la pièce d'entrée, en remerciant M. de Kerguel d'un collier de perles qu'il lui avait envoyé quelques heures auparavant.

— C'est un bijou princier, renchérissait Trept. J'étais ici quand on l'a apporté : c'est superbe !... Mais pourquoi Mlle Agnès ne s'en est-elle pas parée? ajouta-t-il en se tournant vers sa future belle-mère, qui, au bruit des voix, survenait.

— Oh ! la nature se charge d'embellir le mieux cette délicieuse enfant ! » se hâta de déclarer l'amiral, devinant bien que l'abstention dont s'étonnait le fiancé avait été suggérée par le tact de Mme Hobbinson, qui, elle non plus, ne portait point sa toute nouvelle aigrette de diamants.

Effectivement, il tenait à ce que le moins de monde possible fût appelé à s'extasier sur ses présents de noces, surtout pendant qu'il serait là, et qu'on pourrait chercher des yeux, se désigner et complimenter le donateur. C'était, au reste, son habitude, chez l'Américaine, de faire des cadeaux que tout d'abord on n'étalât guère, des cadeaux qui se cachaient, quand ils étaient neufs et pour ainsi dire jeunes dans la maison, comme une portée encore sauvage d'animaux domestiques auxquels il faut, avant de se montrer aux étrangers et de se laisser toucher, un temps d'apprivoisement.

Sur ces entrefaites, la porte s'ouvrit pour Mme Maisnil et son frère, que suivirent de près M. et Mme Buzicourt avec leurs deux filles.

« C'est en votre honneur que ces demoiselles font leur début dans le monde ! lancèrent en chœur les parents de ces dernières, qui, roussottes et courtes de jupes, posaient simultanément sur les joues d'Agnès le baiser un peu gauche de leur pareil sourire.

— Comme on arrive tard maintenant ! » observa Mme Hobbinson pour s'excuser de ce que ses salons fussent déserts.

Puis elle ajouta, par précaution, malgré le bon nombre de promesses qu'elle avait reçues, mais auxquelles son caractère savait ne pas plus se fier que prendre ensuite, s'il y avait déception, un prétexte de brouille :

« Certainement, à l'époque où nous sommes, je ne puis pas compter sur le quart des amis que j'aurais réunis dans un mois. J'ai voulu quand même avoir, pour cette petite, au moins une petite sauterie... D'ailleurs, c'est si petit chez moi ! »

Elle ponctua d'un rire menu la modestie de son langage, dans lequel jamais elle ne manquait de rétrécir tout ce qui concernait sa personne, de façon que celle-ci, d'autant mieux, en passât presque partout.

« De plus en plus, madame, vous avez l'air d'être la sœur de votre fille ! » risqua le frère de Mme Maisnil.

C'était un mince et pâle célibataire, à moustaches soyeuses, dont le procédé en deux temps ne variait point pour tenter ses conquêtes de femmes, systématiquement choisies parmi celles que cela peut flatter de s'entendre dire qu'elles ne paraissent point leur âge : d'abord, l'emploi du regard qui attend d'être regardé pour fuir, et qui revient aussitôt, comme par hasard trop tôt ; puis parler de sa triste timidité et de sa santé précaire avec une langueur qui finissait par bercer la personne entreprise du rêve qu'un amour ainsi offert fût quelque chose d'idéalement chaste ou tout au moins de vaguement stérile.

« Alors vous ne trouverez pas ridicule que je danse tout à l'heure? Vous m'inviterez, n'est-ce pas? » avait répliqué Mme Hobbinson avec une mine de coquetterie provocante, ce flirt étant un de ceux que l'amiral autorisait sans que nulle apparence d'un mal n'en vînt le frapper sous la sévérité paisible de ses blancs sourcils.

De nouveaux arrivants ont requis les soins de Mme Hobbinson, des messieurs de la Bourse assez vieux, plutôt laids, et formant, en quelque sorte, une famille à Trept qui les introduit. Ce dernier, au surplus, est assez grand pour se marier tout seul. Aussi a-t-il engagé ses vrais parents à lui envoyer leur bénédiction par la poste et à ne point bouger de Grenoble, en ce vilain hiver. Trept s'est avisé fort sagement que Paris n'est pas la Chine, et que, en acquérant sa situation d'homme du monde, il n'a pas conféré la même noblesse à ses ascendants.

Voici les trois musiciens qui vont constituer l'orchestre. Et encore des invités : de grosses dames ayant déjà trop chaud et s'éventant dès l'entrée, suivies de jeunes personnes dont la peau, rosée par le froid extérieur, frissonne encore sous l'échancrure des corsages et au long des bras grêles. Puis un monsieur qui a l'air d'un médecin veuf ou d'un notaire presque aveugle, et que tire légèrement par le coude de sa manche, pour le présenter à Mme Hobbinson, sa fille, vêtue de faille bleue, belle à coup sûr, peut-être un peu trop forte, vraisemblablement majeure, la doyenne enfin du cours où Agnès est allée, l'avant-veille, pour la dernière fois. Maintenant, c'est un frais tourbillon de jeunes gens des deux sexes dévalant tous d'une même maison de la rue Galilée ; aucun chaperon ne les modère, et seules les robes roses, vert d'eau ou jonquille divisent, par groupes de famille, les demoiselles Day, de Philadelphie, les sœurs Copiapo et Arequipa, qui sont avec leurs frères ou des amis à leurs frères.

A travers le malaise général d'attendre que l'action commence, Agnès entraîne dans le grand salon les petites Balbenthal, les petites Buzicourt. Le contingent transatlantique s'y est déjà installé en maître, essayant le parquet par quelques glissades ou lançant ses ramages, aux quatre coins de la pièce, comme une cagée de perruches.

Mme Hobbinson, l'œil et l'oreille constamment dirigés vers la porte, son âme encore plus loin, dehors, à la grille, ouvrant des portières, va pourtant avec un sourire uniforme de ceux-ci à ceux-là qui se sont attroupés à part et provisoirement assis en cercle. La plupart des invités, liés davantage entre eux qu'en définitive ils ne le sont avec la maîtresse de la maison, s'abandonnent au plaisir de s'accueillir réciproquement, de se fêter les uns les autres, sans être tenus à aucun des ennuis de recevoir.

C'est ainsi, par exemple, que la baronne Balbenthal — que le baron a tant chargée de dire à Mme Hobbinson combien il ferait son possible pour venir chercher sa femme — ménage une place à Mme Kerzenschein, accapare Mme Amramsohn qui n'a pas encore dit bonjour à la véritable hôtesse, appelle le vicomte Bourgeois, offre son fauteuil à la vicomtesse, et goûte, en même temps que l'aisance d'être comme chez soi, l'amusement de pouvoir, sans scrupule d'hospitalité ni d'amour-propre, critiquer les arrivants avec cette hostilité remarquable dans les compagnies les plus policées pour qui les gens, dont elles ne connaissent ni le nom ni la mine, sont encore des barbares proprement dits.

Ici et là, on est curieux d'apprendre ce que peut bien être une vieille dame, coiffée et cravatée d'émeraudes, qui n'amène rien à faire danser, et dont l'entrée, au bras d'un vieillard portant une brochette d'étoiles sur le revers de son habit et un cordon polychrome en sautoir, produit une vive sensation. Evidemment, ils n'ont dû être conviés que pour servir, à leur tour, d'insignes décoratifs et d'emblèmes honorifiques à la vanité du mur contre lequel ils s'alignent, isolés, sans relations apparemment avec personne. On hèle Trept, qui accourt et répond avec zèle qu'il ignore ce qu'on voudrait savoir ; mais, constatant que cet aveu, qui satisfait les uns, ne suffit pas à d'autres, il va se renseigner auprès de Mme Hobbinson. Celle-ci, en ce moment, est très occupée à serrer la main de Mme Jonzac que, pour l'avoir, elle a été particulièrement relancer — autant d'ailleurs qu'elle a particulièrement relancé tout le monde, — et qu'ainsi le compositeur a dû, par exception, amener avec lui.

« ... Ah ! c'est ça, Mme Jonzac ?... Eh mais, elle n'est déjà pas si mal, quoiqu'elle louche assez bien !... » En des conciliabules à demi-voix, les femmes se communiquent leur étonnement de ce que son mari ne sorte pas plus souvent une des leurs, dont la contenance est si sympathiquement gênée, et qui sera toujours moins choyée qu'elles, moins bien habillée. Elles protestent même, avec la facilité qu'on a, sans se déranger et tout en pensant à autre chose, pour redresser les torts d'autrui ; et tant pis si cela lui fait mal ! Pour un peu, chacun lui dirait, à Jonzac en personne, selon un courant électrique de générosité mondaine, confidentiellement, charitablement : « ... Vous savez ? votre femme, ça ne se voit pas... tant que ça... qu'elle louche. »

Qu'est-ce encore ? Eh bien, le monsieur de la dame aux émeraudes est le chevalier Ligri, un ancien diplomate, paraît-il ; en tout cas, c'est le propriétaire de ce bel hôtel rose au Trocadéro...

« Avec des sphinx en bronze ?
— Non, en marbre.
— Enfin, sur la droite ?
— Comme vous voudrez. »

A présent, la valse d'ouverture résonne, là-bas. La majeure partie de l'assistance, se transportant aussitôt vers le grand salon, cède toutefois le pas à une pauvre grande jeune fille dont la figure pleine de boutons se hausse décemment pour tâcher d'apercevoir Mme Hobbinson, en même temps qu'à un jeune homme très raide dont le plastron de chemise tient au centre par une grosse tête de hibou d'or et qui, les lèvres pincées, les épaules un peu bousculantes, semble ainsi regimber contre l'avanie d'avoir, comme cornac, à montrer tant d'âcreté dans le sang de sa sœur.

Dans un angle, sous un

lampadaire, Mme de Prébois avait attiré Des Frasses; et elle conversait avec volubilité, elle prodiguait ses exclamations et ses rires dans le bruit des violons et des semelles frottant le plancher ou le claquant d'appels sonores, dans le geindre heureux des jeunes poitrines qui se donnaient du tumulte à cœur joie. Depuis que la grave affaire, dont elle avait assumé la conduite, était définitivement arrangée pour sa maternelle satisfaction, elle se sentait reprise par son goût de patronage envers les intrigues illicites; elle recommençait à se livrer corps et âme à l'amour de l'amour. Et, selon la méthode classique qui le mieux corrige les enfants boudeurs, feignant d'ignorer comment Roland, à quelques sièges de là, demeurait immobile et taciturne malgré l'habit qu'il avait obtenu de pouvoir étrenner, Mme de Prébois sondait avec bonhomie Des Frasses.

« Comment se fait-il que Mme Mésigny ne soit pas encore ici? Elle doit bien venir, n'est-ce pas?... Y a-t-il longtemps que vous ne l'avez vue?

— Mon Dieu, oui, pas mal de temps.

— Vous la trouvez très jolie, je crois? N'avez-vous pas un petit faible pour elle? »

C'était au moins la vingtième fois que Mme de Prébois posait cette question au jeune homme, sans peut-être s'en apercevoir ni plutôt un jour que l'autre y attacher une importance spéciale. Mais, à cette nouvelle reprise, il crut voir une intention tout à fait particulière; et, discrètement, il répliqua, comme si sa formule excluait l'idée de ce qui peut passionner un homme :

« Je la trouve surtout très intelligente.

IL SONGEAIT SÉRIEUSEMENT A SE TUER.

— Dites-moi un peu, ça m'amusera : vous lui faites beaucoup la cour, hein? Pour m'amuser, dites?... Oh! j'ai bien droit à un bout de confidence, j'ai toujours été assez attentionnée pour vous deux, je pense... »

Des Frasses fut embarrassé, se méfiant que son jeu eût été en quelque partie découvert, quoique le flirt entre Clotilde et lui ne fonctionnât pas, depuis plusieurs mois, sous les yeux de son interlocutrice. Mais c'était là du souci bien superflu. Car Mme de Prébois tenait pour non avenu tout ce qui s'accomplissait en dehors d'elle, comme si les choses ne marchassent pas en son absence, restassent au point où elle les avait laissées et ne pussent avoir d'autre ligne que celle que son esprit leur traçait arbitrairement.

« En vérité, continua-t-elle, vous autres messieurs, vous êtes souvent si singuliers!... On jurerait, dans bien des circonstances, que vous vous obstinez à ne pas vouloir... ou plutôt... Enfin, devant certaines évidences, vous avez des façons... »

Elle s'arrêta, un peu prise de scrupule. Puis stimulée par son envie et rassurée par l'air patiemment interrogateur de Des Frasses, elle poursuivit :

« J'aurais mauvaise grâce à paraître vous débiter des conseils. D'autant que ces sujets-là, à mon âge, cela ne doit plus me préoccuper... Bref, Mme Mésigny a, pour vous regarder, un œil qui ne m'a pas échappé... Oui, de temps en temps, chez moi. Surtout chez moi, parce que la sympathie m'y paraît plus communicative qu'ailleurs. Ah! vous voudriez me faire dire des bêtises!... Et, bien entendu, ne me prêtez pas des suppositions vilaines!... Je ne prétends pas deviner jusqu'où cela vous mènerait : à rien même, certainement. Car j'aime beaucoup cette petite femme; je la sens bonne, honnête, attachée à ses devoirs... Vous aussi, je vous aime bien. Je voudrais voir tout le monde content. »

A travers sa face à main, Mme de Prébois vrilla ses yeux sur ceux de son auditeur pour creuser le passage au sentiment que, par le caprice du moment, elle y désirait loger. Et lui, écoutait, s'inclinait avec une mine réservée de remerciement, avec cette urbanité qui, d'après la définition d'un sage, se résume dans le monde à se laisser apprendre les choses que l'on sait par des gens qui ne les savent pas.

Plusieurs fois déjà, Agnès s'était retenue

dans le mouvement naturel d'aborder Roland, dont la pâleur et l'expression revêche allaient augmentant. Oh! l'apparition humaine du mal qu'on a fait et qui se révèle subitement! Douter soudain si une main jusqu'alors amie ne se fermera pas à notre approche, et s'il faut risquer de ne pas pouvoir y faire pénétrer la sienne. Ne pas trouver ce que l'on va dire à qui l'on a toujours eu quelque chose à dire sans rien chercher. S'aviser tout d'un coup qu'une conséquence inconnue et publique puisse résulter de notre démarche spontanée, du même acte cordial et si simple qui naguère sortait instinctivement de nous, comme ceux de parler, de rire, de marcher, de s'asseoir et de respirer! C'était bien là de quoi bouleverser la petite cervelle de Mlle Hobbinson.

Roland, dont l'œil visait avec acharnement la pointe de ses souliers vernis, cachait sous cet aspect d'occupation une détresse de cœur immense, des douleurs d'âme lancinantes. Il songeait sérieusement à se tuer; très sérieusement, il délibérait sur des moyens de se tuer. Et ce qui le fascinait presque dans ce rêve funeste, ce qu'il discernait comme une consolation au delà, c'était Agnès navrée, désespérée, impuissante à rien changer ni diminuer du malheur, une Agnès éplorée se tordant les bras devant un Roland étendu, calme, froid, Dieu merci mort, et ayant l'air rigide de répondre : « C'est bon, c'est bon, assez, mademoiselle! » Ah! le jeune Préhois était en train de faire l'expérience de ce qu'il faille que l'attachement à la vie soit fort pour pouvoir résister à la plus puissante peut-être de toutes les attractions : celle par laquelle on sent qu'en se suicidant on *embêterait* formidablement quelqu'un dont on croit avoir à se plaindre.

Finalement, Agnès se dirigea vers le jeune homme; et avec cette mauvaise foi qui s'exprime sans dévisager et qui hésite dans l'interrogation puisqu'on sait quoi se répliquer à soi-même :

« Vous étiez donc là! fit-elle. Je ne vous avais pas encore aperçu. Pourquoi n'êtes-vous pas venu me dire bonjour?

— Je ne vous avais pas aperçue, non plus, murmura-t-il en se levant.

— Mais pourquoi ne dansez-vous pas?

— J'ai trop mal à la tête. Ça doit être à cause du froid : la neige me produit souvent cet effet-là. J'aurais dû, comme on me le proposait, aller passer l'hiver, en Egypte, avec mon père. Oh! maintenant je regrette bien d'avoir refusé de partir. »

Le feu de ses prunelles enfiévrées sécha, avant qu'elles eussent paru, deux larmes montées au bord de ses paupières. Par un écart d'imagination, il se voyait là-bas, bien loin, pleurant sans trêve au milieu des sables, seul dans le vrai désert, et cependant mieux que partout, moins perdu qu'ici, où il était, devant elle.

« Ecoutez, insista doucement Agnès, il faut que vous vous forciez un peu. »

Elle esquissa une révérence et dit :

« Voulez-vous me faire l'honneur, monsieur, de m'accorder la prochaine valse? »

Et tandis qu'il restait interdit, elle ajouta à travers la tristesse jolie d'un sourire contraint :

« Ainsi, c'est moi qui dois vous présenter la demande!... Comme dans ces îles que vous me montriez en Bretagne..., vous vous rappelez, Roland?... où ce sont les jeunes filles qui... »

Il interrompit, par un coup d'œil de souffrance haineuse, celle dont l'inconséquence faisait ainsi miroiter, à travers l'oppressante atmosphère de ce bal maudit, le souvenir radieux d'un matin bien loin passé, dans la brise si pure duquel semblaient avoir plané tous les anges des jeunes idylles.

Mais déjà, inspirée par la vivacité d'un rythme, Agnès avait appuyé la main gauche sur l'épaule de Roland; et celui-ci, sans réfléchir, comme si ç'eût été le jeu machinal de ses muscles sous cette légère pesée, avait enlacé la taille de sa danseuse habituelle et en avait enfermé, dans l'étau de ses doigts, le poignet pendant.

Ils commencèrent à tournoyer lentement. Lui, le buste ployé en avant, mais le front rejeté en arrière; elle, sous le lien vivant qui la pressait au creux des reins, cambrait tellement sa sveltesse qu'il lui en venait presque une poitrine de femme. Et la petite manière d'effarement, la mine d'être au bord d'un gouffre qu'elle avait toujours en valsant, s'aggravait pour lors dans son regard craintif auquel son vis-à-vis persistait à refuser le regard.

A plusieurs reprises, l'éventail d'écailles blondes et de plumes d'autruche blanches qu'Agnès tenait tout droit en l'air près de la joue de son cavalier — et qui était si grand, si large, qu'il eût été ridiculement déplacé dans la main d'une personne aussi jeunette si celle-ci n'eût pas été à la veille de pouvoir répondre que l'auteur du cadeau fût son mari authentique, — à plusieurs reprises donc, les plumes de cet éventail vinrent chatouiller l'oreille de Roland qui finit par rejeter son visage de côté avec une brusque impatience de mouvement.

« Mon Dieu ! balbutia-t-elle, comme vous êtes différent d'autrefois avec moi !... Oui, vous, vous ! Moi, je suis toujours la même pour vous... allez !... Je serai toujours la même...

— Est-il permis !... Oh ! Agnès, osez-vous bien ?... »

Ce fut tout ce que Roland put proférer, dans une plainte inhabile, dans un sanglot étouffé. Et soudain, heurtant de toutes ses forces les coudes qui l'enserraient, rompant l'entourage de couples qui le réduisaient à piétiner sur place, il se lança éperdument parmi l'espace entr'ouvert pour y égarer son trouble ; il enlevait sa compagne avec une vertigineuse fureur, pris enfin par le délire de la valse, ses yeux ivres de couleurs chatoyantes, ses tympans affolés d'une musique tapageuse, ses narines grisées par la fermentation aromatique des corps en moiteur et par les parfums artificiels dont la rotation des traînes de jupes encensait les alentours. Puis, tous ses nerfs se laissant bientôt détendre, toute la masse s'écroulant intérieurement des indignations accumulées avec lesquelles il avait pu pendant quelque temps fortifier ses attitudes, alors le jeune homme inclina faiblement sa tête, et sa bouche, tombée près de l'oreille d'Agnès, n'y dit qu'un soupir, un gros soupir qui fit frissonner une petite touffe de cheveux. Il sentit aussitôt qu'elle se rencognait contre lui, avec une câlinerie frileuse.

« Mon cher ami Roland, supplia-t-elle, vous allez venir me voir souvent, n'est-ce pas ? quand je serai chez moi... Je demeurerai, du reste, plus près de vous que je n'étais ici... Si vous pouviez me faire une bonne petite visite, tous les jours, ce serait parfait, vous m'entendez ?... »

— Voulez-vous me faire l'honneur...

Et, de son mieux, parmi ses candeurs d'honnêteté, à travers ses virginales ignorances, elle expliqua comme quoi il ne fallait point qu'il s'attristât, et que vraiment elle ne comprenait pas ce qu'il pouvait avoir, à moins qu'il ne désirât lui faire de la peine, puisque rien en elle n'était changé pour lui ni ne saurait jamais changer, jamais, jamais !

« Vous êtes étourdi ? demanda-t-elle en s'apercevant que son ami était près de défaillir et en s'arrêtant... Voulez-vous que nous nous asseyions ? »

Sur ces entrefaites, Trept se frayait un passage, survenait ; et, se campant devant eux dans toute la bonne humeur de son torse un peu replet, il s'exclama, sous cette double ride de la lèvre supérieure qui, en forme d'accent circonflexe, alourdit le rire des bouches expérimentées :

« Eh bien, vous êtes gracieuse encore ! Et une femme de parole !... Voici une heure que je cours après vous. Mais, voyons, la valse de maintenant ?... C'est celle que vous m'aviez promise !

— Oh, c'est vrai ! dit Agnès confusionnée... Acceptez-vous que nous la terminions ensemble ?... »

Simplement, elle quitta Roland, partit appuyée sur Trept, et, sans avoir davantage repris haleine, elle pivota longtemps encore, avec gravité, avec une dignité conjugale. Et durant les derniers accords du morceau, chaque fois que les circulations de la danse l'amenèrent à proximité de l'*autre*, elle lui adressa, derrière le dos de son futur époux, entre les interstices d'épaules, sous l'anse des bras environnants, une myriade de petits bonjours où il y avait cette effusion que créent les parités de l'âge, et où se dessinaient aussi les caractères de cet ostracisme par quoi ceux des générations précédentes sont exclus de ces solidarités familières, de ces intimités ingénues.

Mme Nully-Lévrier occupait déjà un bout du court canapé sur lequel Roland de Prébois s'était laissé choir. Sa toilette était plus que galante ; pour mieux dire, une liberté de déesse y régnait. Au sommet des cheveux rouges pointait un trident de diamants. Ensuite presque plus rien visiblement pour parer ni vêtir le buste, jusqu'à un corselet ne tenant guère qu'une place de large ceinture et pareil à la jupe en velours saphir. Les minces épaulettes de ruban chair se confondaient avec le décolleté ; et une chemisette de soie rose offrait les nudités rondes et lisses de cette sorte de peau superposée.

« L'exemple de votre amie ne vous donne-t-il pas aussi envie de vous marier ? interrogea-t-elle en fixant sur Roland ses yeux verts dont les prunelles n'étaient que deux petits points de lumière changeante.

— Oh ! non, madame, pour cela : non ! »

Le ton de cette protestation était si vibrant que Mme Nully-Lévrier en fut frappée et qu'elle eut comme une intuition du sentiment qui s'exhalait ainsi. Et la troupe pillarde de ses convoitises, de ses vanités, de ses coquetteries, toujours en razzia autour de cette femme hardie contre les trésors même les plus modestes de tous les cœurs, prit aussitôt l'éveil. Elle se pencha affectueusement vers Roland, lui posa sur la poitrine la palpitation caressante de sa gorge, et, sur le cou, la chaleur de son haleine.

« Ah çà, chuchota-t-elle derrière son éventail, dites-moi donc, mon cher enfant : mais, ici, c'est plein de demi-castors ? »

— AH ÇA ! CHUCHOTA-T-ELLE DERRIÈRE SON ÉVENTAIL.

Puis, devant le trouble du petit Prébois qui, distrait par ce contact et secoué à l'improviste dans l'énergie de ses jeunes sens, se faisait une contenance de brosser la poudre de riz soudain étalée sur le revers de son habit neuf, Mme Nully-Lévrier constata que son propos avait été d'un argot trop avancé pour l'âge de son interlocuteur. Et, dépitée de n'avoir pas immédiatement à sa portée quelque partenaire meilleur, dont l'adolescent tenait le lieu, elle se retourna vers sa voisine, Mme de Flercamps, en qui elle soignait une relation de style un peu bourgeois afin d'y attraper, par-ci, par-là, des reflets d'honorabilité. Cette dernière, petite femme maigre et nerveuse, passionnée de son mari pour le goût duquel uniquement elle sortait le soir, maternellement folle de trois enfants nés depuis trois ans de ménage, tapotait son éternelle robe de moire puce et contemplait l'assistance avec son sourire de complaisance et de patience en ville, dans cet air de savoir où est le bonheur, qu'il est tout près, chez soi, à un quart d'heure de voiture, à une demi-heure à pied.

« La composition de ce bal, lui fit observer Mme Nully-Lévrier, est par trop mêlée tout de même !... Si j'avais pu prévoir, j'aurais autant aimé à ne pas m'y risquer...

— Oh ! réfléchissez, madame, répondit indulgemment l'honnête personne, c'est toujours comme ça, c'est le même monde partout !... »

A parler plus exactement, le salon de Mme Hobbinson fournissait, en cette circonstance, un de ces terrains neutres où s'opère l'entrevue momentanée des personnalités les plus recommandables et des gens les plus décriés, dans une harmonie de fête, dans un luxe des pierreries et des étoffes qui, toutes proportions gardées, reconstituent la scène et l'esprit du Camp du Drap d'or.

Coudoyant M. Marchepont, président de chambre à la Cour d'appel, on voyait reparaître M. de Travières, sportsman dont une incorrection aux courses avait naguère fait disqualifier les chevaux sur tous les hippodromes. Mme de Prébois venait d'accepter qu'on lui présentât le vieux prince Andros, qui de tout temps passait pour tricher à l'écarté, mais dont la réputation toutefois s'était améliorée un peu depuis que le duc, son fils, avait grièvement blessé en duel un camarade de cercle à la suite d'un bon mot sur ce sujet.

Ailleurs, une belle femme, en faille rouge ardent, avec un large papillon noir aux ailes poudrées de rubis dans sa coiffure, avait accaparé le colonel Xaintrailles et le retenait sous le charme timide de ses grands yeux de biche qui devaient pourtant cacher, en leur profondeur, l'image d'un drame affreux ; car son mari s'était, disait-on, suicidé à ses pieds, à cause d'elle.

Même le spectacle de ce flirt agaça tellement Mme Nully-Lévrier que, arrêtant au passage Mme Hobbinson qui se dirigeait vers le buffet au bras de M. de Flercamps, elle lui dit, en cordial reproche :

« Vous vivez donc dans les étoiles, ma bonne amie? Dame! comment avez-vous invité Mme Bayarès?... Enfin, ma chère, je vous préviens...

— Vrai? il n'aurait pas fallu? répliqua la maîtresse de maison avec une manière d'inquiétude fallacieuse... Je ne savais pas qu'il y eût quelque chose. C'était tout uniment pour faire plaisir à Van Haffel, qui peint en ce moment son portrait et qui m'a demandé de la recevoir... Je vous remercie pour l'avenir. Vous me raconterez quelles histoires on fait sur elle... en dehors de l'affaire de son mari, et actuellement de Van Haffel?... Non, je vous jure, je ne lui connais rien d'autre... »

Et, se détournant avec vivacité, l'Américaine riposta tout bas à quelque sottise, sans doute, que M. de Flercamps continuait à lui marmotter dans l'oreille :

« Taisez-vous donc, vous recommenceriez à me brouiller avec votre femme ! »

Et, se retournant encore une fois sur place, se courbant en confidentielle tendresse vers Mme de Flercamps, afin de réparer ce qui aurait déjà pu s'être gâté dans leurs rapports, elle bredouilla, très en activité, enchantée de l'affluence qu'elle avait réussi à se procurer pour sa réception :

« On a beau s'être limité au début, vouloir se restreindre, on est harcelé de tant de côtés, par tant de demandes, qu'on est forcé d'avoir trois fois plus d'invités qu'on n'en désirerait pour que chacun fût bien... Au moins, chère amie, est-ce que vous n'avez pas trop chaud ? » conclut-elle avec un intérêt extrême, marquant ainsi une préférence par l'adresse particulière de cette question, qu'il eût été juste et aussi urgent d'également poser à cent cinquante personnes qui alentour s'épongeaient sous leurs mouchoirs, s'écrasaient en cadence, et les unes aux autres, s'arrachaient inconsciemment de la bouche l'oxygène raréfié, dans un de ces petits drames invisibles où le monde parisien goûte, pour s'amuser, les mêmes affres auxquelles doit succéder la fin du monde universel.

Au buffet, entre Des Frasses et son mari, Mme Mésigny, en tulle mauve, lapait le contenu d'une tasse de café gelé, avec des façons gourmandes et mutines.

« Au bal, voyez-vous, disait Albert, ma femme n'est plus ma femme. Elle devient d'un banal !... On la croirait, jusqu'à un certain point, la femme de tout le salon. »

En effet, dans cette atmosphère où couraient les souffles virils d'un inexprimable et général désir, où la hâte de plaire pour un instant communiquait une affabilité presque courtisanesque aux âmes des femmes, Clotilde ne cessait de prostituer l'étreinte de sa poignée de main, à gauche ou à droite de ses deux compagnons, par devant, par derrière, par-dessus. Un shake-hands à M. Bréal, un shake-hands à M. Cernex ; un appel lancé par-ci, un compliment saisi au vol par-là. Mais quelque soin mouvementé qu'elle en prît à travers ce tohu-bohu, son flirtage avec tous, aussi bien que son flirt spécial lui semblait, à elle-même, se dissiper, se perdre, dans la masse ambiante de tant de flirtations.

A un moment, Trept et Agnès Hobbinson, s'approchant du trio, étaient en un tel état de transpiration que Des Frasses, avec une extrême sollicitude, s'opposa résolument à leur laisser boire des boissons glacées.

« Non, je vous empêcherai, malgré vous, de vous faire mal... Si vous vous fourriez une belle bronchite, hein ? la belle avance !... Quand on s'apprête à se marier dans cinq jours, on meurt de soif, s'il le faut, plutôt que de s'exposer à un ajournement de la cérémonie.

— Ma parole ! objecta Trept cependant touché de ce zèle affectueux, voilà qui s'appelle être plus royaliste que le roi ! Notre ami se marierait lui-même qu'il ne s'imposerait peut-être pas autant de précautions ! »

Le rictus d'une plaisanterie taquine s'ébaucha sur les lèvres de Mme Mésigny.

« Oh ! fit-elle, j'imagine que Mlle Hobbinson ne doit pas être tellement pressée d'être parvenue au bout de son roman. Hélas ! pauvre chère petite, rapportez-vous-en à ma vieille expérience. Non, mais vous ne vous doutez point combien votre fiancé va modifier ses allures qui vous ont conquise, dès qu'il sera votre maître. Tous les mauvais côtés de son caractère vont alors se faire jour... Ah ! si les femmes avaient un peu de raison, elles resteraient toujours à l'état de promises. Pour ma part, je sais bien que si c'était jamais à refaire !... »

Et, en une attitude modeste, renfonçant du bout du doigt le nœud d'un cordonnet dans l'entre-deux de son corsage, Clotilde baissa le nez pour cacher une envie d'hilarité, une expression satisfaite de personne en train d'infliger une bonne moquerie à quelqu'un qui est là.

« Est-ce possible, madame, est-ce possible ? » répétait distraitement Agnès avec des tortillements du cou dans lesquels elle pensait si bien faire la dame.

Trept sourit, d'un air poli et supérieur, trouvant inutile de se défendre ; tandis que Des Frasses commençait à protester vigoureusement, comme si le plaidoyer pour le rôle et le renom masculins lui eût incombé :

« L'iniquité de ces théories, mademoiselle... »

Mais Albert Mésigny, qui se jugeait personnellement visé par sa femme, coupa net à ce discours.

« Mademoiselle Agnès, fit-il avec une autorité un peu pédante, retenez cet axiome : C'est toujours la faute de la femme quand, de jour en jour, elle n'est pas aimée davantage par celui à qui elle a bien voulu se donner. Notre amour, à nous autres hommes, qui débute peut-être par des pensées un peu égoïstes, ne s'épanouit vraiment que dans la reconnaissance. Ah ! si vous saviez combien l'habitude aussi d'une tendresse que nous avons bien placée nous est chère, combien nous avons le besoin de témoigner notre gratitude !... Seulement la plupart du temps, c'est comme par une fatalité, nos femmes choisissent pour une algarade imprévue l'instant même où nous éprouvions pour elles, où nous allions leur exprimer les choses les plus gentilles. Alors, vous comprenez, par la suite on apprend à ne plus se faire de pareilles idées. Méfiez-vous des algarades, mademoiselle ! Les meilleures paroles entre époux n'ont peut-être pas encore été prononcées, depuis que le monde est monde : chaque fois, au bon moment, les femmes ont dû s'ingénier à les faire rentrer, crac ! dans la gorge de leur mari... »

Durant ce temps, Des Frasses avait caressé sa barbe ; et avec une intention maligne à son tour, par des marques approbatives, il insinuait à Clotilde, sans desserrer les dents : « Veuillez écouter, je vous prie, ce n'est pas moi qui professe, ce n'est pas moi qui lui fais rien dire. » Et celle-ci se piquait au jeu, était comme vexée de ce qu'Albert n'eût pas sacrifié la réputation de ses pareils pour soutenir les derniers étais de leur ménage.

« Soit ! reprit-elle, j'admets que les douceurs de l'union puissent se prolonger pendant les quelques premiers mois. Mais après, n, i, ni. C'est fini des mines langoureuses, attentives, illusionnantes, qui sont tout ce qui nous a prises, pauvres toquées que nous sommes. Nous avons tué la poule aux œufs d'or. Nous devons désormais nous résigner à toutes les concessions pour qu'on ne nous déclare pas assommantes, pour qu'on ne nous *lâche* pas !...

— Indique-moi donc par quel procédé ? grommela Mésigny mécontent de la trivialité du mot... Jusqu'à présent j'avais cru qu'on était lié pour la vie...

— Et le divorce!... » prétexta Clotilde en rougissant un peu de sa bévue dans le quiproquo.

Des Frasses intervint :

« Moi, j'envie le sort de la femme en ce qu'elle peut, à toute minute du jour, s'assurer par un regard qu'elle tient entre ses mains le bonheur, le rêve, l'existence d'un autre être. Son âme à elle, quand on essaye de l'émouvoir, s'enveloppe d'un mystère qui souvent n'est qu'une forme compliquée de l'indifférence ou qui ressemble autant à la plaisanterie du dédain qu'à l'enjouement de l'amour. L'homme, au contraire, est si simple, si démonstratif dans sa passion, si heureux de montrer qu'il est heureux, si franc pour avouer qu'il souffre...

— Bah! est-ce que personne est jamais sûr de rien? » prétendit Clotilde.

Et elle dévisagea Des Frasses avec une moue qui ne réussissait pourtant pas à être sceptique.

L'un et l'autre se délectaient à marivauder librement, comme des sourds ou dans une langue connue d'eux seuls, se lançant en ces phrases couvertes sous les détours desquelles deux amoureux se croient toujours à l'abri, et qui, en même temps, divertissent à l'ordinaire les personnes désintéressées de l'auditoire dont l'attention voit distinctement des ombres furtives de sentiment parcourir l'ombre du dialogue.

— Moi, j'envie le sort de la femme...

Et tandis que le bal, parvenu à sa plus forte densité de peuplement, redoublait de furie élégante, de libertinage permis dans ses accouplements voulus, l'amiral de Kerguel tout droit, tout solide en sa taille d'ancêtre, du haut de sa tête plus élevée que les autres têtes, accrochait au passage ces regards que les femmes lançaient à la découverte d'attentions convenues ou d'hommages aventureux. Sa vieillesse, qui savait et qui pouvait, errait de pièce en pièce, fouettée aux jambes par la queue des robes, se dilatant les narines et les pupilles. Lui qui avait vu danser les négresses nues et s'animer le bronze des formes sous la gaze des bayadères, il sentait une sexualité plus libidineuse encore émaner de ces blanches en fête. Et, à travers ce harem d'Occident que surexcitait la présence profane du troupeau des hommes, il allait disant, dans l'odorante fumée des belles peaux qui devait se répandre en nuages invisibles sous la peinture azurée du plafond :

« Non, mais est-ce assez charmant, le monde? Peut-on rêver, je vous le demande, rien de plus exquis que cette réunion? Ah! pourquoi faut-il que j'en sois à mon âge!... Dites, quelle aberration peut conduire ailleurs, dans les mauvais lieux, dans des endroits innommables, nos jeunes gens d'aujourd'hui, quand ils ont la bonne compagnie, là, sous la main?... »

L'ESCORTE DES SUISSES, CHAMARRÉS ET FIERS SOUS LA HALLEBARDE...

IX

Sous le grand jour de midi, c'est la solennité du mariage chrétien.

Dans une mise en évidence exceptionnelle, deux êtres sont exhaussés sur une estrade de velours, et encadrés par un flamboiement de cierges ; un prélat, vêtu d'insignes surhumains et incliné devant le sanctuaire d'or, invite le ciel à sanctionner l'intention qu'ils manifestent de pratiquer désormais le devoir conjugal ensemble.

L'époux, sérieux, en habit noir, et dont le front purifié par l'onction semble ne plus garder aucune trace des débauches répudiées, reçoit une auréole mystiquement nuancée que le soleil d'hiver projette à travers le vitrail.

A côté de lui, l'épousée, mignonne et sage sur son prie-Dieu, appelle tous les regards de l'assemblée, par le travesti voyant de la robe nuptiale. Blanche dans le satin à longue traîne, et couronnée des fleurs de l'oranger, elle affiche, pour la première fois, depuis sa naissance, les emblèmes de sa virginité, afin que chacun ait mieux présent à l'esprit l'objet même du sacrifice.

Un souffle unanime de considération distinguée circule parmi l'assistance conviée à honorer les instants suprêmes après lesquels l'acte de l'hyménée va cesser d'être une réjouissance publique, un phénomène offert à la curiosité générale, selon les formalités de la civilisation.

Bientôt vont être écoulées les minutes dont tant de mères ont cru devoir profiter pour montrer à leurs filles ce que c'est que le mariage. Tout à l'heure, les matrones les plus endurcies se voileraient elles-mêmes la face devant les conséquences que l'intervention sacerdotale est en train de préparer, de consacrer, par la noblesse de ses gestes lents et graves.

Mais, ici, les consciences candides, autant que les âmes savantes, se recueillent pour le moment et vénèrent la sanctification préalable de ce dont les mœurs empêchent de parler, de ce que les lois interdisent de peindre ou d'écrire.

Et voici que toutes les têtes se courbent sous l'édification d'une telle scène, tandis que les fleurs autour de l'autel mêlent leur éclat aux étoiles des flambeaux, et que la vapeur de l'encens monte rejoindre la musique sacrée dans le paradis de la nef.

Nul ne pourrait se douter que, au sein de cette imposante cérémonie, deux autres êtres encore, séparés dans la foule de même qu'ils le sont dans la vie, dérobent une part à la majesté de la cérémonie.

Fiancés du mystère, ils sont agenouillés en cette église, où le Seigneur daigne là-bas accorder l'union de la chair avec la chair, et, tout émus, comme si, dans la tombée infinie de la bénédiction divine, quelque parcelle pouvait s'égarer sur eux.

Sans doute ils s'imaginent qu'ils deviennent les indissolubles époux de la faute, en échangeant leur consentement mutuel dans le silence de leur secret, dans la décence de leur dissimulation, dans la timidité de leur sacrilège, dans une superstition d'amour nouvelle et sans nom...

Quoi qu'il en soit, le pouvoir de connaître leur songe et de les en réveiller n'appartient qu'au Dieu de Miséricorde pour lequel les usages humains ne sont peut être que jeux d'enfants, et qui, vraisemblablement, ne trouve devant la bouffonnerie de nos vertus et l'effarement de nos vices que de quoi distraire l'éternelle monotonie de sa providence.

. . . .

Et maintenant, ayant satisfait à toutes les exigences de la société et à tous les rites, la mariée officielle va partir, en tête d'un cortège, au bras de son mari, qui, ostensiblement, commence ainsi sa prise de possession. Sans aucune gêne, les yeux levés, les lèvres souriantes, les joues caressées encore des baisers de compliments qui lui ont été prodigués à la sacristie, elle défile, entre deux rangs de spectateurs, saluée par le respect des regards amis, acclamée par un glorieux final des orgues. L'escorte des suisses, chamarrés et fiers sous la hallebarde, scande d'un coup de canne chaque pas qui, par un retour des pieux errements, rapproche ce couple du but où les attend, au su de tous, l'uniforme démon des péchés originels.

Mais, l'autre mariée, qui n'attire un peu l'attention que parce qu'elle est bien belle sous les modesties de sa toilette, en son air d'être seule, s'efface dans la suite. Elle tient ses longs cils baissés pour se frayer, sur le parvis, un discret passage. Elle marche avec tant d'humilité vers un but matériellement pareil en somme, et insoupçonnable, son visage se couvre d'une rougeur où brille une telle grâce rédemptrice qu'il y aurait peut-être lieu de se demander presque si la honte dans le mal caché ne serait pas tout près d'équivaloir à la sérénité dans le bien conventionnel ?

Pour paraître le 1er Avril

LA MAISON DES DEUX BARBEAUX

Par **ANDRÉ THEURIET**, de l'Académie Française

ILLUSTRATIONS DE HUARD

Dans la même Collection a paru

CRUELLE ÉNIGME, Par **PAUL BOURGET**, de l'Académie Française

ILLUSTRATIONS DE A. CALBET

Achevé d'imprimer
Pour M. Arthème FAYARD
sur les presses de la maison
WELLHOFF et ROCHE

Imp. Wellhoff et
Roche, 55, rue-Fromont, Levallois-Perret.

www.ingramcontent.com/pod-product-compliance
Ingram Content Group UK Ltd.
Pitfield, Milton Keynes, MK11 3LW, UK
UKHW031916260826
14628UKWH00003B/1225

9 782329 354064